ほっと胸を撫で下ろした途端に
ギルフォード様に会いたくなってきて、
ギュウッと口を引き結ぶ。
「必ず君を救い出すと誓う。
だから泣かないでくれ、我が伴侶」

# Contents

## プロローグ



## 第一章　第一の魔物



書き下ろし番外編

## 氷をとかす一輪の花



## あとがき

まだ早い！！

# プロローグ

# ◇青天の霹靂

「ぶふぉっ‼」

盛大に吹きこぼしたジュースはテーブルに飛び散って、食べかけのケーキにかかってしまった。

しかしそんなことに気を配る余裕もないほど、私はとある記事に目を奪われていた。


――【速報】第二皇子ギルフォード殿下の花紋《かもん》、遂《つい》に公開‼


大きな見出しでそう書かれた新聞の端を、私は無意識に握り締める。

いや、そんな、まさか。

恐る恐る服の裾を捲り上げ、お腹にあるその痣《あざ》のようなものを凝視する。

「……うそ、でしょ」

その痣は新聞記事に載っているものと寸分たがわず同じ模様をしている。慌てて新聞のシワを伸ばし何度も見比べてみるが、新聞に掲載されている紋様と違う部分を見つけられない。

「私が、第二皇子殿下の伴侶……？」

呆然《ぼうぜん》とつぶやいた声は空気に溶けてすぐに消えていった。


私が住むここ、イルジュア帝国の皇族には『運命の伴侶』がいる。

まだ早い！！


運命の伴侶とは唯一無二にして、その皇族の寵愛《ちょうあい》を一身に受ける存在だ。

皇族が十八歳で成人となると、『花紋』という花の形をした紋様が体のどこかに浮かび上がる。

そして運命の伴侶は年齢にかかわらず、皇族の方に紋様が出ると同時にその体に花紋が現れる。

花紋が出現すると、皇族は紋様を世界に公開して伴侶が名乗り出るのを待つ。

かつては自分こそが伴侶だと偽《いつわ》る者も出てきたそうだが、皇族は一目見て自分の伴侶か否かを判別できるので、すぐに偽りだと分かってしまう。偽りを述べた者に対しては厳しい処罰が下されるようになり、その法が制定されて以来そのような不届き者はほとんど現れなくなったという。

「いやいやいやいや、だからといって何で私？」

新聞にでかでかと載っている皇子の花紋は薔薇《ばら》のように幾重にも花弁が重なっており、一つの芸術作品として認められるほど美しい。

普通ならば綺麗《きれい》だなあで終わるところであるけれど、同様の紋様が私のお腹にもあるわけで。

確かに最近お腹に痣みたいなものができていて、どこかにぶつけたのかなー？　なんて呑気《のんき》に思っていたりはした。

それが痣ではなくて花紋だったなんて。

いやでも、ともう一度、今度はお腹全体を見てみる。

でっぷりと出たお腹は三段腹、いや細かいところも数えれば六段腹だ。

お母様譲《ゆず》りの綺麗な菫《すみれ》色の瞳も瞼の重い肉に潰れ、お父様から幼少時にプレゼントされた腕輪も肉に食い込んでしまっている。

そう、はち切れんばかりの巨体を持つ私はぽっちゃりなんて可愛らしいものじゃない、紛うことなき――デブなのだ。

裕福な商家に生まれた私、フーリン・トゥニーチェはある時期を境に引きこもり、食べることに夢中になった。そしてそれを窘《たしな》める親も不在がちで、調子に乗った私を止める人は存在しなかった。

そうして出来上がったのはなんの取り柄もない巨体の娘。

脂《あぶら》がたっぷりのったお肉は大好物の一つだし、これでもかとのせられた生クリームのケーキは毎日欠かせない大好きなおやつだ。

野菜も食べているからかそこまで肌荒れはしていないものの、全身を見れば完全にアウトである。

全身鏡に映る自分を見て発狂しそうになるのをなんとか抑えて、再び新聞に目を移す。

そこには凍《い》てつく美貌を存分に披露した殿下の絵姿が載っている。

初めて見る殿下の容貌に目眩《めまい》がした。

こんな体でこの女神のごとき美しい顔をした殿下の隣に立てってて!?　無理だわ!!

けれど身分問わず、花紋が現れた者は必ず王城に赴《おもむ》かなければならない。そこは特に法で定められているわけではないけれど、伴侶が参上するのは当然のこととなっている。

つまり、私が殿下の伴侶になることは避けられないことなのだ。

わなわなと震える手をギュッと握る。

――決めた。私、ダイエットする。

痩せて、少しでも見られる体になって、貴方《あなた》の横に立てる自信ができたら会いに行く。

それまで待っていて下さい！　殿下！

ふんっ、と気合を入れて私は残りのケーキを口いっぱいに頬張った。

＊

かくして始まった過酷なダイエット生活、かと思われていたが、花紋の公開から早半年、正直に言おう——進捗《しんちょく》はゼロだ。

ダイエットに対するやる気が持続したのは最初の三日間だけ。

食事制限をしようとすれば、使用人から体調を心配され逆に量が増えてしまい、残すわけにもいかず全て平らげることになった。しかもその日から量がさらに増えた気がするが、開き直って全て食べている。

また運動をしようとしても、元々太りに太った重い体を動かすのは至難《しなん》の業《わざ》で、自分自身の体力をきちんと把握せずにキツいノルマを課してしまったがゆえ、なにかと理由をつけてはサボる始末。

だって仕方ない。目の前に誘惑があれば負けてしまうのが人間の本能というものなのだ。

鏡を見ながら自分に言い訳をしていると自室のドアが叩かれた。

「ただいま、私の天使。元気にしていたかい？」

「お父様！　帰ってきてたのね！」

「ほら、お土産のバターケーキだよ。街で何時間も並ばないと買えないほどの人気商品だそうだ」

「まあ、とっても嬉しいわ！」

お父様は仕事に忙しい人で、家を不在にすることが多い。寂しく家に一人でいる私を想って、お父様はこうして家に帰るたびに素敵《すてき》なお土産を買って来てくれるのだ。

こうしたお父様の愛情が痩せない原因の一つでもあるんだけど。

十年前にお母様が亡くなってから、お父様の私に対する溺愛《できあい》ぶりは激しくなった。妻が亡くなった寂しさを紛らわすためでもあったのだと思う。

あれこれ買ってきては私が嬉しそうに食べるのを見て喜ぶ。そしてさらに私に喜んでほしいと言って、仕事にかこつけて世界中の美味しいものを持って帰るのだ。

デレデレと締まりのない顔で私の頭を撫でるお父様は立派な親馬鹿である。

「そういえばまだギルフォード様の伴侶が現れていないみたいだね」

早速バターケーキを切り分け、お父様とお茶を楽しんでいると、お父様の口からそんな言葉が出た。

不意打ちをくらった私は紅茶を吹き出しそうになったが、今回はお父様がいる手前なんとか耐えた。

私がその伴侶だと知る由《よし》もないお父様は和《なご》やかに話を続ける。

「半年経っても名乗り出る者が誰もいないなんて前代未聞だと言われているようだよ」

そう、私がこうしてのうのうと過ごした半年の間、世間で第二皇子の運命の伴侶についての話題が尽きることはなかった。

花紋を公開して一ヶ月目、再び新聞に花紋が掲載され、伴侶の名乗り出が催促された。

二ヶ月目は第二皇子殿下のメッセージが掲載され、氷の皇子が綴《つづ》る恋文のような文章が多くの女性たちを沸かせた。そして世間は未だ現れない伴侶について憶測をし始めた。

三ヶ月目からは第二皇子の運命の伴侶は実は既婚者だとか、奴隷として隣国に囚《とら》われているだとか、実はもう死んでいるとか、様々な噂が流れ始めた。

そしてこの頃から大人しく待っていられなくなったギルフォード様が直々に探し始め、その行動は花紋がないにもかかわらず、多くの女性たちを色めきだたせた。

そして六ヶ月目の今、皇都にある全ての貴族の屋敷を回ったギルフォード様は次は平民の住む地域にまで足を伸ばすことになったという。本当《マジ》ですか。

「この前城に上がった時ギルフォード様をお見かけしたんだが、顔色が悪くてなあ。早く見つかることを祈るばかりだよ」

罪悪感が私を襲い、ダラダラと冷や汗が流れる。

「それにしても殿下の伴侶はどのようなお方なんだろうね」

運命の伴侶は目の前にいる貴方の娘です、なんて言ったらお父様は泡を吹いて倒れるだろう。

「皇太子殿下の伴侶は大層美しい方だからねえ。ギルフォード様の伴侶も目も眩《くら》むような美女に違いないと世間は騒いでいるみたいだ」

ごめんなさい。美女からほど遠い、ただのデブです。

「ああ、そう言えばギルフォード様だけどね、もうすぐ我が家にも来られるとお聞きしたよ」

「え!? ち、ちなみにもうすぐとは……」

「うーん、一週間もしないうちに来られるんじゃないかなあ。まだ正式な通知は来てないけどね」

お父様の言葉に自分の顔が青くなるのが分かった。

いくらなんでも一週間で痩せるなんて無理だ。ギルフォード様が家に来たが最後、私もご挨拶《あいさつ》しなければならない。

つまりバレる。

物理的にも精神的にも追い詰められた私はここに来てようやく腹を括《くく》ることにした。

「お父様！　私、留学したい！」

「……留学⁉」

驚愕の瞳で見つめられて私はしっかりと頷《うなず》く。

「私ももう十六だし、お父様の跡を継げるよう勉強をしたいの」

「……いや、でもまだ早いんじゃあ。勉強するなら別に国内でも」

「お父様！」

必死に私を家に留めようとするお父様に向かって高らかに言い放つ。

「可愛い子には旅をさせよ、です！」

ピシャーンと雷に打たれたように固まったお父様は、はっと我に返ると震える手で大袈裟《おおげさ》に涙を拭《ぬぐ》う仕草《しぐさ》をする。

「ああ、こんなにも大きくなって。分かった、私の持てるツテでお前が頑張って勉強できるように最高の環境を整えよう」

「わあ！　お父様、ありがとう大好き‼」

笑顔でそう言えば私大好きなお父様はデレッと相好《そうごう》を崩す。

しかしすぐにキリッとしたかと思うと、慎重な声でこちらを窺《うかが》ってきた。

「ち、ちなみに留学はいつからしたいのかな？」

「明日には」

「明日⁉」

これにはさすがのお父様も愕然《がくぜん》としていて、いやいやと首を横に振る。

「お願い、明日が無理なら明後日でも明々後日でもいいの。とにかく一週間以内には留学したいわ！」

「どうしてそんなに早く行きたいんだい？」

「気付いたの、これまでなんて怠惰《たいだ》な生活を送ってきたんだろうって。私は変わりたい！　だから今このやる気があるうちに早く自立できる場所へ行きたいの！」

そしてここではない場所でダイエットに成功してみせる！

母国を離れれば私を甘やかす存在もほとんどいなくなる。そして慣れない環境に身を置いているうちにストレスで痩せることも考えられる。

そしてなによりギルフォード様に捕まるまでの時間を延長できるのだ！　ここ重要！

「お願い、お父様」

「……ああ、勿論《もちろん》だ。父親として可愛い天使の願いを叶えよう」

こうして私は長期留学という名目でダイエットに励むことを決意したのであった。

## ◇自覚する心

左鎖骨のあたりにハッキリと浮かび上がった花紋を見た時、最初に思ったのは「煩《わずら》わしい」、だった。

皇族が成人年齢に達した時に必ず現れる花紋は、運命の伴侶と自身を繋ぐ大切な証《あかし》。

擦って落ちないものかと試してみるが当然消えるはずもなく、顔を顰《しか》めて溜息をつき、いつものように執務室へ向かった。

「おはよう、ギル。今日も仕事はたくさんあるぞ」

「はい。一応報告しておきますが、花紋が出ました」

皇太子である兄上から書類を受け取ろうとするが、なぜか兄上はそれから手を離さない。

「何ですか」

「おま、そんな大事なことを定時報告のように簡単に言うなんて……！」

見せろと無理矢理服を剝《は》いでこようとするので大人しく首元を見せる。

「おお、これはまた立派な花紋だな」

「みたいですね」

「まるで他人事だな」

事実他人事だった。

皇族として生まれたからには自分に運命の伴侶がいることは分かっていた。ただそれは頭で理解しているだけで、心では理解できていない。伴侶の存在に今一つ必要性を感じないのだ。

愛だの恋だのにかまける暇があったなら仕事をしていたほうが何倍も国のためになり、効率的だ。

「いやいやいや、運命の伴侶は本当にいいんだぞ！　俺はエイダに出会って世界が変わった!!」

両手を広げて声高に主張し始めた兄上に冷ややかな視線を送る。

放っておけばいつものように自分の妃自慢が始まるので、俺は無言で書類を奪い取った。

「面倒くさい」

一言吐き捨てれば兄上は愕然とし、俺に人差し指を向けてこう言った。

「ギルお前、運命の伴侶と会った時ぜっっったいその言葉後悔するからな！」

子どもじみた言葉を軽く受け流し、慣例通り皇帝陛下への報告と花紋を公開する準備にかかる。

花紋の公開については、絵師が呼ばれその紋を寸分の違いなく紙に描き写し、世界新聞を発行している出版社へと送る。

花紋が現れた以上、運命の伴侶に会うことは皇族に課された義務だ。

伴侶に対して国の利益になる能力があるかどうかなど俺自身は求めはしない。せめて姦《かしま》しい相手でなければそれでいい。

自分が皇族の運命の伴侶でありたいと望む、自分に媚《こび》を売る人間をたくさん見てきた手前、どうも自身の運命の伴侶に希望を持てなかった。

溜息を一つ吐き、どうせすぐに現れるであろう伴侶のことから逃げるように仕事に没頭することにした。

思い上がっていたこの時の俺は、これから一年以上運命の伴侶に会えないなど微塵《みじん》も思わなかったのである。

＊

「なぜ、名乗り出てこない」

公開から一ヶ月、俺はわずかに苛立《いらだ》っていた。

無意識に低くなった声に同調するように兄上も溜息をついて書類を整える。

「うーん、一ヶ月経っても現れないってことは国外の可能性が高いかな。一応もう一度掲載してもらおう」

花紋が公開された当初は早くて一日、遅くとも一週間以内に名乗り出る者がいるだろうと考えていたので、調子が狂ってしまった。

国外の者ならば情報が行き届くまで時間がかかるし、この国にやってくるのにも時間がかかる。

だからまだ伴侶が現れないのは仕方ないことなのだと無理矢理自分に言い聞かせ、振り切るように書類と向き合った。


二ヶ月目、なにに対してか分からない焦燥感《しょうそうかん》を感じるようになり、仕事で小さなミスをするようになっていた。

「なぜ！　現れない！」

「お前がそんな態度だから出てきてくれないんじゃないか？」

「……」

「ったく。んー、そうだな、じゃあ伴侶に向けてメッセージを書くのはどうだ？」

「メッセージ？」

兄上曰《いわ》く、俺の伴侶は『氷の皇子』という異名《いみょう》を持つ俺のことを怖がって、出るに出られない状況になっているのではないかということだった。

「運命の伴侶に向けて恋文の一つや二つ書けば相手も安心して出てこられるだろう」

理《り》にかなった兄上の助言に俺は頷いて、試行錯誤を繰り返し作成した文章を新聞に公開した。

不思議とその行動に羞恥心が湧いてくることはなかった。世間には俺についての勝手な噂が出回っており、それを全て信じて俺のことを誤解するのも仕方のないことだ。その誤解を解くためならメッセージを出すくらい造作もない。

伴侶に出会えたらお互いをよく知るための努力を惜しまないようにしよう、と心の中で密《ひそ》かに誓った。


三ヶ月目、注意力が散漫《さんまん》になり、それは私生活にも影響を及ぼした。

決して綻《ほころ》びを見せることのなかったあの第二皇子が、と城の者たちが囁いているのを知っている。

そして奴らがひどく俺に同情的であることも。

理由など、運命の伴侶が現れないこと以外にあり得ない。

伴侶は国外から名乗り出る気配もなければ、俺の噂を怖がっているわけでもなさそうだった。

では他にどんな理由がある？

世間の言うように既婚者だからなのか？　奴隷として囚われているからなのか？　それとも、それとも既《すで》に死んでしまっているというのか⁉

「落ち着け、ギル。過去に運命の伴侶が既婚者だった事例はないし、伴侶の命に危険が及べば花紋が強く反応するそうだから死んでいるということもないだろう。奴隷に関してはなんとも言えないが……」

我が帝国はこの大陸一の強さを誇るため、他国は我が皇族の運命の伴侶探しに協力的だ。当然奴隷も全てチェックさせてはいるが、取り零しがないとは決して言えない。

焦《あせ》ったところで事態は変わらないが、それでも厳重に調べるよう指示を出す。

なぜ、なぜ、と心が叫ぶ日々、伴侶のことが頭から離れることなど一度もなかった。

「呪いか何かか、これは……っ！」

「呪いだなんて失礼な」

髪の毛を掻き乱す俺に少し休むようにと、兄上が侍女に茶を出すよう指示する。そしてソファーに深く座り込んだ兄上は自嘲《じちょうてき》的な笑みを浮かべて静かに語り出した。

「俺たちこの国の皇族は、心に欠陥を抱えて生まれるんだ。お前も分かっているだろう、伴侶に出会う前の皇族たちはみなそろいもそろって感情の起伏がほとんどないことを」

兄上と俺は十歳差。幼少時の記憶に残る兄上は笑顔を決して見せることのない物静かな人で、今のように溌剌《はつらつ》と喋《しゃべ》る姿など見たことがなかった。

それが運命の伴侶との出会いを経て、人が変わったように感情豊かな人になった。

その時の驚きは今でも忘れられない。

「国を動かしていくのに感情など必要ないと思っていた。でもそれは違うとエイダに出会って分かったんだ」

運命の伴侶と出会うことで初めて知る豊かな感情は、国を繁栄させていくために不可欠なもの。

喜び、哀しみ、慈しみ。

感情を得ることで、民に寄り添った視点で物事を考えられるようになるのだと言う。

——皇族を人たらしめる存在。

「それが運命の伴侶だ」

兄上はくしゃりと笑って俺の頭を軽く叩いた。

「ギルは歴代の皇族の中でも冷酷な皇子として有名だからなあ。運命の伴侶を得た後のお前が楽しみだよ。勿論周りの反応も」

成人したから現れると思っていた花紋が実は成人を促すための印であるということを知ってからは、俺は自分を満たしてくれる存在がどんな人物なのだろうと考えるようになった。

それから興味を引かれるままに、その翌日から俺は自らの足で伴侶を探しに出ることにした。

まずは皇都の、独身者がいる貴族の屋敷を訪問し、直接顔を合わせるようにした。行き先を俺の補佐に一任したため、会う者は俺の意思に関係なく決められた。

そうして伴侶探しをしつつも、貴族たちの意見を聞くことで交流を深め、人脈を広げることにも力を入れた。

それからさらに二ヶ月が経ち、最初の花紋の公開から半年が過ぎた。

ここまで伴侶が現れないのは前代未聞とまで言われ、それを利用して自分の娘をあてがおうとする貴族も出てくる始末だ。

運命の伴侶が申告制なのは、今まで名乗り出ない者などいなかったからだ。

しかし今の俺にとって、申告制は最悪の制度だった。

俺にできることと言えばしらみ潰しに探すことだけで、伴侶が自らの意思でそばに来てくれなければ会うことすらできない。

事態の深刻さを感じ取った者たちは腫《は》れ物に触れるように俺に接してきたが、唯一兄上の態度だけが変わらなかったことが俺の救いだった。

「実は運命の伴侶は近くにいて、お前が言った面倒くさいって言葉聞いて逃げちゃったのかもね」

たまに言われる兄上の冗談が胸に突き刺さり、しばらく口を開くことすらできなくなったりはしたが。

この時から自身の花紋に触れながら、伴侶と唯一繋がることができる空を見上げるのが癖になった。

# 第一章　第一の魔物

# ◇一話　デブは辛いよ

母国を離れ、勉学において外からも様々な人を広く受け入れることで有名な隣国、レストア王国に私は足を踏み入れた。

そしてレストアの王都の端に位置する第一王立学園に入学して早一週間。

私はデブに対する世の中の厳しさを思い知らされていた。

友達が欲しくて勇気を出して話しかけるも、全身を凝視されたうえ他人行儀に対応され、席が決まっていない授業で隣に座れば露骨《ろこつ》に顔をしかめられ、廊下を歩けば大きく避けて歩かれる。なにか嫌な臭《にお》いでも漂ってこようものならみな一斉に私のほうを見て鼻をつまむのだ。

これだけでも心が折れそうなのに、

「お前がボクのパンを盗んだんだろう‼　言い訳をするな！」

本日の昼休み、金髪の童顔少年が私を指差して憤《いきどお》っている。

彼は私のクラスメイトにして、この国の第四王子、ラドニーク様だ。

食べることがたいそう好きだそうで、食への執着が人一倍強い。その割にはなぜか痩せていてなんとも羨《うらや》ましい。

そんな御方《おかた》からまさかのパン泥棒呼ばわりである。

何故なのかと突っ込みたい気持ちはやまやまな一方で、王族の不興を買ってしまったのかと私の顔は一気に青くなる。

が、決してパンは盗んでいない。そんなことは断じてしてない。

「違います！　私は盗っていません……！」

「ボクが帰ってきた時、ボクの机のそばにはお前しかいなかった！」

それは貴方の隣の席が私だからです、と言い返す前に、畳みかけられるように言葉が降ってくる。

「それに決定的証拠がある！」

決定的証拠？　と眉をひそめれば、ラドニーク様は満面の笑みで言い放った。

「お前がデブなことがなによりの証拠だああ‼」

その言葉を聞いた瞬間、私は膝から崩れ落ちた。

勢いよく膝が床に当たったのも相まって、私は涙目である。

野次馬と化しているクラスメイトもラドニーク様の言葉にクスクスと笑って、私に助けの手を差し伸べてくれる気はないようだ。

ここで罪を認めてしまえば母国に強制送還だ。

それは絶対にダメだと、焦って弁解しようとしたその時。

「おい、その子は盗んでなどいないぞ」

救いの声が降ってきた。

声がした教室の出入り口のほうを振り向けば、燃えるように赤い髪をポニーテールにした美女が気怠げにこちらを見ている。

「なに？　こいつを庇《かば》う気か⁉」

「庇っているのではなく事実を言っているだけだ」

「なんだ、お前。王族のボクが言っているんだぞ！　ボクの言うことを信じるのが当然だろう‼」

「生憎《あいにく》、あたしはこの国の者ではなくてな」

淡々と答える彼女はラドニーク様を一瞥《いちべつ》すると私のほうを見て、艶然《えんぜん》と微笑んだ。

同性なのに、そのなんとも言えぬ色気にドキリと心臓が高鳴る。

「パンを盗んだのはこの子ではない。犯人は其方《そなた》の後方にいる奴だ。もっとも、盗んだ、という言い方は語弊《ごへい》があるようだがな」

彼女の指差した先には顔を真っ青にした一人のクラスメイト。彼はラドニーク様の視線を受けた瞬間、ガバリと頭を下げた。

「申し訳ありません、殿下！　ロッカーの上に置いてあったので俺のものかと思って間違えて食べてしまいました‼」

「貴様《きさま》あああ‼」

「ヒイイイッ」

ラドニーク様は怒りの矛先をすぐにそちらに変え、ツカツカと歩み寄っていく。

殿下の鬼の形相《ぎょうそう》に男子生徒は先ほどの私のように体を震わせた。表情は恐怖と絶望に染められてしまっている。

止めるべきか逡巡《しゅんじゅん》していると、美女はラドニーク様のことを声だけで止めに入った。

「ラドニーク、其方怒るより前にやる事があるのでは？」

「貴様！　呼び捨てとはなんたる不敬！　打ち首にするぞ！」

「ほう？　してみるがいい。しかし今はそんな話などどうでもいい。その子に謝れ」

「なんだと――？」

ピリッと一気に空気が張り詰め、私は息を呑《の》んだ。

「間違えていたなら謝る。それが礼儀であろう。それともなにか？　王族は頭を下げる必要などないと？」

ヒイッ、完全に煽《あお》ってらっしゃる！

美女の嘲笑《ちょうしょう》はありがたいほどに美しいけれど、さすがにこの国の王族を怒らせるのはよくないのではないだろうか。まだこの国の法律は理解していないが、不敬罪が成立したらシャレにならない。いや、先ほどのラドニーク様の言葉からしてもう成立しているかもしれない。

「あああああ、あの！　私がこんな体型をしているのが悪いんです！」

だから逃げてください!!　と叫びたかったのに、美女は決して譲らず「謝れ」と口にするのでもうなにも言えなかった。

美形が怒るとこんなにも恐ろしいものだということを初めて知った。

不安になって殿下に視線を戻すと、なぜか殿下は俯《うつむ》いてプルプルと震えている。

「……だ」

「え？」

「謝るのは嫌だ!!」

「えええ」

顔を勢いよく上げた殿下は涙目でギッと私を睨《にら》んでいる。

いや、私はなにも言ってない。

「ボクは絶対に謝らないからなー!!」

うわあああんと泣き叫びながら殿下はこの場から走り去ってしまった。

えええええ!?

状況についていけない私が間抜《まぬ》けにも口を開けていると、美女がこちらに近づいてくる。

そしてふわりと高貴な香りが鼻を掠め、私は自分の鼻腔が清められた気がした。

「あの、助けてくださってありがとうございました！」

「濡れ衣であることが明らかならばクラスメイトを助けるのは当然であろう？」

その言葉に、周囲で野次馬と化していたクラスメイトたちはほとんど全員顔を逸らして散っていった。

その時、ん？　とあることに気付く。

「あれ？　クラスメイト？」

「ああ、今日からこのクラスで世話になる」

彼女はこの国の人間ではないと言っていた。つまり私と同じ留学生だ。

その事実を知った途端《とたん》美女に親近感が湧き、ドキドキと心臓が高なる。

「あたしはローズマリーという。よければ仲良くしてほしい」

「も、勿論です。私はフーリンです！」

「敬語など使わなくていいぞ。友達、なのだからな」

友達――なんて甘美な響きなのだと胸が打ち震える。

顔がだらしなく崩れて見るに堪《た》えないものになっているだろうけれど、私の嬉しさが伝わったのか彼女も口角を上げる。

「ローズと呼んでくれ」

「じゃあ私はフーリンで！」

「了解」

ローズは厳格で話しかけづらそうな雰囲気ではあるが、それがまたいい。クール美人、最高だ。

心の中で拝んでいるとローズは遠慮のかけらも見せずラドニーク様の椅子に座った。それにならって私も自分の席に着く。

「あの王子は前からあんな感じなのか？」

「うーん、私も一週間前に留学してきたばかりだからあまり分からないけど、あんな感じだよ」

「……アレで十六だというのだから先が思いやられるな」

私と同い年⁉

衝撃の事実に目を剝き、先ほどのラドニーク様を思い浮かべてポツリと言葉を落とす。

「……見えない」

「同感だ」

丸くした目をローズと合わせると、お互い自然に笑い合った。その時のローズからは厳しそうな雰囲気が消えて、幼さが垣間《かいま》見《み》えた気がした。

しばらくそのまま話をしていたが、どうにも脳裏にラドニーク様の泣きそうな顔がちらつく。

「……あの、ローズ」

「どうした？」

「ラドニーク殿下の様子を少し見に行ってきてもいいかな」

「なぜ？」

心底不思議そうに首を傾げられ、私はウッと言葉に詰まる。

王族を泣かせておいて放っておくなどそんな豪胆さはさすがに持ち合わせていない。ラドニーク様からなにか報復される可能性もあって、正直気が気でないのだ。

昼休みが終わるまでまだ時間はある。「殿下が心配だから」と聞こえがいいように言えば、ローズは感心したように頷く。

「フーリンは心優しいのだな」

ううん、私はただの臆病者だ。


それから一人でしばらく探し回って、ようやく中庭の隅っこにうずくまったラドニーク様を見つけたのは昼休みが終わりそうな頃だった。

嗚咽《おえつ》している彼に声をかけることなどできなくて、私はそこに立ち尽くす。

そう長くもない時間傍観者に徹していると、ラドニーク様がいきなり振り向き私の姿を視界に入れた。そして物凄いスピードでこちらに歩み寄ってきて、睨みつけてくる。

「おい、このっ、デブ!!」

「はい！」

「お前の、お前のせいで……っ！　あの後姉上に怒られたんだからな!!」

「はい!?」

このボクが！　なんて喚《わめ》いているラドニーク様を眺めても状況は一つも分からないけれど、殿下の姉上というのならば十中八九その方は王女様に違いない。

「えっと、ごめんなさい」

「心がこもってない!!」

「ごめんなさい!!」

声を張り上げて恐る恐るラドニーク様を見れば、なぜか悲しそうに眉尻を下げている。

「……違う、ボクは、違う」

「……」

情緒が不安定すぎないだろうか。

急に頭を抱えて振り回し始めたラドニーク様に、私は理解することを早々に諦めた……のも束の間。

「……間違えて、悪かったな」

「え!?」

信じられない言葉が聞こえた気がするが、ラドニーク様が顔を真っ赤にしているあたり聞き間違いではないようだ。

「姉上に謝れって言われたから謝っただけだからな！　あの赤髪女に言われたからじゃないからな！」

必死に言い訳するラドニーク様がなんだか可愛らしく見えてきて、笑顔を浮かべてつい余計な一言を漏らしてしまった。

「素直に謝れる殿下は凄いですね」

よくよく考えれば不敬とも取れる言葉にもかかわらず、なぜか途端にラドニーク様の顔が華やぐ。

「そうだろ⁉　ボクは凄いんだぞ‼　お前見る目があるな。デブのくせに！」

褒めたことが功《こう》を奏《そう》したのか、悲愴感あふれる顔から一転、目を輝かせキラキラオーラを振りまき始める殿下。その顔は恐ろしいほどに可愛いけれど、最後の一言は余計だ。

まるで子どものようにはしゃぐ姿に、私はラドニーク様の扱い方のコツを一つ摑んだ気がした。

「気に入った！　特別にお前をボクの秘密基地に招待してやろう！」

ひみつきち？

「ついてこい‼」

首を傾げていれば、私よりも断然細いくせに有無を言わせぬ強い力で引っ張られ、私は強制的に歩かされる。

心を許してくれたのは物凄《ものすご》く嬉しいんですけれど、もうすぐ昼休みが終わるってこと忘れてませんか、殿下――⁉

# ◇二話　秘密基地へようこそ

広大な学園の中をラドニーク様に連れられてぐるぐる歩き回り、道を下って右に左、そしてさらに下がったかと思えば今度は上へ。そこからまたぐるぐる回りながら下り、気付いた時には建物の中のどこか真っ暗な場所に着いていた。

完全なる闇に囲まれて今更逃げようなんて考えも思い浮かばない。

どうやってここまで来たんだっけと全く役に立ちそうにない脳に聞いていると、ラドニーク様は懐《ふところ》をゴソゴソと探り始める。

そして鍵を取り出したかと思えば、ぼんやりと目の前に見えるドアの鍵穴に差し込んだ。

どうやらラドニーク様の言う秘密基地というのは軍関係の施設のことなどではなく、私的な隠れ部屋、という意味のようだ。

「よし、入れ」

「お、お邪魔します」

ラドニーク様に続いて怖々とその部屋に足を踏み入れた。

そして灯《あか》りがついた瞬間、――ギルフォード様と目が合った。

なにを言っているのか分からないだろうが、本当だ。

固まってその場から動けなくなった私を見てなにを勘違いしたのか、ラドニーク様は恍惚《こうこつ》とした笑みを浮かべて両手を勢いよく広げた。

まだ早い！！


「素晴らしいであろう！　とくと見よ、この麗《うるわ》しき御姿を!!」

眼前にあるのはイルジュア帝国第二皇子――ギルフォード様の肖像画。

見上げるほどの大きなそれにさえ圧倒されるというのに、よくよく見れば四方の壁に大小様々な彼の肖像画が所狭しと飾られており、いっそのこと狂気を感じる。

どこを向いても彼と目が合ってしまい、正直叫びたい。

「どうだ、ここがボクの秘密基地だ」

さあ褒めろと言わんばかりの表情に私はこの場からすぐにでも逃げ去りたくなった。

顔を歪《ゆが》ませた私に目敏く気付いたラドニーク様は機嫌を急降下させる。

「なんだ、文句でもあるのか！」

「勿論ないです！　……えーと、殿下はこの肖像画の方のことをとても尊敬されているのですか？」

柔らかく包み込んだ私の言葉にラドニーク様はよくぞ聞いたとでも言うように再び表情を煌めかせる。

「そうだ！　聖様《ひじりさま》はボクの神様なのだ！」

いろいろ突っ込みたいところはあるが、とりあえず一番気になるところに手をつけてみることにする。

「ひじりさま？」

「この御方のお名前をボクごときが気軽に呼べるはずもなかろう！　だからこの方の称号である聖騎士から取り、そう呼ばせていただいているのだ！」

「へえ」

聖騎士──女神の加護を受けた騎士のことを言い、剣一本で魔物を退治できる強さを誇る。

騎士の中でも最上位の階級であり、この世に片手で数えるほどしか存在しないため聖騎士は世界中から尊ばれる。

そんな聖騎士の一人が、私の運命の伴侶であるギルフォード様だ。

なるほど、ラドニーク様はギルフォード様の熱狂的支持者《ファン》なのだ。熱狂的という言葉でおさめていいものか疑問は残るけれど。

「もしかしてお前この御方を知らないのか⁉」

呆けた私の表情に何を思ったかラドニーク様は大きな声で詰め寄ってくる。

「私の母国の皇子様なので知ってますよ」

「なにィ⁉　聖様と同国だと⁉　なんて羨ましいんだっ」

「……そうですかね」

「おまっ、聖様と同じ土地を踏めるだけでもありがたいと思え！」

なにやら興奮し始めたラドニーク様の口は止まらない。

「よし、お前そこに座れ。ボクが今から聖様の尊い話をしてやろう」

「いや、結構で」

「ボクが初めて聖様に出会ったのは、ボクが十歳の時だった──」

「……」

話を要約すると、ラドニーク様が魔獣に襲われそうになったところをギルフォード様に助けてもらい、その凛々《りり》しい姿にすっかり惚れ込んでしまったそうだ。

それからはギルフォード様を追いかけるようになったという。

「ふん、まあ聖様に迷惑をかけるのはボクの本意じゃないからな。本人にお会いするのは公式の場以外は控えたさ」

「……変なところで遠慮するんですね」

口が滑った私にラドニーク様は怒りを見せるかと思ったが、そんなことよりギルフォード様を語る熱意のほうが勝ったのだろう、身振り手振りは激しさを増していく。

「とりあえず聖様の赴かれた場所は全て回った。聖様が戦闘の際残したとされる岩の傷にもバッチリ触ってきたんだ！　どうだ、凄いだろう⁉」

「ソウデスネ」

「聖様の趣味、特技、好きな食べ物、嫌いな食べ物もボクは知っている！」

殿下の興奮ぶりがここまでくると一つの疑問を持たざるを得ない。

「殿下はギルフォード様のことを恋愛的に好きということですか？」

「馬鹿者ー！　聖様をそんな目で見るなど口にするのも恐ろしい！　聖様は神聖にして不可侵！」

「……ギルフォード様に近づく者がいたら？」

「処す‼」

「……」

なるほど、過激派。

「……まあそれも今や破られようとしているがな」

「え？」

「運命の伴侶だ。花紋の公開から半年経っても現れていないみたいだが」

ドキリと急に心臓が跳ねる。

ラドニーク様が突然真剣な顔になるのでなにを言われるのかと心配になる。

「正直――一生現れないでほしい」

そうだ、ラドニーク様は欲望に忠実な方だった。

「イルジュアの皇族に必ず運命の伴侶が現れることは分かっている！　分かってはいるがこれからもずっと独り身でいてほしい……っ」

願いが切実すぎて私はダラダラと汗を流すしかない。

「でももし、もし！　その伴侶が現れるというのならば、ボクが納得できるような相手じゃないと嫌だ」

「……それはどんな人でしょうか」

「聖様を立て、頭がよく、教養があり、嫋《たお》やかで品があって、民にも広く慕われるような絶世の美人がいい」

無理だ‼

「ち、ちなみにその伴侶が私だったりしたら――」

「処す」

目が本気だった。

「そもそもデブな時点でボクは許せない。デブなんて怠慢で自制できない人間だと公言しているようなものだろ」

「仰《おっしゃ》る通りです……」

ズーンと落ち込んでいるとラドニーク様は気がすんだのか、立ち上がってどこからか箱を持ってくる。

「王室御用達《ごようたし》のケーキだぞ。お前のような平民は食べられないような代物《しろもの》を今から食べさせてやる。感謝しろ」

「ありが、あ、いえ、私は遠慮させていただきます……」

「……ボクの出したものが食べられないとでもいうのか？」

「いえ、そういうことでは」

箱から取り出されたそれは彩《いろど》り美しく宝石のような果実が飾られていて、縦横無尽《じゅうおうむじん》にかけられたシロップが光を放つ。

おいしそう。とってもおいしそう。

「その、私、実はダイエットをしていまして……」

「ダイエットお？」

ラドニーク様は目を丸くしたかと思うと、突然肩を震わせて笑い始めた。

「アーッハッハッハッ!! なんと面白い！ そんなもの、今からしても無駄であろう？」

その言葉に私はグッと黙るしかない。

その通りなのだけれど、面と向かって言われると思いの外《ほか》こたえた。

顔を俯《うつむ》け手で顔を覆った私の耳にラドニーク様の焦った声が届く。

「おっ、おい。泣くな！ 泣くなよ!?」

「……泣いて、いません」

「うそだ！」

困惑した空気に私はすぐに気が抜けてしまって、少しの悪戯心《いたずら》が湧き上がり、そのまま顔を覆っていた。

「どどどうしたらお前は泣き止むんだっ」

「名前を」

「え？」

「私の名前を呼んでください……お前とかデブは嫌です」

これでもわりと傷ついていた。

悪意のない言葉こそ人知れず全身を支配してしまうことを、ここに来て身に染みて感じている。

「良いだろう！　ではお前の名前を申してみよ！」

「フーリンです」

「フーリンだな！　よし、フーリン！　これでもう泣き止んだだろう？」

童顔のラドニーク様が心配そうにしていると、本気で小さな子どものように見えてしまう。

そういう意味ではラドニーク様はとても純粋な心を持っていた。

正直に言えば同じ歳とは思えない幼さだけれど、そういうものだと割り切ってしまえばなんだか楽しくなってくる。

「まあせいぜいダイエットをやってみればいい。だがこのケーキは食べろ！　食べなきゃ後悔するぞ」

ギルフォード様の視線に囲まれる中、ダイエット宣言したにもかかわらずカロリーたっぷりのケーキを持つ私。罪悪感に押し潰されそうだ。

押し潰されて痩せられるものなら押し潰されたい。

「さあ食べろ、フーリン！」

ラドニーク様の期待のこもった瞳を裏切る勇気が私にあるはずもなく、私は柔らかいクッションが置かれているソファーに身を沈め、ごめんなさい！　と心の中で謝ってケーキを口に放り込んだ。

その味は言葉にできないくらいに最高だったと言っておこう。

そしてその後もラドニーク様によるギルフォード様の話が再開され、私は延々と聞かされるハメになったのだった。


その間、当然私はローズに心配されていた。

秘密基地のことは口外するなと言われたので、その話題を避けてラドニーク様に付き合った話をすればローズは眦《まなじり》を吊り上げた。明日が怖い。

放課後、昼休み以降の授業をサボった私は担任に呼び出され、案の定サボった理由を聞かれた。なのでローズにしたのと同じ内容を話すと、担任は仕方なさそうに溜息をついて早々に私を帰してくれた。もしかしたらラドニーク様は常習犯なのかもしれない。

こうして怒涛《どとう》の一日が終わり、早く帰ろうと疲れた体を引きずりながら校舎の出口を目指して歩いていると、誰かが私のほうへ近寄ってくるのが見えた。

「あの、もし」

「はい？」

そこには高貴な雰囲気を隠さない美しい女の人がいた。

周りの空気が一気に澄んだ気がする。

「わたくしはラドニークの姉、メロディアと申します」

はあ、と気の抜けた声を漏らしそうになって慌てて口をつぐむ。

待って、姉？　姉って言った⁉

ということはこの方はこの国の王女様……！

「突然呼び止めてしまい申し訳ありません」

「いっ、いえ！　えっと、なんの御用でしょうか？」

「……ラドニークと仲良くしていただいているのを見かけて、つい声をかけたくなったのです」

どの場面を見られたのかが気になるところである。

「ラドニークがあんなにも楽しそうに喋っている姿を久しぶりに見ました。それだけ貴女に心を許しているのだと分かりました」

「そう、ですか？」

「はい、ラドニークはあんな様子ですから友人がおりません。だから貴女《あなた》が話し相手になってくれることがとても嬉しかったのでしょう。ただ貴女に迷惑をかけてしまっていたら申し訳ありません」

「いえいえ、ラドニーク殿下といると楽しいですよ」

この言葉は本心だ。

破天荒《はてんこう》な彼だけれど、そんなラドニーク様のおかげで、この国に来て初めて寂しさを忘れることができた。

まだ早い！！


「それは……本当に良かったです」

メロディア様が安堵《あんど》した様子を見せた時、私は自分の名前を名乗っていないことに気づいた。

「申し遅れましたっ、私はフーリン・トゥニーチェと申します！」

「存じておりますわ」

「えっ」

「あのトゥニーチェの玉珠《ぎょくじゅ》が我が国にやってきた、と家族の中でも話題になっていますから」

たらりと額を汗が伝う。

メロディア様の家族、つまりレストア王家の皆様の話題に上っている。しかも玉珠なんていうとんでもない例え方で。

想像するのも恐ろしいので、私はそれ以上言及せず曖昧《あいまい》に微笑んだ。

「フーリン様も最初ラドニークの性格に驚かれたことでしょう」

肯定《こうてい》も否定もしない私を見てメロディア様は悲しそうに目を伏せた。

目元に影が落ち、夕日を浴びる姿はとても絵になる。私もこうなりたいと思わせる美しさだ。

震える唇を開いたメロディア様は、私の手をそっと握った。

「ラドニークは――呪いにかかっているのです」

「……呪い？」

「はい、ラドニークはほんの少し前まで高潔で思慮深い大人びた子でした。しかしある日突然、ラドニークは、ラディは、変わってしまったのです……っ」

深刻な雰囲気に私はハッとあたりを見回す。

幸いなことに人一人おらず、廊下は閑散としていた。

「呪いとはなにかの魔法ですか？」

「わたくしは呪いだと思うのですが、陛下は認めたがらず……私の力では調査をすることも叶いません」

「そんな大事なことを私などに話されて良かったのですか？」

これ、実は王家の秘密ですとか言われたら倒れる自信がある。

「ラディを助けるために、一人でも多くの味方が必要です。それに貴女はきっと無闇に吹聴する方ではないとお見受けしました」

突然の断言に私は目を白黒させる。

なにかよくない方向に話が向かっているのを肌で感じた。

「お願いです、フーリン様。どうか、どうかラドニークを救っていただけないでしょうか⁉」

「⁉」

驚きすぎて言葉も出なかった。

ギュウッと私の両手を握るメロディア様の手に力が入り、これがなんの冗談でもないことを伝えてくる。

「私、この国のことなにも分からないのですが……」

「それでもいいのです。友人としてラディの身近にいて見守っていただき、なにか気付いたことがあれば教えてほしいのです。それにラディはこの学園に来てから様子が変で……もしかしたら……」

「情報収集ぐらいなら」

最後のほうの言葉が気になったけれど、メロディア様の悲しそうな顔をこれ以上見ていられなかった私は思わずいいですよと頷く。

瞬間メロディア様は破顔《はがん》し、ブンブンと握った手を振られる。

「本当にっ、本当にありがとうございます……！」

もしかしたら私は返事を間違ったのかもしれない、と思っているうちにメロディア様は私の手を離す。

「わたくしはもう行かなければなりません。またすぐにでもお会いしましょう！　それまでラドニークのこと、どうかよろしくお願いしますね」

「あっ、で、殿下！」

軽い一礼をしたメロディア様は急ぎ足でその場を去ってしまった。

私が呆然としていると、廊下を通る生徒が増え騒がしくなってくる。

夢でも見ていたのかもしれない、と頭を振っているとラドニーク様がこちらに走ってくるのが見えた。その顔はテンションの高さを物語る満面の笑顔だ。

そして周りに多くの生徒がいるにもかかわらず、彼は叫ぶ。

「おーい！　デブーリーン！　いいもの見つけたから見せてやるぞー!!」

……本当に呪いなのでしょうか、メロディア様。

## ◇三話　相談させて

自分で言うのもなんだけれど、私は手先が器用だ。

裁縫、刺繍《ししゅう》、編み物どんとこい。お菓子のデコレーションもいける。方向性は違うが、なんなら細長い棒を使えば鍵がなくても開錠だって可能だ。……最後のはさすがに秘密だけど。

そうした器用さも手伝って学校で頼まれた仕事を丁寧にこなした結果、それに目をつけた担任から雑用を任されることが多くなった。

他のクラスメイトは文句を言うようなので、頼まれたら断れないタイプの私に頼みやすいというのもあるのだろう。

『留学生と交流しよう！　合同留学生交流会』？」

「うん、第一と第二合同でやるんだって」

レストアにはここ第一王立学園の他、第二王立学園が存在しており、生徒たちはそれぞれを第一、第二と呼び区別している。

「その手伝いをしてほしいって言われちゃったから、これ」

手元の書類をピラピラと靡《なび》かせるとローズは眉間にシワを作った。

「そういうものはそれを企画する者がやるものじゃないのか？　というか当の留学生に頼むのもおかしいだろう」

「そもそもこの企画は留学生が手を挙げて始まったものらしくて、生徒主体でやってるんだって。それで人手が足りてないみたい。まあ頼まれちゃったし楽しそうだからいいかなって」

へらりと笑えばローズは息を吐いて困ったように笑った。

「そういうことならあたしも手伝おう。どうせ暇を持て余していたところだしな」

「本当？　ありがとう！　あとね、少し相談したいことがあるの……いいかな？」

「ああ、勿論だ」

あれからラドニーク様の呪いについていろいろ考えてみたが、そもそもメロディア様の話が抽象的なままに終わってしまったのでなにから手を付けていいのか分からないでいる。

ちなみに当の本人といえば私の悩みなど露《つゆ》知らず、今日も元気いっぱいに校舎を走り回っている。

ローズに相談するのはメロディア様に許可を取ってからにしようと思ったが、困ったことに次会うのがいつになるかなんて分からない。相手が王女様である以上、仕方ないことだけれども。

でも次に会う時に、なんの情報も得られていません、ではメロディア様を落胆させることになるだろう。

そこで私は思い切ってローズに相談してみることにした。

込み入った話になることも考えて、私たちは校舎の隣にある図書館に行くことにした。

ここの図書館は勉学に力を入れている国の施設なだけあって、世界でもトップクラスの蔵書数を誇る。私も留学してきて以来毎日のようにお世話になっている場所だ。

図書館には生徒が自由に使える個室がいくつかあり、その一つに入室して作業を始める。

ビラを折りながら私はメロディア様との話をローズに語って聞かせた。

「なるほど、あの馬鹿王子は呪いにかかっているのではないか、と」

「私一人で考えてもなにも分からなくて、ローズにも協力してもらいたい、です」

「ふむ、ラドニークか」

手を顎《あご》に当てなにか思案しながら長い足を組んでいる姿を見ていると、無性にローズのことをお姉様と呼びたくなる。

太っている私は足が組めないので羨ましい。うん、羨ましい。

「あの日、フーリンがあの馬鹿を追っていった後に、あたしはその辺の生徒にラドニークについて聞いて回った」

「え！　そうなの？」

「王族にしては軽率なふるまいをしているからな。この国の王族がそれを許容するのかと疑問に思ったんだ」

私はそんな疑問を一度も持たなかったのに、とローズの洞察力に感服する。

「どうやらその王女の言う通り、ラドニークは元々あのような性格ではなかったようだ」

生徒曰く、ラドニーク様は元々第二王立学園の生徒だったらしく、第一に転校してきたのは一年前だという。

最初の半年はとても模範的な生徒で、生徒からの人気も高く、憧《あこが》れる者も多くいたようだ。しかしある日を境にラドニーク様は現在のような性格になってしまったそうだ。

「あと、生徒たちはこんなことも言っていたな。突然自身の婚約者に婚約破棄を申し渡した、と」

「こんやくはきぃ!?」

「その婚約者は第一の生徒で、この国の有力な侯爵家のご令嬢。婚約破棄の理由は、存在が煩わしく

なったから、だそうだ」

開いた口が塞がらなかった。

婚約というのはいわば契約だ。貴族社会においては本人の意思に関係なく両家の父親の間で交わされるものであって、一族の政治的、社会的、経済的な力を拡大するための手段であると言ってもいい。婚約する本人たちが異議を申し立てできるようなものではない、はずだ。

当然のことながらイルジュア帝国の皇族はその常識に当てはまらないが。

「婚約の破棄が成立したかどうかについては分からん。王家の考えも気になるところだな。そこは王女にでも聞いてみるといいだろう」

そんなデリケートな話を聞いて良いのだろうかと気になるけれど、優しそうなメロディア様を思い出せば大丈夫かなという気持ちになる。

「まあアレだ、フーリンはそのラドニークの婚約者に気をつけたほうがいいかもしれん」

「え」

「婚約破棄騒動があったのは、ほんの数ヶ月前だ。意味も分からず婚約破棄してきた王子に最近仲良くしている女がいる、なんて噂がその婚約者の耳にでも入ってみろ」

「……怖いね」

その婚約者の方がラドニーク様をどう思っていたかにもよって状況は変わってくるだろうが、最悪の場合も想定しておかなければならない。

ぶるりと体が震えるのを両手で押さえつけた。

「本当はラドニークに気をつけろと言いたいところだが、あの様子では無理だな」

「だね」

「あたしがフーリンを守る。心配するな」

やだ、カッコいい。

「じゃあ私もローズを守るね」

切れ長の瞳に射貫《いぬ》かれて思わず心臓が高鳴ったのを隠すようにそう言えば、ローズは驚いたように目をみはった。

「ローズ？」

「……そんなことを言われたのは初めてだったから、少し、驚いたんだ」

嬉しいとも悲しいともつかない複雑な色を浮かべた瞳が目の前で揺れている。

ローズ自身についての詳しい話をまだ聞いたことがないけれど、いつか聞けたらいいな、なんて呑気に考えた私はにこりと笑った。そしてその笑みを見て安堵したように肩の力を抜いたローズは、私のぷくぷくとした手を手慰みに弄《もてあそ》び始めた。

「呪いについてはやはりなにかの魔法と考えるのが妥当だろうな」

「私もそう思う」

「生憎あたしは魔法の類は分からんが、幸いここは図書館だ。この作業が終わったらなにか参考になるような本でも探すか」

「うん！」

と答えたところで、私は情報を得るためには行動しなければならないという基本を思い出し、ここまで自分はなにもしていなかったことを反省したのであった。

まだ早い！！

作業に一区切りがつき、気分転換も兼ねて二人そろって図書館内を歩き回る。しかしいくら探しても魔法書の棚が見当たらない。司書さんに聞いてみると資料室にあるという。資料室は図書館の一番端にあり、今いる場所からはかなり距離がありそうだ。

「まあ仕方ないね」

魔法は生まれつき魔力を持った魔導師のみが操ることができ、一般人は魔導師が作った魔道具を使って生活に利用する。なので魔導師以外で魔法を学ぼうなどと考える者は稀《まれ》だ。

そしてそもそも魔導師自体が少なく、この学園にも両手で数えられるほどしかいないのでこうした魔法書も隅に追いやられているのだろう。

図書館マップを頼りに私たちは資料室に向かって歩き出した。

## ◇四話　手下ではありません

「あれ？」

資料室と書かれた部屋の前まで来たのはいいものの、扉が開かない。

「鍵がかけられちゃってる。もう一回カウンター行かないとダメみたい」

別に私が弄《いじ》って開けてもいいんだけど、立派な犯罪行為をローズの前でするのはさすがにためらわれる。

「いや待て。……これは、魔法がかけられているな」

「魔法？」

「おおかた中に魔導師がいて人が入ってこないようにしているのだろう」

それでは鍵を取りに行ったところで無駄足ということだ。

どうする？　という表情を向ければ、ローズは一つ頷きドンドンドンッ！　と扉を強く叩き始めた。

突然のローズの行動に目が飛び出しそうになった私は悪くない。

するとなにもしていないのにスッと扉が開いた。

魔法だ、と理解した時には扉が全開になり、部屋から紙の匂いが流れてきた。

「なんの用だ」

薄暗い部屋に足を踏み入れた瞬間、明らかに不機嫌な低い声が部屋の奥から聞こえた。

そこにはソファーに腰掛け足を組む一人の男の人がいて、その美しい顔を歪めたままこちらを睨ん

まだ早い！！


でいる。

普段なら睥睨《へいげい》してくるその瞳の強さに怯えるところであったが、なぜか懐かしさを感じ、不躾《ぶしつけ》にその男の人を眺める。

無造作に括った濃い紫の髪に、吊り上がった金の目。

そして何より不機嫌そうに歪める口元がそっくりだ。

そっくり？　誰と？

自分に問いかけて、頭が弾き出したのは一人の少年に関する過去の記憶。

「もしかして……レオ？」

半信半疑の言葉だったが、彼がさらに顔をしかめたのを見た瞬間確信した。

「やっぱりレオだ！　覚えてる？　私フーリンだよ！」

「……んな原型も留めてないようなデブり方をした奴のことなんて覚えてねえよ」

「あー！　その言い方は絶対覚えてるやつだ！」

その口の悪さはあの頃から全く変わっていなくて、私はつい笑ってしまう。

すると横からローズが不思議そうに問いかけてくる。

「知り合いなのか？」

「うん！　十年くらい前によく遊んでたんだー。幼馴染《おさななじみ》ってことになるのかな」

「へえ」

興味津々なローズの視線を受けたレオはますます眉間のシワを深くする。

「まさかあの大魔導師レオがフーリンの幼馴染だとはな。世間は案外狭いのかもしれないな」

「狭くてたまるか。……ってかてめえ」

二人の間に漂う剣呑《けんのん》な空気を微塵も感じ取れなかった私は呑気にレオに話しかける。

「レオはやっぱり魔導師になってたんだ！　しかも大魔導師なの？　凄いなあ、頑張ったんだねえ！」

大魔導師とは、普通の魔導師とは次元が違うほどの量の魔力を保持する者のことで、使える魔法も桁違いに多い。聖騎士と並んでよく畏敬《いけい》の対象となる存在だ。

私の言葉に呆気にとられたのか、わずかに口を開けたレオは次の瞬間勢いよくそっぽを向いてしまった。なぜ。

その様子を見ていたローズはクスクスと笑い出す。なぜ。

「大魔導師を凄いの一言で片付けるとは……フーリンらしい」

「え!?　なにかダメだった？　昔からレオは魔法を使うのが上手だったから純粋に凄いなあと思って、あ……語彙力の問題か……」

留学中に国語も頑張ろうと決意した瞬間だった。

「まあフーリンはそれでいい。なあ、大魔導師レオよ」

「チッ、大魔導師はやめろ。むず痒くて仕方ねえ」

「名前を呼ばせてもらえるとは光栄だ」

「心にも思ってねえことを」

「ほう、其方に私の何が分かると？」

「さあな」

軽口が行き交う中、私は昔を思い出していた。お母様が生きていた、あの頃のことを。

レオとは、お母様に連れられて行った孤児院で出会った。彼は常に不機嫌な顔をして悪態を吐いているような子どもで、周囲の者から敬遠されていた。

私も最初は彼の他者を寄せつけない態度に話すことさえ嫌だったけれど、お母様が間に入ってくれて遊んでいるうちに気にならなくなっていったんだっけ。

レオは施設の人に自分に魔力があることは隠していたけれど、仲良くなった私とお母様には魔法を見せてくれた。

まあその現場を見られたせいで施設の人にバレてレオは魔導師のもとに連れていかれてしまい、今日まで会えなくなってしまったんだよね。

かつての面影を残しながらも大きく立派に成長したレオを見て、私が親にでもなったかのように嬉しくなった。

「というかなにしに来た」

「ああ、ちょっと気になることを調べに来ただけだ。……そうか、フーリン」

「ん？」

「本をいちいち探すよりこの男に聞いたほうが早いのではないか？」

「だからなんの話だよ」

確かに大魔導師であるレオなら知っていることも多いだろう。

しかしラドニーク様の呪いについての話をこれ以上他人に広めていいものかと迷ってしまう。

とりあえず一旦、ラドニーク様の名前を出さずに相談してみよう。

「レオは性格が変わってしまう魔法って知ってる？」

「性格が変わる？」

しばし考え込んだレオは溜息をついた。

「あの第四王子のことか」

引き攣《つ》った私の顔にレオはやはりな、と呟く。

「ななな、なんで分かったの？」

「んなもん少し考えれば誰でも分かる」

「そんな」

悩んだ私が馬鹿みたいじゃないか。

「……あまり首を突っ込まないことだな」

精神干渉の類の魔法は魔導師でさえキツく禁止されている、というのもあるがそもそも精神魔法は使える者が少ない。もし犯人がいるとするならばそれも限られてくる。

そう言って以降口を閉ざしてしまったレオは、なにを考えているか分からない顔をしていて、底の見えない瞳に囚われそうになった私はそれ以上なにかを言うことを諦めた。


資料室を出て、今日はもう帰ろう、とローズと連れ立って廊下を歩く。

するとしばらくの間黙っていたローズが突然私の顔を覗き込んだかと思うと口を開いた。

「どうした、フーリン。顔色が悪い」

「そう？　なんでもないよ」

「ダメだ、ここのベンチに座っていろ。なにか飲み物を持ってくる」

私を強制的に座らせると、止める間もなくローズは走っていってしまった。

その行動力に笑って体の力を抜くと、途端に心細さに襲われた。風が頬を優しく撫でていくだけで泣きそうになる。

「……思い出しちゃったからかな」

レオと再会してお母様のことまで思い出してしまった。

お母様が亡くなった時のことを思い出すと、どうしても私は弱くなる。

センチメンタルな気分になって、目を閉じていたその時。

「どーん！」

「わっ！」

膝に衝撃を感じて目を見開くも、私の膝を枕に寝転がる人物が誰か分かった途端私の気分が少し浮上する。

「やっほー、フーリン」

「一週間ぶりだね、ノア」

白のローブを纏い大きなフードで顔を完全に隠してしまっているこの人物は、私が入学して初めて喋った相手だ。といってもノアはこの学園の生徒ではないみたいだけれど。初めて会った時も今日と同じように突然現れて私に突進してきた。

ある意味衝撃的な出会いだったけれど、どこか懐かしさを覚えたのも記憶に新しい。

「あーやっぱりフーリンのひざだいすき～きもちいい～」

ノアは私の膝枕が好きなようで私の太ももを堪能《たんのう》するように腰に手を回してお腹に顔を埋めてくる。


まだ早い！！

腹の肉に埋もれて窒息してしまうのではないかとこちらとしては心配になる姿勢だ。

穏やかな空気を発するノアとは対照的な私の様子に気づいたのか、ノアはそっと私の頬に触れてくる。

「なにかあったの～？　かなしいかおしてる」

「……ううん、なんにもないよ」

「そ～？　なんでもノアにそうだんしていいよ～。ノアはフーリンのみかただから」

会うのはまだ二回目だというのになぜそんなことが言えるのだろう。膝枕をそんなに気に入ったんだろうか。

そうした疑問は思い浮かぶのに、ノアが纏う優しい空気がそれを打ち消して、素直に私の首を縦に振らせる。

ノアは幼い子どものような高くて可愛らしい声だけれど、はっきり言って年齢不詳、性別不詳という正体不明の人物だ。

ノアがどんな人なのか気になるけれど、なぜかノアの存在に警戒心を抱くこともなく、追求しないままでいる。

私が頷いたことに満足したノアは嬉しそうにころころと笑ってぎゅうっと私の腰に回した腕の力を強めた。そして数秒そのまま固まったかと思うと、パッと体を起こし私の目の前に立つ。

「みられてるからノアはもういくね～」

「見られてる？」

首を傾げるもノアは答える気はないのか私の頭を撫で、背を向けてしまった。

「まったね〜！」

「あっ、バイバイ！」

ノアの姿が見えなくなると同時に帰って来たローズは、少し焦った顔をしていた。

「どうしたの？」

ノアが消えた方向を凝視しているローズの顔がとても険しく、思わずこちらまで力が入る。

「フーリン、今話していた者の名は？」

「うん？　ノア、だよ」

「……やはり」

私の返答に目を細めたローズは一度溜息を吐いた後、私に飲み物を渡した。

「ありがとう。え、なに？　ノアになにかあるの？」

その意味深な溜息が気になって問い詰めるとローズは私の横に腰掛けた。

「さすがにあの者と幼馴染とは言わないよな？」

「ノアと？　ううん、入学して初めて会ったよ」

するとローズは一つ息を吐いて慎重そうにこう言った。

「ノアは情報屋だ」

「情報屋？」

「自分の持つ情報を売っているんだ。ふらふらと地に足をつけないせいか奴に会える機会は滅多《めった》にないがな」

想像力の乏《とぼ》しい私は今一つ情報屋のイメージが摑めない。

「じゃあノアに呪いのこと聞けばよかったかなあ。何か知っていたかも！」

「それはやめておいたほうがいいだろう」

「どうして？」

「奴から情報を得るには対価がいる。それ相応の、な」

莫大《ばくだい》な費用がかかるということだろうか。相場が分からないと交渉は難しいのかもしれない。

「だからフーリンも奴には気をつけたほうがいい。フーリンの家の情報を狙っているかもしれない」

「そうかな？　あれ、ローズに私の家のこと言ったことあったかな？」

「……トゥニーチェの名は有名だろう」

そんなものかと納得すると、ローズはさらに続ける。

「ノアを警戒したほうがいいということに間違いはないんだ。奴は絶対的な記憶力と果てのない知識量からこう呼ばれている――『歩く兵器』と」

「歩く、兵器？」

物騒《ぶっそう》な名前とあのふわふわした摑みどころのないノアが全く一致しなくて戸惑う。

「ノアは失われた古代魔法、兵器、聖地など人類が知り得ないことを知っていると言われている。つまりノア一人で世界を滅亡させる力を持っているということなんだ。各国の要人が喉から手が出るほどに欲しがる人物だ」

だから歩く兵器。

現実味のないローズの言葉をゆっくり嚙み締めてみても、結局ノアのことを恐ろしいとは微塵も思えなかった。

正直、ノアと会話したのは他愛もないことばかりで、私から情報を抜き取ろうとしているとは考えられないのだ。自分は私の味方だと言うノアの醸《かも》し出す空気感がそう思わせる一つの要因なのだろう。

ローズの言葉に納得していない私の様子にローズは苦笑して空を仰いだ。

「フーリンは一国の王子に大魔導師、果ては『歩く兵器』と仲が良い、か。凄いな」

口に出されると確かに錚々《そうそう》たる顔ぶれだ。勿論凄いのは彼らなのだけれども。

そしてなにかが閃《ひらめ》いたようにローズは呟いた。

「つまり奴らはフーリンの手下、その一、その二、その三ということか？」

違います。

まだ早い！！

# ◇五話　死ぬかと思った

私は今、森にいる。

「どわあああ!!」

「アーッハッハッ！　これはどうだ！」

「やめてください、殿下あああ!!」

そしてラドニーク様に虫を投げられている。

無駄に爽《さわ》やかな笑顔が振りまかれている一方で、私は重い体を必死に動かしながら逃げていた。

そもそもどうして森にいるのかというと、事の発端《ほったん》はラドニーク様の「鷹《たか》狩りに行くぞ」という唐突な一言だった。

鷹狩りをしたことがなかったため断ろうとしたけれど、ラドニーク様の純粋な瞳に引き寄せられて、気付いたら学園の近くの森にいた。

別に森に来ることはいいのだけれど、私とラドニーク様が一緒にいれば当然のように私がイジられる役なのが難点だ。

常ならばこのイジりを黙って受け入れるしかないのだが、この日は違った。

「おい、ラドニーク！　フーリンが嫌がっているだろう。今すぐやめろ」

「チッ、いちいちうるさい女め」

我が友、ローズがいるのだ。

ラドニーク様がなにかをしでかすたびに止めてくれるのでとってもありがたい存在となっている。

ローズに叱られて不貞腐《ふてくさ》れたラドニーク様は最後と言わんばかりに私に残りの虫を投げつけた。

いやっ、だから虫を投げるのはやめてくださいませんかね⁉

こうして鷹狩りに来たはいいものの、ラドニーク様は狩猟に早々に飽きてしまったようで、護衛に鷹諸々を渡してからはこうして私に対して悪戯をしかけてくる。

ちなみに殿下の護衛は私たちからわりと近い場所にいて、それでも邪魔をしないようにと木陰に身を隠していたりする。

ラドニーク様の機嫌に振り回されながらも、なんだかんだで私は今日を楽しんでいた。

ぐるりと見渡せば自然があふれていて、ああ、いいなあ、なんて頬を緩ませる。

お母様が亡くなって以来ずっと家に引きこもっていた私は、こうして外に出て誰かと遊ぶということが嬉しくて、少し気恥ずかしかった。

草の青臭い匂いを嗅《か》ぎながら、木漏《こも》れ日に目を細める。小川の水の音もとても心地よくて、心を癒される。

「なに笑ってるんだ？」

「いい天気だなあと」

「当然だろう！　このボクが外に出ているんだぞ！」

ラドニーク様のしたり顔に、ローズは呆《あき》れた顔をしながらもそうだな、と私の言葉に賛同する。

「ここは平和な森のようだし、こうしてゆっくりと自然に癒されるのもいいな」

今度はローズの言葉に呼応するように、鳥たちがピチピチとさえずった。

「まあこんなところに魔獣も現れるはずがないしな！」

「不吉なことを言うな」

ラドニーク様の洒落にならない言葉にローズが顔をしかめる。

魔獣とは、元はただの獣だったものが空気中に存在する魔素を取り込み、化け物と成り果てたものだ。普通の獣より力も格段に強く、攻撃性が高くなる。会ったが最後、抵抗するすべなく命を落とすと考えたほうがいいほどの恐ろしい存在だ。

魔獣は魔素の濃い場所に存在するため、空気が澄んでいるこうした森にはいないと考えるのが普通だけれど、万が一ということもあるので冗談でも怖いことは言わないでほしい。

しかし当のラドニーク様は、私が震え上がったことなどには目もくれず、興味を別のところに移していた。

「お、アレはなんだ？」

「洞窟のようだな」

「なんだとっ。これは早速探検しなければ！」

「王子がおいそれとそんな場所に行けるはずもないだろう。少しは考えろ」

「チッ、ならば入り口を見るだけならいいだろ？」

それならまだ許容範囲内かと呟くローズはもう立派なラドニーク様の保護者だ。

そんな二人を見ている私は今日で二人の距離が縮まったことが密かに嬉しかったりする。

「行くぞ、フーリン！」

「あっ、ちょっと手が汚れちゃったみたいなのでそこの小川で洗ってから行きます！」

まだ早い！！

「ふん、なら先に行っているぞ。ついてこい、赤髪女！」

「はいはい、じゃあフーリン、あたしたちは先に行っているぞ」

「うん！」

手を洗いたかったのもあるけれど、体力を回復させたかったからという理由もある。太った体での運動は普通の体型の人が想像する以上にキツイのだ。

手を洗った後、そばにある木にもたれかかる。

三分休憩したら追いかけようとふーっと息を吐いた。

メキッ、パキッ。

サラサラと流れる小川を眺めていた私の耳に突如耳障《みみざわ》りな音が届いた。

なんだろうと周囲を見るも、異変は見受けられない。

視線をめぐらせる間にも音は続く。私たち以外にも人がいるのだろうかと思わせるような、なにかが歩く音だ。

無意識に拳《こぶし》を握り木の陰に身を隠すも、この大きい体では全く意味をなしていないことに気付いて軽く絶望する。

バキバキッ、バサァッと大木をなぎ倒していく音が大きくなっていく。

ドク、ドク、ドクと密かに、けれど確かに鼓動が強く脈打ち始める。

二人の元に行きたいのに足が動かない。

危険が迫っていることは分かっているのに。

すぐ近くの茂みの向こうを大きなシルエットがよぎり、私が一つ瞬きをしたのと同時に現れたのは

——、熊だった。

いや、それがただの熊ならまだ良かった。

ギョロリと覗く窪んだ目、ダラリとだらしなく垂れている長い舌、異様に発達した大きい爪、なにより私の身長の三倍はありそうな巨大な体が、私の恐怖心を煽った。

そして所々腐っているような体から発生している黒い霧が、熊の全身を覆うように漂っていることを理解した瞬間、全身の血の気が引いた。

——魔獣だ。


「っいやあああああ!!」

「フーリン!?」

私の叫び声に駆けつけてきたローズとラドニーク様は、魔獣の姿を認めた瞬間顔が強張った。

「ななんで魔獣がいるんだよ!?　いやだ、いやだいやだ！　ボクは死にたくない……!!」

「おい！　大声を上げるな、魔獣を刺激するんじゃない！　護衛はどこだ！」

「ううう、邪魔だから遠くに行かせた……っ！」

「貴様……ッ」

ローズが青筋を立てたその時、魔獣がゆらりとこちらに向かって動き出した。

ヒッと喉が引き攣《つ》り後ずさった瞬間、背後にいたラドニーク様にぶつかってこけてしまう。ラドニーク様も恐怖に慄《おのの》いて地面にうずくまってしまった。

そうこうしているうちに魔獣がこちらに向かってくる。

万事休《ばんじきゅう》すと思ったその時、舌打ちをしたローズが懐に手を入れ、魔獣に向かって走り出した。

「ローズ!?」

赤いポニーテールが激しく揺れる様を私は唖然と見るしかなかった。

短剣を取り出したローズは地を蹴り腕を振り上げたかと思うと、それを魔獣の額に突き刺した。ブシャアッと勢いよくあふれ出る血がローズの顔を赤く染めていく。

そして一度短剣を引き抜いたローズは、魔獣の耳を掴んで体を捻《ひね》り、そのまま魔獣の首を掻き切った。

大きな音を立てて倒れた魔獣の横にローズも降り立ち、感情のない瞳で魔獣を一瞥《いちべつ》した。

あまりに無駄のないローズの行動に絶句していた私は、背後で鳴った音にすぐに気付かなかった。

ローズの表情が驚愕のそれに変わり、ようやく私が振り向いた時にはもう遅かったのだ。

「嘘、でしょ」

私たちの後ろには、先ほどと同じ熊の魔獣——それも一体だけじゃない——がいた。

ぶわりと鳥肌が立ち、ラドニーク様を連れて逃げなければと思ったけれど、当の本人は恐怖で完全に失神してしまっていた。

ああ、と思った時には魔獣の一体が腕を振り上げていて、私はラドニーク様を守るように咄嗟《とっさ》に覆いかぶさった。

「フーリン!!」

死ぬ、と思ったその時、ドンッと激しい爆撃音が聞こえた。

え、と顔を上げた時には魔獣はその場に倒れ、ピクピクと痙攣《けいれん》していた。そしてじわじわと地面に血が流れ始め、土を赤く汚していく。しばらくすると完全に事切れたようで、ピクリとも動かなくなった。

そして続けざまに他の魔獣たちが倒れていく様子を、私は体を起こして呆然と眺めていた。

「何やってんだ」

呆れた声が私の頭上から降ってきて、視線を上げた先の木の枝には渋い顔をした男の人がいた。

「……レオ？」

震える声でその名を呟くと、レオはなんの躊躇《ちゅうちょ》もなくそこから飛び降りた。

どうしてここに、と問おうとする前に、返り血を拭いながら歩いてきたローズが私の無事を確認するように抱き締めてきた。

「ローズ！」

「よかった、無事で。怖かっただろう？」

「ローズこそ大丈夫だった⁉」

「ああ、怪我もないぞ」

「っ、よかったあ……っ」

ホッとしたら急に体の力が抜けて、膝立ちの体勢から尻餅をついた状態になった。

そのままラドニーク様を確認すれば、意識はないものの怪我は見受けられなくて安堵した。

騒動を聞きつけてようやくこちらにやってきた護衛の騎士たちは顔面蒼白で、ラドニーク様の命令で離れたとはいえ厳罰は免《まぬか》れないだろう。

ローズは事の顚末《てんまつ》を騎士に伝え、城に連絡するように指示した後、レオに顔を向けた。

「助かったぞ、レオ。フーリン……、とラドニークを助けてくれたことに感謝する」


まだ早い！！

「偶然だ」

「そうか、偶然か」

「……なんだよ」

「なにも言ってない」

「……」

どうやらこの二人の相性はいいようで、目で会話をすることができるみたいだ。少し羨ましい。

「しかしなぜこの森に魔獣が、しかもこんなに大量に発生しているんだ」

「……魔物が目覚めるのかもしれねえ」

「魔物が？　だとしたらレストアは大混乱に陥《おちい》るぞ」

魔物というものは、魔獣のように動物が変異したものではなく、無から発生する正体不明の存在で、それは何百年という時を経て生まれるとされている。

聖騎士が魔物を倒したという話も二百年以上前のことなので、その時のことを語れる者はもうこの世にはいない。

今世に伝わっているのは『魔物を倒せるのは聖騎士』ということと『魔物が生まれると魔獣が増える』ということだけだ。

「となると聖騎士に来てもらう必要があるだろうな」

「一番近くにいる聖騎士と言えばイルジュアのギルフォード皇子か」

ローズとレオの会話の流れは私を愕然とさせるものだった。

……本気で言ってる？

# ◇六話　芯にあるもの

魔獣大量発生の件が知られれば、国民が混乱に陥ることが予想されたため、王家はこの事実を隠すことにしたそうだ。

ローズやレオは翌日城に呼ばれ事情聴取を受けたが、当事者の一人である私はその二人から休むように説得され城に上がらなくてよくなった。それでいいのかと戸惑ったけれど、二人の剣幕に負けた私は大人しく家にひきこもっている。

お父様が用意してくれたこの小さな屋敷はとても素敵な空間だけれど、最低限の使用人しかいないため、今ばかりはそれが少し寂しかった。

「……はあ」

ラドニーク様についてはあれからどうなったのかは分からない。

手慰みに人形でも作ろうかとソファーに腰掛け、針に糸を通していると、ドアがノックされた。返事を待たずに開かれたドアから入ってきた人物を見て驚きに目を丸くした。

「調子はどうだい、私の天使」

「お父様……⁉」

私は慌てて手に持っていた針と糸を置いて立ち上がる。

「どうしたの？」

「あんなことを聞いて心配しない親がいると思うかい？」

「あ」

お父様に今回の件を一応報告しておこうと手紙を出したけれど、こんなにも早く読んでもらえるとは思っていなかった。絶対に忙しいはずなのに昨日の今日で来てくれたということは、それだけ心配をかけたということだろう。

「……無事で本当によかった」

ギュウッと抱き締められて私は再び目を丸くした。

こうして抱き締められることなんてもうここ何年もなかったからだ。

「魔獣に襲われそうになったんだ、怖かっただろう？」

「怖かった、のかな」

正直未だに現実を受け止め切れていなくて記憶が曖昧だったりする。もしかしてこのことを見越して二人は私を休ませたのだろうか。

「いいんだよ、思い出せないなら思い出さなくて。大きなストレスにならないように脳がそうさせているんだ」

「……うん」

素直に頷くとお父様は悲しそうな顔をして私の頬に手を添えた。

「少し、やつれたね」

それは痩せたということだろうか。

だとしたら朗報に違いないのだけれど、お父様の顔を見るにどうやら違うらしい。

「学園での生活はどう？」

「大変なこともあるけど、とっても素敵なお友達ができたの！」

椅子に座り直して、私は主にローズのことを語って聞かせた。

お父様が私の話を興味深そうに、それでいて楽しそうに聞いてくれるので、調子に乗ってレオの話をし始める。

「レオ……ああ、あの時の悪ガキ君か、懐かしいなあ。大魔導師になっていたとはね」

「えー、レオって悪ガキだったの？」

「私がフーリンを連れて帰ろうとすると悪態を吐くうえに、あの手この手で邪魔しようとしてきてなあ、何度あの子の悪戯の餌食《えじき》になったか」

「そうなの？　全然知らなかった」

レオは小さい頃から飄々《ひょうひょう》としているイメージで、お父様相手にそんなことをしていたなんて想像がつかない。

「そんなものだよ。人が見る一面はその人のほんの一部に過ぎないんだ」

「ふうん？」

「話を聞く限り彼は今も相変わらずなようだし、微笑ましい限りだよ」

「相変わらず？」

「ああ、好いた相手がどんな姿になろうと気持ちの揺らがない彼には好感が持てるね」

お父様がなにを言っているか分からないけれど、私に対して言っている言葉ではないのだろうということは想像がついた。

呪いの話は避けながらラドニーク様の話もしてみると、お父様は笑って足を組み直した。

「フーリンはその王子様のことをどう思う？」

「幼くて心配だわ。でもその分とても純粋で自分を偽らないところはいいなと思う……ちょっと面倒くさいところもあるけど」

私の言葉が気に入ったのかお父様は声を上げて笑った。

「ふはっ、さすがはあの人の娘だ」

「ふふ、お父様の娘でもあるわ」

お母様を思い出す時に必ずお父様の目はキュッと優しく細まる。それを見た私の心臓も毎回キュウッとなるのだ。

私のお母様は天真爛漫《てんしんらんまん》、自由奔放《じゆうほんぽう》という言葉が似合う人で、周囲の人を明るくする太陽のような人だった。

自由奔放という意味ではラドニーク様と似ているのかもしれない。

「しかしその王子様にも困ったものだね。振り回されるのは嫌だろう？」

「うーん、確かに嫌だけどそういう時はローズがね、助けてくれるの！」

困っていたら颯爽《さっそう》と現れて助けてくれる姿に毎度惚れ惚れとしてしまう。ローズが男の子だったら私は確実に惚れていた。

「ローズは本当に完璧で、欠点なんて一つもないと思うの。私もあんな人になりたいなあ」

「……フーリンはフーリンで自分の味を出していけばいいんだよ。私の天使は今でさえこんなにも魅力的なんだから」

やっぱり親馬鹿だとは思うものの、その言葉が嬉しくて頬を染めてはにかむ。

それを見たお父様も嬉しそうに微笑んだ。そして立ち上がったかと思うと、唐突にこう言った。

「よし、久しぶりに一緒に出掛けようか」


というわけで私たちは王都の中でも大きい市場へと足を運ぶこととなった。

お父様と出掛けるなんて何年ぶりだろうか。久しぶりのお出掛けにワクワクして仕方がない。

「わあ、とても賑《にぎ》やかね！」

「この国の発展具合がよく分かるね」

なるほど、そういう見方があるのか。私と商人のお父様の目線では違うものが見えているらしい。

さすがだなあと感心していると、お父様がピクリと眉を上げた。

「キャー!! ひったくりよー!!」

突如、市場の喧騒《けんそう》を引き裂いた悲鳴は街の人たちの視線を集めた。

私もそちらに目を向ければ、凶悪な顔をした男の人がこちらに向かって走ってくる。

うそ⁉

走ってくるスピードが速くて、重い体の私は咄嗟に避けることができない。

このままではぶつかる――！

諦めて目を瞑《つむ》った時、私の耳元でお父様が囁いた。

「目を開けてごらん」

言われるがままに目を開ければお父様が私を庇うようにして立っていて、次の瞬間体を捻って足を振り上げた。

その足はひったくり犯の顎に見事ヒットし、犯人はその場に倒れる。

その隙に、逃がさんとばかりに周囲の男の人たちが犯人を取り押さえた。そしてすぐに警備隊もやってきて、犯人は連行されていった。

「お父様カッコいい……」

「娘にそう言ってもらえるとは光栄だね。怪我はないかい？」

「うん！　私もあんなふうに動いてみたいなあ」

「商人は狙われやすいから、体術は身につけておいて損はないからね。フーリンも興味があるなら教師をつけてあげよう」

「本当!?　……ううん、やっぱり今はいい」

「そう？」

遠慮しなくていいんだよ、とお父様の優しい言葉に再度首を横に振る。今の私に教師をつけてもらったところで鼻で笑われて終わるのが目に見えている。それこそ痩せてから挑むべきものだろう。

痩せなければできない。否、痩せればできることはたくさんある。

それに気付いた時、私はダイエットのやる気を取り戻した。

正直ギルフォード様の横に立つという目標は、本人に会っていないこともあり、未だ現実味を帯びず、モチベーションが低下していく一方だったのだ。

ちょうどいい機会だし、これを機にちゃんと食事制限をしてみよう。

「あ、あの」

心の中で決意していた私とお父様に声をかけてきたのはとてもいい匂いのする美少女だった。メロディア様とはまた違う可愛さだ。

「先ほどは助けていただきありがとうございました……！」

「いえいえ、たまたま足が引っかかっただけですよ。貴女にお怪我がなく、なによりです」

お客様を相手にする時の顔をしたお父様は、美少女に気付かれないように相手を分析している。いかにもお貴族様がお忍びで来ましたというような格好をしていれば、興味を抱くのは避けられない。

「……」

ここでも護衛は仕事をしなかったのかと少し遠い目になる。できなかったというべきなのかもしれないけれど。

「よければ御礼をさせていただきたいですわ」

「お気持ちだけありがたくちょうだいしておきます。なにぶん今日は久しぶりに娘とデートなんですよ」

「まあ、そうでしたのね。お邪魔をしてしまったようで申し訳ありません。ではお名前だけでも教えていただけませんか？」

「ウルリヒ・トゥニーチェと申します」

「！　もしや、あのトゥニーチェの……!?」

お父様が代表を務めるウインドベル商会は世界でも有名で、お父様の名前まで知っている人に会うことは珍しくない。

「我が商会をご贔屓《ひいき》にしていただければそれで充分です」

お父様がにこりと笑うと美少女もクスリと笑って応《こた》えた。

しかし直後にハッと気付いたように私のほうに視線を向ける。

「……では貴女は」

「あ、はい。娘のフーリン・トゥニーチェと申します」

「！」

私が自己紹介した途端に顔色を変えた美少女に私は目を瞬かせる。

「あ、あの」

「……失礼いたしますわ！」

ギッと強く睨まれて私の身が竦んでしまっている間に、美少女はお父様に一礼してその場を去って行ってしまった。

「……彼女となにかあったのかい」

「初対面、だわ」

私の思い違いでなければ。

「ふむ、これから先何事もなければいいんだが。なにかあったら私に言うんだよ」

初対面の人に睨まれたショックで私は一つ頷くことしかできなかった。

その時、人混みの間に燃えるように赤い髪が見えて、赤い瞳と目が合う。

ローズだと分かった途端気持ちが明るくなって、こちらを見た彼女に向かって手を振る。

「あれ？」

確かに目が合ったはずなのに、ローズはふいと顔を背けて人混みに消えていってしまった。

「誰か知り合いでも？」

「うん、でも気付かなかったみたい……」

「まあこの人混みだからねえ、無理もない」

そっか、無理もないか。

お父様の言葉で無理矢理自分を納得させて、私はモヤモヤとした気持ちに蓋をした。

そんなこんなでいろいろあった一日もあっという間に終わりを迎える。

お父様が帰るという時になって私は急に寂しくなった。それに気付いたようにお父様は優しく笑う。

「フーリン」

「ん？」

「学園での生活が辛いようならイルジュアに戻るかい？　いや、戻らなくてもいい。私と一緒に旅をしてみるのもいいね」

思いもよらぬお父様の言葉に私は固まる。

イルジュアに戻らないのならばギルフォード様に遭遇《そうぐう》する可能性は低いだろう。

しかもそれだけではない。ずっと家に一人でいることがなくなる。寂しい思いをしないですむようになるのだ。

とても素敵な提案に私は頷きそうになるけれど、でも、と考え直す。

私はなんのためにこの国に来たのか。

この国で私はなにを成し遂げなければならないのか。

「いいえ、お父様。私は戻らないわ」

「どうして？」

『『人生出会うものは全て面白い』ってお母様が言っていたもの。私は自分の足で歩いて、その面白いものと出会いたい。それこそ引きこもっていた十年分以上のものに」

お母様が生前常に口にしていたこの言葉は今でも私の心の中に残り続けている。お母様が亡くなった時はさすがにこの言葉を信じられず、引きこもってしまったけれど。……けれど、今なら分かる。

ダイエット目的でした留学だった。しかしこうして実際環境がガラリと変わってみると、私自身が成長するチャンスなのではと思うようになったのだ。

それはきっとギルフォード殿下の横に立つために大事なことなのだ。

私の言葉に満足したのかお父様は今日一番の笑顔を見せた。

「……ふふ、そうだね。留学生活、楽しみなさい」

「うん！」

「困ったことがあったらすぐに言うんだよ。私はいつだってフーリンの味方だからね」

そういえば、ノアもお父様と同じことを言っていた。

ノアについてはまたお父様を心配させるかもしれないのでなにも話さなかった。話すほどのエピソードがないという理由も建前としてはあるけれど。

「じゃあね、私の天使」

「またね、お父様」

そうしてお父様を見送った後にようやく私は思い出した。

「ギルフォード様のことを聞くの忘れてた……！」

# ◇七話　女神は手厳しい

「ギル、お前食事をまともにとっていないんだって？」

「食欲がないので」

「料理長が不安がっていたぞ」

「そうですか」

「……取りつく島もないな」

溜息を吐いた兄上は、気分転換でもするのか執務室を出ていき、俺は一人になった部屋で窓の外をぼうっと眺める。

「仕方が、ない」

食事をしようとしても気付いたら手が止まっているのだから。

運命の伴侶はどんな時でも俺の頭から出ていくことはない。

食べ物を目の前にすれば伴侶の好みを考える。

どんな味を好むのだろうか。甘いものが好きなのか、辛《から》いものが好きなのだろうか、と。

そして食べ物を口にすれば、伴侶に手ずから俺が食べさせてあげたいという気持ちが湧き上がる。

いや、食べさせてもらうのもいい。

もしかしたら伴侶は恥ずかしがり屋でそれだけで顔を真っ赤にしてしまうかもしれないし、冷静に俺をあしらって笑うのかもしれない。

そう考えてしまえば伴侶の反応が見たくなって、隣の席にいるはずの熱を感じるために手を伸ばしてしまう。そしてそこでようやくああそうか、いないのか、と胸に痛みが走って我に返る。

そんなふうに正気に戻った時には空腹感はなくなっていて、目の前の料理は減っていないのに空虚感に耐えられなくて席を立ってしまう。

そんなことをここ最近、毎日のように繰り返していた。

花紋が現れてから確実に瘦せた。これでは周囲の者が心配するのも当然だと自嘲気味に笑う。

と、その時部屋の外がにわかに騒がしくなり、何事かとソファーにもたれていた体を起こして立ち上がる。

それと同時に深刻な表情の兄上が帰ってきた。張り詰めた空気に眉をひそめる。

「なにかあったのですか」

「レストアにあるトアの森に魔獣が発生した。さらに言えば複数確認されたそうだ」

「あそこに淀みはなかったはずでは」

「さてな。だからこそ魔物の発生が懸念される。ゆえにレストアから聖騎士であるお前に正式に調査の依頼が来た」

魔物が発生する前触れと言われている魔獣の大量発生ならば、聖騎士である自分が行くのが当然だ。レストアの周辺国にいる聖騎士といえば俺だけなのだから。

「分かりました、レストアへ参ります」

「ああ、仕事はこちらで調整しておくから頼んだぞ。魔物が発生するとなればイルジュアにも被害が及ぶ可能性が高いからな」

まだ早い！！

「はい」

レストアへ向かうための準備をしようとふらりと立ち上がる。それを見た兄上が心配そうに顔を歪めるのを横目に、俺は首元の花紋を触りながら執務室を出た。

＊

その二日後、俺は隣国レストアに足を踏み入れた。国王と対面した後は、宰相補佐と対策について話し合うこととなった。

体調が芳《かんば》しくなく、気怠さを隠せない俺に年若い宰相補佐は深々と頭を下げる。

「レストアに来ていただき、感謝します」

「ああ、現状を簡潔に教えてくれ」

机上に置かれた紙を捲りながら紅茶を一口飲む。

事件の概要は一応書類にまとめられてはいるが、こういうのはやはり直接聞いたほうが理解が早い。

「はい。事件が起きたのは一週間前のことでした」

魔獣の発生したトアの森は、第一王立学園のすぐそばに位置する自然と獣が共存する豊かな森であり、一部は国民たちの憩いの場ともなっている。

国民には事件について知らせてはいないが、その危険度の高さから現在森は立入禁止となっている。

その森に鷹狩りをしに訪れていた第一王立学園の生徒四人が複数の魔獣と遭遇し、殲滅《せんめつ》した。全員怪我はなかったものの、数人は精神的なダメージを受け療養中だとのこと。

「魔獣を討伐《とうばつ》？　そんなことができる生徒がいるのか？」

「幸いにもその生徒の中に大魔導師レオがいたのです」

「なるほど」

　それなら理解できる。

　大魔導師といえば普通の魔導師とは一線を画すほどの強い魔力を持つ。複数魔獣がいたとはいえ大魔導師にとって、魔獣を倒すことなど造作もないことだ。

「現場に行きたいが、いいか？」

「はい、勿論です。貴方様が動きやすいように取りはからうよう陛下より命を受けておりますので、なんなりとお申し付けください」

　レストアはイルジュアの友好国として長年国交があるが、イルジュアの国力の強さから下手に出ることが多い。

　聖騎士としてではなく、イルジュアの第二皇子としてこの国を訪問した際にも、手厚いもてなしを受けている。賓客として対応されるのもいつものことだった。

　完全に頭を仕事態勢に切り替えて、トアの森に行く。現場に着くと早速検証を始めた。

「……確かに、魔素が濃いな」

「普通魔素が濃いとされるのは死体や廃棄されたものが多い場所と言われていますよね」

「ああ、魔素は腐敗したものから発生しているとも言われているからな」

　魔獣の死体は既に処分されており、現場は魔獣の血が所々にこびり付いているだけだった。しかし魔素により空気が汚染され、呼吸がしにくくなっている。

「……魔物とは一体なんなのでしょうか」

宰相補佐は不安げにあたりを見回し、縋《すが》るような視線を俺に送る。

「魔物が発生したのは今から二百年前。かつての聖騎士が残した言葉に『魔を切れ』というものがある」

「魔、ですか。魔物ではなくて？」

「その『魔』がなにを指しているかを理解できれば魔物の正体が分かるのではと俺は思っている」

ある程度あたりを調べ終えた後、顔を上げれば空は既に暗く、俺はふと不穏な空気が流れてくるのを感じた。

「――少し伏せていろ」

「え？」

戸惑っている宰相補佐を後ろに庇い、腰に下げていた剣を抜く。

仄《ほの》かに光を発するこの剣こそ、女神の加護を受けた神剣で、持つ者が聖騎士であることを証明するものだった。

突如ギャアギャアと騒々しい獣の声が森に木霊《こだま》し始める。

剣に見惚れている宰相補佐の頭を摑んで地面に押しつけたその瞬間、目にも留まらぬ速さで俺の上を複数の影が横切った。

「ヒッ、ま、魔獣……！」

顔を真っ青にした宰相補佐の頭から手を離し、ゆらりと立ち上がる。

「怖いなら目を閉じていろ」

現れたのは鳥の群れ。当然、普通の鳥ではない。

全長三メートルを超す巨大鳥で、腐った体からは黒い霧が発生している。

それは俺たちを囲むように木に留まっている。視界に入るものだけでも十を超える数がいた。

「すぐ終わる」

久々の戦闘に口角が上がるのが分かった。

それが合図のように魔獣が一斉にこちらに向かって飛び立つ。

どれだけスピードが速かろうが関係ない。気配を感じ取ればあとは剣を振るうだけだ。

魔獣を切る際、ついでに悪《あ》しき空気も切っていく。亀裂が入った空気は、その亀裂が消えると同時に元通りの澄んだものに変わっていった。

「す、ごい」

感心したような声を漏らした宰相補佐が目を輝かせて俺を見ていた。

魔獣を全て狩り終えたことが分かったのか、体を起こして興奮しながら俺を褒め称える。

「しばらくこのあたりは大丈夫だろうが、森の他の場所で発生した魔獣が街を襲う可能性がある。この森は定期的に俺が見回るようにしよう」

「はい！　ありがとうございます！」

剣を振って血を落とし、鞘《さや》に戻せば少し肩の力が抜けた。

「ここまで魔獣が多いとなると、魔物の出現も現実味を帯びてきたな」

「そうですか……未然に魔物の発生を防ぐことはできないのでしょうか」

「一度、イナス村に行こうと考えている」

「イナス村……ああ、かつて魔物が発生したとされる、今はなき村ですか。確かイルジュアの二つほど隣にある小国の村でしたね」

魔物によって村人は全滅し、イナス村があった場所は今では無人地帯となっている。なにも残ってはいないそうだが、なにか、ヒントくらいは得られるだろう。

城に戻ってレストアの宰相にそう伝えれば、相手は真剣な表情で頷いた。

「費用はレストアで出しましょう。これからもどうぞよろしくお願いいたします」

「最善を尽くそう。こちらこそよろしく頼む」

固い握手を交わせば周囲の人間はホッとしたように安堵の表情を浮かべた。

「ギルフォード様は明日までこちらにおられるとのこと。時間があるようでしたら、交流会にご参加いただけませんか?」

唐突な宰相の提案になんだそれはと尋《たず》ねれば、宰相は穏やかに微笑む。

「このレストアに来ている留学生の交流会です。ゲストとして顔を出していただけると留学生たちも喜ぶと思いまして」

「……」

「各国から優秀な者たちが集まっているので有意義な時間になるかと。なにかお困りごとがありましたら、そこで解決の糸口も摑めるかもしれません」

つまりこの宰相は未だ伴侶の見つからない俺に対して大人数の若者と会える機会を設《もう》けようとしている。様々な国の者たちが集まっているとなれば、伴侶と出会えずともなにか想定外の拾い物でもあるかもしれないと考えているからこそのこの発言だ。

「分かった。それほど時間はとれないだろうが顔を出そう」

「ありがとうございます。ギルフォード様に来ていただければ、留学生たちも喜びましょう」

伴侶に出会えることは期待せず、精々人脈を広げる機会として参加しよう。

これから始まる大仕事に、俺はあることを思いつく。

この仕事に決着がつけば運命の伴侶に会えるかもしれない。もしかしたらこれは女神による試練なのかもしれないのだ。

そうであったなら出会った瞬間に褒めてもらおう。お疲れ様と、凄いねと、貴方が運命の伴侶でよかったと、言ってほしい。そして褒美《ほうび》に抱き締めて、いや、口付けるのはありだろうか。それだと確実に伴侶がとろとろに溶けるまで離してやれないかもしれない。違う、しれないじゃない、顔を真っ赤にして伴侶が怒るまで俺は絶対に離さない。むしろその怒った顔が俺のご褒美になる。ああ、そうなると結局離せなくなる。

……最高だ。

想像すると俄然《がぜん》やる気が出てきて、俺の表情は知らず知らずのうちに人に見せられないほど崩れた。

# ◇八話　聞いてない

留学生交流会当日、私たちは会場となる第二王立学園に足を踏み入れていた。

「わー、緊張するなぁ」

「どんな人たちがいるか楽しみだな」

ローズが横にいると安心するけれど、会が始まったら別行動になる可能性が高い。

「……」

「どうした？」

無意識にローズを見つめていたようで慌てて前を向く。

「あ、うん、これからローズと離れちゃうの怖いなって」

「フーリンなら大丈夫さ」

お父様と出掛けたあの日の翌日、学校でローズに会った。

私に気付かなかったか聞こうとしたけれど寸前でなぜか躊躇してしまい、そのことには今まで触れていない。

別に普通に聞いて、「気付かなかった」ってローズが言ってくれたらそれで終わりなのに、私にはその勇気がなかった。街で見た時のローズの底知れぬ暗い瞳が忘れられないからなのかもしれない。

会場に着くとグループに分けられた。当然のようにローズとは違うグループだ。

入学した時のように嫌な目を向けられるのかなと少し動悸がしたが、拍子抜けするくらいに留学生たちは至極《しごく》普通の態度であった。

「こんにちはー、第一の生徒？　僕は第二だよ、よろしくね！」

「私も第二！　よろしく〜」

「俺は第一だ、よろしく！」

「第一です。よっ、よろしくお願いします！」

和気あいあいと始まったグループ交流会では、参加者が皆想像以上に話しやすくて、私は心の底からその場を楽しんだ。

留学生たちはとても見識が広く大人で、多様な価値観を受け入れることを知っている。

そのためか私が太っていることになど誰も触れなかった。周囲に気を配りながら会話を楽しむことができる人たちばかりで純粋に凄い、と心の底から尊敬した。

グループでの交流タイムが終わると、立食パーティ形式になり、自由に動き回っていいことになっていた。

私はそのまま同じグループだった男子の一人と話し続けた。そしてしばらくすると彼の双子の弟だという男の子も合流して三人で喋り続ける。

時間も経ちだんだんと砕けた空気になってきた頃、双子の弟のほうが思い出したように呟いた。

「そういや、第一って今どうなってるんだ？」

「なにが？」

「知らねえの？」

意図の摑めない質問に、私が一ヶ月前にこちらに来たばかりだと言うと、ああそうかと彼は頷いた。

「じゃあ第一には魔物がいるって知ってるか？」

「魔物⁉」

「あー違う違う。魔物はものの例えだよ」

「もう、それは僕たちの間でしか言ってないことでしょ。説明が下手くそなんだから」

「そうだっけ」

どういうことだろうと困った顔をした私を見て、兄のほうが優しく最初から説明してくれる。

「フーリンはイナス村って知ってる？」

「えーと、……魔物に消された村だっけ」

「そうそう。僕たちはね、そのイナス村の隣の村の出身なんだ」

「え⁉」

これは凄く貴重な機会ではないだろうか。

今でも謎が多い魔物についてあれこれ聞きたい衝動に駆られるけれど、今はまだ彼らが説明し始めたばかりなのだからと口はつぐんだままにしておく。

「イナス村ってね、外との交流もほとんどない排他主義の村だったみたい。魔物によって潰されちゃったから村に関する情報なんて今では残ってないんだけど」

「それこそ魔物が現れてどうなったかなんて分からねえんだよな」

「うちの祖先がイナス村の人と交流があったんだけど、それは極めて珍しいことだったんだ。だからイナス村が消えた今となっては俺たちの家ぐらいしかイナス村の情報を持ってないらしいんだよね」

トーンを落とし、声を潜《ひそ》めて話す彼らに私も自然と顔を近くに寄せる。

はたから見れば怪しさ満載だ。

「我が家に代々伝わる話によると、イナス村に魔物が現れる前、村人たちがどんどんおかしくなっていったらしいぜ」

「おかしく？」

「誇り高かった人が急に幼児みたいに喋り出したり、リーダー気質だった人が急に臆病になって家から出てこれなくなったり。女神のごとく優しかった人が突然豹変《ひょうへん》して化け物みたいに暴れ始めたり、とかな」

ハッと、息を呑んだ。

ラドニーク様の顔が頭をよぎったのだ。

「その村が元々変だったってことが原因かもしれないけどな。イナス村は異分子はすぐに排除していたようだし、村人絶対主義的な感じ」

「母さんは、異分子は生贄《いけにえ》として殺されたとか、村は軍隊みたいに規律が厳しかったとか言ってた」

「それは母さんの妄想だろ。あの人いい加減なとこあるし」

「まあ二百年前の話だからどこまで本当かも分からないけどね。祖先が捏造《ねつぞう》した可能性もないわけじゃない」

「それな」

なにか、なにか大切なことを私はまだ知らない。

知らないといけない気がする。

二人の話を聞いて謎の焦燥感が私を襲う。

「それで本題に戻るんだが、第一にはそのイナス村のようにおかしくなっていってる奴がいる」

「第四王子、だよ」

悪いことをしたわけでもないのに心臓が跳ねた。

「ラドニーク様……？」

「そうそうラドニーク様。あの人元々第二の生徒だったんだよ」

そういえばそんなことをローズが言っていた気がする。

ということは二人は性格が変わる前のラドニーク様を知っているということだ。

「ラドニーク様ってほんと皆から慕われててさ、理想の王子を体現したような人だったんだ。いろんな生徒の悩み相談とかも受けたりしてたみたい」

そんなある日、ラドニーク様はいつものように一人の生徒の相談を受けていたそうだ。内容は第一のほうに通っている従兄弟《いとこ》の様子がおかしい、どうやらクラスメイトに虐《いじ》められているらしいというものだった。

「なんでそれを殿下に相談したんだろう？　もっと他に相談する人がいると思うんだけど……」

「うーん、それがどうも個人の話だけじゃなかったようなんだ。元々第一は上下関係にも厳しくて、力のない者は上に逆らえず潰される。挫折していく人が跡《あと》を絶たなかったんだ。ラドニーク様はそんな理不尽な第一の体制を変えたくて第一に行ったんだと思う」

くわしくは分からないけどね、と言う兄。

「第一に行ってしばらくしてから、あの人がおかしくなったという噂を聞いた。第一の生徒には箝口《かんこう》令《れい》が敷かれてるみたいだけど、まあ人の口に戸は立てられないからな」

それを知った第二の生徒たちはとても心配しているそうだ。それでも王家がその事実を隠そうとしているならば、大っぴらに話題にはできない。

第二の生徒は第一のせいだと陰で囁いているという。

「で、でも殿下が変わったのは第一のせいじゃなくて、魔法を使われて、とか」

そう考える人もいるけどな、と弟は小さく溜息をついて持っていたグラスを傾けた。

「第一は、最近建てられた第二と違って何百年と続く歴史のある古い学校だ。それゆえか第一の生徒には自分が『第一の生徒』であることに誇りを持ってる奴が多くてな、第一を汚す『異端者』がいると排除しようとするんだ」

歴史がある。誇り。異端者。排除。

彼が喋る単語が頭の中で目まぐるしく動き回る。

それじゃあまるで――。

「そう、イナス村そっくりなんだよ。第一王立学園ってのは」

全身が強張った。嫌な汗が背を伝う。

「まあイナス村のほうが過激だったかもしれないが。……さすがにこれだけの情報で魔物が現れると考えるのは早計だけどな。だから第一には魔物がいるってのも、例えの話だ。大量の魔獣も出てないし、大丈夫だろ」

出ているんです、と言いたい。

でもここで言ってしまえば魔物出現がぐっと現実的になって、他の生徒まで混乱させてしまうかもしれない。

「その、イナス村のおかしくなった人たちって元に戻らなかったの？」

「あー、戻る以前に全員魔物に殺されてしまったらしい」

私は非常に危険で重要なことを知ってしまったのかもしれない。

そしてこれは間違いない、と確信している自分もいる。

彼らの言う通り、第一には魔物がいる。

「……その話、私にしてもよかったの？」

「別に隠しているわけじゃないけど、真偽すら定かじゃないことをペラペラと誰彼構わず、特にお偉いさんとかに喋るわけにもいかないからねー」

「その点こういう学生同士の会話なら話の種になっていいだろ？　特に留学生同士は話してて楽しいしな！　あ、人はちゃんと選んでるぞ」

なるほどと頷いたその時、ザワリと会場の空気が揺れた。

「なに？」

「誰か来るみたいだぜ」

「ゲストかな」

キョロキョロと三人で周囲を見回せば、さっきグループで一緒だった女の子が嬉々《きき》としてこちらに走ってくる。

「ヤバい！　ヤバいよ！」

「ヤ、ヤバい？」

「来たの。来ちゃったのっ」

「誰が？」

深い息を吐いた彼女はこう言った。

「――聖騎士、ギルフォード様よ！」

へ、と私が出した間抜けな声はキャアアアアア!! という黄色い悲鳴によって掻き消された。

そして舞台近くのドアから長い足が見えた次の瞬間、私は会場から飛び出した。暗い廊下の窓の下に座り込み、息を整える。胸に手を当てるとドッドッドッドッと心臓がはち切れんばかりに動いていた。

彼女の言うことが本当ならば、間違いなくあれはギルフォード様の足だった。

ほんの数秒の差。少しでも判断が遅ければ私の留学生活は終わりを迎えていたに違いない。

この時ばかりは自分で自分を褒め称えてあげたかった。

足がガクガクして使いものにならないので、その場に座り続けていると、会場内から男の人の声が聞こえてきた。

魔道具の拡声器を使っているのでここまでよく届いている。

「初めまして、こうして優秀な方たちの集まりに同席できて大変光栄です」

初めて、ギルフォード様の声を聞いた。

少し硬くて、でもどこか心地好い声音に脳が痺れたようになり、目眩がする。

「あ、あれ？」

頬がいつのまにか濡れている。

雨かな、なんて頬を触ってみるけれど、屋内で雨なんてあり得るはずもない。

「……ッ」

ああ、そうか。涙だ。

たった一筋。それだけだったけれどどこか安堵した自分がいたのに気付いた。

今まで張り詰めていた糸が少し緩んでしまったのかもしれない。

初めてギルフォード様の声を聞いただけなのに。

……運命の伴侶、だからだろうか。

お腹をさすりながらもの思いにふけっていた私のもとに、双子がやってきた。

「おーい、フーリン？」

「いきなりいなくなってなにしてるの？　あのギルフォード様が来てるよ」

「こんな機会滅多にないんだし話しかけに行こうぜ！」

「あ、あのちょっとお腹痛くなっちゃって。食べすぎちゃったかな、あはは」

適当な嘘をつけば二人は心配したように眉尻を下げるので罪悪感が凄い。

「大丈夫？　保健室に行く？」

「ううん、あの、おっ、お手洗い！　お手洗い行ってくるね！」

「分かった。ギルフォード様、滞在できる時間少ないみたいだから、早く帰ってこれるなら帰ってこいよ！」

素晴らしい情報をありがとう！

そう心の中で叫んで私は急いでトイレに引きこもった。

聞いてない。なぜギルフォード様が来ているのだろう。

いや、皇子様なのだから仕事で来ているのは分かるけれど、よりにもよってなぜここ⁉

偶然か、必然か、それとも運め……いや考えるのはやめておこう。心臓に悪い。

ふー、と深呼吸を繰り返し、気を紛らわそうと双子の話を思い出す。

あの二人の話をベースに考えるならば、ラドニーク様の性格が変わってしまったのは魔物の呪いのせいだ。

個人的な恨みによる呪い魔法説も捨て切れないけれど、魔物の呪いのほうが腑《ふ》に落ちる。

これはメロディア様に報告すべきか否か。

ローズに伝えるべきか否か。

「……分からない」

どうしたらいいのか分からなかった。

溜息をつきながら下を向くと、金色に光る自分の腕輪が目に入る。

よく見るとうっすらと汚れていて、顔をしかめる。

水で洗い流していると、漣《さざなみ》が立った心も次第に落ち着いてきて、時間も経ったしそろそろ戻ろうとトイレを出る。

歩きながら腕輪をはめようとしたその時。

「本日はお越しいただき本当にありがとうございました。生徒たちもとても喜んでおりました！」

「ああ、興味深い話をいろいろ聞けてとても有意義な時間だった」

「それはそれは。私どもとしましても大変喜ばしいことでございます」

この内容、そしてこの麗しい声から推測するに、こちらに向かってきている人物は、

「……」

――ギルフォード様あ!?

目の前の曲がり角の向こうから響く足音はどんどん近づいてきて、このままここにいれば鉢合わせるのは避けられない。

コツン、コツン、コツン――。

逃げ場もなく、せめて壁と同化できないかと体を張りつけようとすると。

カシャン。

焦りすぎたのが悪かったのか持っていた腕輪を落としてしまった。落ちた音は小さかったけれど、しまった！　と思った時には足音はすぐそこまで来ていて既に拾っている時間すらない。

「あ――」

まだ早い！！

## ◇九話　持つべきものは

もうダメだと諦めたその時、背後の壁がなぜかパカリと開き、私はいつの間にか中庭へ投げ出されていた。

私がギリギリ出られるくらいの穴は私が出た瞬間にうにょんと閉じてしまった。

どうなっているのか分からないけれど、危機的状況には変わりないため、息を潜めて窓の下の壁に張りつく。

「腕輪……？」

「落とし物のようですね。きっと生徒のものでしょうし、私が教師に渡しておきましょう」

「……いや、俺があずかる。少し、気になるのでな」

腕輪を拾われてしまった。しかもギルフォード様はそれを持っていこうとしているらしい。

お父様から貰った大切な物だからぜひとも返してほしいけれど、ここで私が出ていくことはできない。

ならば今は諦める、の選択肢を選ぶ！

さあ殿下、早く通り過ぎちゃってください！

「ギルフォード殿下？」

「……いい匂いがするな」

あれぇ！　立ち止まっちゃった⁉

しかも声が聞こえる位置から考えると、ギルフォード様が立ち止まったのは私の真上。

窓の下を覗いてこようものなら完全にアウトである。

「ああ、ここ第二王立学園には薔薇園がありまして、恐らくその香りかと」

「いや、薔薇の香りじゃない。もっとこう……」

ハラハラドキドキダラダラと忙《せわ》しない私の頭上で繰り広げられる会話は、ある人物の登場により止まった。

「これはこれはレオ様ではありませんか」

「レオ、というと大魔導師の？」

レオ!?

「……第二皇子か」

ぶっきらぼうな声は間違いなく私の幼馴染の声。

登場のタイミングが素晴らしすぎると私の頭の中では拍手喝采が起きている。

「其方が魔獣を倒したと聞いた。聖騎士として感謝する」

「別に、俺は偶々《たまたま》そこにいただけだ」

いいの？　敬語使わなくていいの??

大魔導師だからいいのかもしれないけれど、少しは敬意を見せたほうがいいと思う。

というか。

ギルフォード様が魔獣の件を知っていることに驚く。

いや、勿論聖騎士である彼に情報が行くことは分かっていたけれど、一歩間違えれば殿下に私の情

まだ早い！！

報まで行っていたのかもしれないことにはたと思い至ったのだ。

……もしかしたら行っているのかもしれない。

「いつか手合わせしてみたいものだ」

「遠慮しておく」

素っ気ないレオの言葉の後に流れた一瞬の沈黙を、ギルフォード様が静かに断ち切る。

「大魔導師レオよ、――叶えてほしい願いがある」

「……なんだ」

「俺たちイルジュアの皇族に運命の伴侶がいることは知っているか」

ギルフォード様の口から出た言葉に心臓が凍りつきそうになった。

「……まあ」

「花紋を公開して半年以上経ったが、未だに俺の伴侶が見つかっていない。ゆえに運命の伴侶の捜索を大魔導師である其方に頼みたい」

ギルフォード様の言葉に顔まで強張り、無意識にスカートを握り締める。

「……生憎、会ったことのない人物を見つけ出すような魔法はない」

「そう、か」

分かりやすく落胆したギルフォード様の声に私の気分まで落ち込んでくる。

「……」

私の行動は間違っていたのだろうか。

ギルフォード様の横に立つためにダイエットをしようと思った。でも家にいたままではできないから、太ったままでは彼に会いたくないからレストアに来た。

運命の伴侶がどういうものか、平民の私には僅かなことしか分からない。

ギルフォード様は伴侶の存在についてどう思っているのだろう。

探しているといっても、実際のギルフォード様の考えは分からない。

出会ったこともない人間を必死に探す、なんてことはさすがにないだろう。半ば義務的なところもあるかもしれない。凄く冷徹なお方みたいだし、『イルジュアの皇族は伴侶命』という、噂の寵愛を私が受けることはまずないだろう。

そんなことを考えているうちに、いつの間にかギルフォード様たちは去ってしまったらしく、話し声は聞こえなくなっていた。

「なにやってんだよ」

「レオ……」

上から降ってきた声にドキリとして、恐る恐る顔を上げれば呆れた顔をしたレオが窓枠に頬杖をついて私を見下ろしていた。下から見ても美形とは羨ましい。

なぜ私がここにいると分かったのだろう、と考え、閃《ひらめ》いた。

「もしかしてレオが助けてくれたの？」

あんなタイミングよく摩訶《まか》不思議な現象が起こるなんて都合がよすぎる。

それでもこのレオという大魔導師が登場したことで先ほどのことに説明がつく。

「……あの皇子に会いたくなかったんだろ。お前、精神的に追い詰められると左手で右手首を掴むんだよ」

「え、なにそれ。初めて知った」

本人の私ですら知らないことを知っているとはこれいかに。

目を丸くして凝視するも、レオは私の視線にお構いなく窓を飛び越えてこちら側に来た。そして私の横に立って壁にもたれると腕を組んで前を向いてしまった。これは黙秘するやつだ。

「なんで会いたくなかったんだ？　皇子と面識ないだろ」

「あはは、自国の皇子様のお目汚しになっちゃいけないと思って。皇子様、とっても綺麗な方じゃない」

いけない、自虐《じぎゃく》的に笑い飛ばそうとしたのにうまく笑えなかった。

「……別に、……」

「え？　なにか言った？」

「っ、言ってねえよ！」

カッと顔を赤くして怒ってくるものだから、それは失敬、と冗談っぽく舌を出す。

するとレオはまた呆れたように溜息を吐いた。

「あの人に似てきたな」

レオが言う『あの人』とは一人しかいない。私のお母様のことだ。

「本当？　嬉しい！」

「褒めてない」

「なんですって！」

「うるさい。あの人、元気にしてるのか？」

ハッと息が止まった。

レオはお母様が亡くなる前に孤児院を出ていってしまったので知らないのだ。

「……死んだの。レオがいなくなって少しして」

「――！」

愕然と目を見開いてこちらを向くレオ。

あの頃のレオにとって私のお母様という存在が大きかったのは分かっている。

元気に生きていると思い続けていたレオにとって、この事実はひどく衝撃的で辛いものに違いない。

「どうして。あの人はすぐに死ぬような人じゃないだろ」

「病気だよ。なにかよくない病だったみたいで、本当に呆気なく逝っちゃった」

「……正直、信じられない」

私だって未だに信じられない。

前日まで川で魚の摑み獲りをしていたお母様が、次の日には息をしない冷たい塊《かたまり》になってしまっただなんて、誰が信じられるだろうか。

当時の私は現実を受け入れることのできない幼子だった。お父様がなにを言っているのか分からなくて、ただ泣き喚《わめ》き続けた。

それがいつからだろうか。涙で視界が霞《かす》む中、お父様の悲しそうな顔に目がいくようになったのは。

「……お父様こそ辛かったはずなのに、私が泣いてるから泣かなかったの。泣けなかった、というほうが正しいのかもしれないけど」

お母様が亡くなってほどなくして、お父様はお母様の死を振り切るように仕事に没頭するようになった。すると元々才のあったお父様はあっという間に世界に名を馳せるようになって、どんどん忙しくなっていった。

お父様はだんだん家に帰ってこなくなって、……勿論優しいお父様のことだから私を放っておくことはできなくて、仕事の合間を縫って帰ってきては腕にあふれるほどの多くのお土産をくれた。

当初の私はそれすら無視して部屋にこもっていたけれど、両親がいない時間が次第に私を冷静にさせていった。

泣いたってお母様はもういない、お父様だって悲しんでいる、と幼心に理解していった。

泣くだけだった私がある日お土産のケーキを食べてふと笑顔になれた。お母様が亡くなって以来、初めての笑顔だった。

それを見たお父様がすごくホッとした顔をしたのが今でも印象に残っていて、私の心を温かく満たしていったことを覚えている。

それからお父様は馬鹿みたいにおいしい食べ物を探して持ち帰ってきては私に食べさせた。そのたびに笑顔になる私を見てお父様も嬉しそうに微笑むので、私はこう思うようになった。

——食べ物を食べるとお父様が喜ぶ、と。

それからお父様を喜ばせるために、悲しみを忘れるために、私は食べ続けた。

「だからそんなに太ったのか」

「うん、でもこれはお父様のせいじゃなくて、甘いものやこってり系の食べ物のおいしさに目覚めてしまった私の完全なる自業自得。あとは引きこもって運動をしなくなったことも原因かな」

お母様が生きていた頃は毎日のように外に連れ出されて様々なことを経験させてもらった。だからこそお母様のいない外に出るのが嫌になったのだと思う。生前のお母様の言葉すら信じられなくなるほど落ち込んでいた時期だったから。

それからズルズルと家にい続けたわけだけれど、こうして外に出た今、それはただの言い訳だったということが分かる。

花紋が現れたことが私の人生の転機となったことは間違いない。

「引きこもっていた割に性格は暗くなってないよなお前」

「うーん、お父様を悲しませたくない、っていう思いがあったからかなあ。私が悲しい顔をするとお父様も悲しむから、お母様みたいに明るくいようと思ったの」

芝生に生えている草をプチリプチリとむしりながら言葉を紡いでいくと、自分自身そうだったのかと気付くことが多い。

こうして誰かと話す時間は私にとって大事な時間なのかもしれない。

特にレオは幼馴染という間柄《あいだがら》、話しやすいということもあるのだろう。

「……頑張ったな」

ポン、と頭に熱がのった。

突然レオが私を撫でたのだ。

鎖骨あたりまである自身のキャラメル色の髪が大きく揺れる。

下を向いていたので本当に目玉がこぼれ落ちそうになった。

「……十年越しの貴重なデレ、ありがとうございます」

「てめっ！」

涙が出そうになったのに気付かれなかったことをいいことに、私はレオに向かって悪戯っぽく笑った。

それに対するレオの反応は言うまでもなく、である。

「レオさ、ギルフォード様のお願い本当に叶えられないの？」

「唐突だな。……会ったことのない人物を探すことはできない。だが本人にまつわるなにかしらの物を皇子が持っているなら話は別だった。だが当然持っているはずもないからああ言ったまでだ」

「へ、へえー」

危なかった、あの腕輪の持ち主を探せ、とか言われていたら私は確実に今ここにいない。

よかったと安堵の息を吐こうとした時、私は、はたと恐ろしいことに気付いた。

結局これって現状、危機であることに変わりはないのでは。

レオじゃなくても他の魔導師に頼めば可能かもしれないのだ！　私の頭の中はもうパニックである。

「……なに百面相《ひゃくめんそう》してんだよ」

「ちょっと自分のアホさに呆れているところ」

「安心しろ、今さらだ」

レオの嫌味に頭が冷静さを取り戻したが、なんとも複雑である。

それでも持つべきものは幼馴染と言うべきだろうか。

「そういえば、どうしてレオはここにいるの？　第二だよ、ここ」

レオは第一の生徒のはずだ。

「俺がどこにいようが関係ないだろ」

「ごもっともで」

「チッ、……しばらく見てなかったし、交流会があるって聞いたから……」

ボソボソと言われても聞こえない。

私の耳はそこまで性能がいいわけじゃない。

交流会、という言葉はなんとか聞こえた。

「つまり、レオも友達が欲しかったってこと？」

「——ちげえよ‼」

今日一番の怒声が中庭に響きわたったので、私は自分の耳を静かに塞いでおいた。

## ◇十話　バレちゃった

レオと別れ戻った交流会も既に終盤を迎え、最後の挨拶の時間となっていた。

「フーリン、体調が悪いと聞いたが大丈夫なのか？」

「う、うん。もう大丈夫だよ！」

心配そうに私を覗き込むローズに罪悪感が募る。

「交流会は楽しんでいたようでよかった」

「そうなの！　私みたいなのに皆すっごく優しくてびっくりしたよ」

「みたいなの、は余計だろう？」

クスリと笑ったローズに私はへらりと笑い返す。

ローズは第一の生徒の、特にクラスメイトの私に対する態度が厳しいことには気付いていない。

彼らはローズに悟られないように陰で当たってくるのでそれは仕方ないことだった。

王族であるラドニーク様にも容赦のないローズの態度を見て、ローズには気付かれないようにするのがいいと考えたのだろう。

変なところで皆頭がよくて私は驚いたぜ。

クラスメイトの態度からして、今はそうでなくてもいつかは虐めに発展しそうな危うい空気を感じている。

このままなにも起きなければいいのだけれど、と不安が広がるも、今は余計なことを考えないように当頭を振る。こんなことにローズを巻き込むわけにはいかない。私は耐えなければならないのだ。

ローズと一言二言、言葉を交わした後、改めて一緒のグループだった皆に挨拶をして、双子にもお別れを言った。

「第一のことだけど、怖がらせちゃってたらごめんね」

「配慮がなかったよな、悪い」

なんて謝ってくるものだから私は勢いよく首を横に振って否定する。

「すっごく有意義なお話が聞けたよ！　ありがとう！」

「有意義、だったか？」

「フーリンが言うならそうなんじゃない？」

キョトンとして顔を見合わせる二人を見て、双子のそろいっぷりに思わず笑ってしまい、それにつられたのか双子も笑った。

こうして同世代の友達と笑顔を交わせるほど嬉しいことはないと、私の心もニッコニコである。

「よかったらいつか俺たちの村に来いよ。祖母もいたらもっと面白い話してくれるぞ。ちょっと偏屈《へんくつ》な人だけどな」

「孫には甘い人だから僕たちがいれば大丈夫だと思うけどね」

そんなありがたい言葉を最後に貰って、私は気分よく交流会を終えることができた。

＊

その日の夜、私は湯船に浸かりながら幸せの余韻に浸っていた。

怒涛の一日だったけれど、実りの多い日になったのではないだろうか。ギルフォード様と出くわしそうになったのは予想外だったけれど。

お風呂から上がり、さあ寝よう、と完全に油断しながらドロワーズをはいていた私のもとに、突然の来訪者が現れた。

「よばれてとびだせじゃじゃじゃーん！　あなたのノアたんで〜す！」

「呼んでないよ⁉」

突然外からの冷気が流れ込み火照《ほて》った体に気持ちいいと思ったのも束の間、私はあることに気付きサッと顔が青くなった。それと同時に勢いよくしゃがみ込んで自分の体を抱き締める。

「み、みみみ、見た⁉」

私はもう焦るしかなかった。

フードを深くかぶっているので見えなかったと思いたい。思わせてください……！

「なにを？」

意味深なその言い方で私は確実にノアに見られたことを悟った。

お父様にすら教えなかった――花紋の存在を。

青を通り越して白くなっていく私の顔色になにを思ったのか、ノアはさらに近づいてきてしゃがみこみ、私のお腹を見るために私を立たせる。状況についていけない私はされるがままだ。

そしてしばらく花紋を見つめたかと思えば、ノアは顔を上げてこう言った。

「イルジュアのおうじかあ。ノア、あそこはおすすめしないな〜」

「へ？」

思いもしなかった言葉に私は目を白黒させる。

花紋におすすめがあるのだろうか。

私の困惑した様子などどこ吹く風で、ノアは閃いた、というように声のトーンを高くした。

「わかった！　フーリン、おうじのおよめさんになるのがいやでレストアにきたんでしょ〜！」

当たってる？　当たってる？　と興奮しているノアに対して、むしろギルフォード様の横に立つためにここに来ました、なんて言っていいのだろうか。

今余計なことを漏らせば情報屋としていろんな話を引き出されるかもしれない。

「あ、もしかしてノアがじょうほうをうるとおもってる？　そんなことしないよ〜」

あはは、なんて明るく笑うものだから私はうっかり信じそうになる。

「もー、いったでしょ？　ノアはフーリンのみかただって！」

「でも、情報屋さんだったらお客様がいれば売るんでしょ？」

「フーリンのことはうらないよ〜！　うってフーリンがこまって、ひざまくらしてくれなくなったらいやだもん」

膝枕によって私は一命を取り留めた。

「ギルフォード様にも言わない？」

「もっちろーん」

軽い口調でそう言うノアをなんだか信じたくなって、私は全てを話した。

「なるほどなるほど〜ダイエットかー！」

「そう、だから痩せるまでは会わないって決めてるの」

「いいねいいね〜」

いいねと言った口で、お父様のお土産のクッキーの箱を勝手に開けて食べ始めた。ゴロゴロとソファーに寝転がる姿はまるで猫のようだ。私に対する挑発だろうか。

「ダイエットはじゅんちょー？」

「……ちょーっと痩せたかなあってぐらい？」

「ほんと？　りゅうがくしてきてからかわってないけど」

容赦無いノアの言葉がグサリと胸に刺さったが気にしない。そう気にしてはいけない。

もぐもぐとおいしそうにクッキーを食べているノアも気にしない。気にしないったら気にしない！　なんせ今日の私は水以外ほとんど物を口にしていないのだ。立食パーティがあったにもかかわらず！　一日耐えられたのならばこの瞬間も耐えられないはずがない！

一度やると言ったら私はやる。

ダイエットにおける食事制限は、食べないのが一番だと誰かが言っていた。だからお父様と会って以来ほとんど物を口にしていないけれど……本音を言えば死にそうなくらい辛い。見せびらかすように目の前で食べられるのは余計に辛い。

クッキーを口の前まで持ってきて、そのまま止まってしまったノアは私のほうへ顔を向けた。

凄く見つめられているような気がする。

「フーリンさ〜、クラスメイトについてどうおもってるの？」

「突然どうしたの？」

「ノアしってるよ」

クラスメイトの私への扱いをノアは知っている。

当然だ。ノアは私が留学してきたばかりの頃、実際その現場を目撃しているのだから。

「ずーっとつづいてるんでしょ。やりかえしたい、っておもわないの？」

私はタオルで頭を拭く手を止めてノアの目があるあたりを見る。こういう時、目が合わないのは少し残念だ。

「皆が私を邪険にするのは仕方ないことだから」

「だからなにもしないの？」

「しない」

「いやだって、いわないの？」

「……言わない」

「いわない、じゃなくていえないんでしょ～」

私を煽るようなノアの言葉に私はギュッとタオルを握る。

あんな扱いを受けて、こんな私だってなにも思わないはずがなかった。

嫌に決まっている。やめて欲しいに決まっている。

仲良くしてほしいに決まっている……！

それでも自分は太っているから仕方ない、直接手は出されていないのだから仕方ない、と諦めるのが学園生活を無難に送る上で大切なことだと思ってきた。

「だめだだめだー！　そんなかおしちゃおブスだぞー！」

いきなり近づいてきたノアにムギュっと頬を潰され、私は目を丸くする。

「フーリン、いーい！　ストレスはためちゃだめ。そうやってがまんしちゃうといつかばくはつするんだよ！」

「び、びゃくはちゅ？」

「ん！　ストレスはおはだにでやすくなるの。やせてきれーになったのにおはだがきたなくなっちゃったらやでしょ～？」

それは嫌だ。

「だからストレスは、はっさんするのがいちばん！　つまりクラスメイトにやりかえすのがいちばん！」

それは違うと思う。

「フーリンにはとくべつにむりょーでしかえしするほうほうをおしえちゃうよ～！」

パッと頬から手を離され、私はそこに手を添える。

頬は少し熱を持っていた。

「――いい」

「ん？」

「教えてもらわなくて、いい」

「……どうしてー？」

首を傾げられて私は真っすぐにノアを見据える。

「やり返し方はもう分かったの」

「へー、なにかなあ」

私はニッと口角を上げて胸を張った。

タオルが床にヒラヒラと落ちていく。

「──痩せること！　それが一番クラスメイトに対する報復になる！　……そうだよね？」

自信を持って言ったものの、急に黙ってしまったノアに不安になって恐る恐る窺う。今だけはそのフードをぜひとも取ってほしい。

するとノアは親指を立ててこう言った。

「だいせーかーい!!」

パチパチと拍手されて私の気分は再び高揚《こうよう》し、ダイエットのモチベーションがグンと上がった。

「ありがとうノア。私、ダイエット頑張るね！」

「お〜がんばれ〜！」

ノアに花紋を見られた時はどうなることかと思ったけれど、どうやら結果オーライらしい。

やっぱりノアはどこか安心する雰囲気があって、正直歩く兵器だなんて思えない。

「でもほんとうのいみでしかえししたくなったらなんでもノアにきいてね。へいきのつくりかたに、ざいせいはたんさせるやりかた、せいしんまほうのやりかた。なんでもおしえちゃうよーん」

「絶対になにも聞きません!!」

悲鳴を上げなかった私を褒めてほしい。

歩く兵器の二つ名はダテじゃないことを思い知らされた夜であった。

# ◇十一話　いただきます

「お、お腹空いた……」

ふらふらと街中を彷徨《さまよ》い歩く私の顔色は決してよくない。

ノアと会って一週間ほど経ったけれど、断食の効果による見た目の変化は全くなくて、空腹の辛さと相まって落ち込みそうだ。

家の中で刺繍をしていても、どうもお腹の音が気になって仕方ない。

気を紛らわせようとこうして外に出たはいいが、外にも誘惑はたくさんある。

食事処や食べ物を持った人を視界から外しながら歩いていると、キラキラと輝く人物がこちらに向かってくるのが分かった。

見覚えのあるあの金髪は——。

「殿下？」

「フーリン？　こんなところでなにをやっているんだお前は」

「こちらのセリフですよ。お久しぶりですね」

ラドニーク様に会ったのはあの魔獣遭遇事件以来だ。

ずっと学校に来ていなかったので心配していたことを伝えると、顔を顰められた。

「父上に叱られてしまってな。部屋から出してくれなかったのだ」

「それはそれは……」

「まあさすがに耐えられなくなったから抜け出してきたんだがな！」

今ココ状態。

「ダメじゃないですか！　早くお城に戻りましょう！」

「嫌だ！」

「駄々をこねてる場合じゃないですよ！　きっと今頃お城は大騒ぎになってます！」

見たところ護衛の騎士だっていない――。

「あ」

いた。

こちらを申し訳なさそうに窺っている男性が一人、二人、三人、四人。

どこかで見たことがあるなと思い記憶を探れば、魔獣に襲われた時にもいた騎士たちだ。

どうやらクビにはならなかったようで私は勝手ながらホッとした。

「な、大丈夫だろ？」

「でも勝手に抜け出してきたらまた怒られちゃいますよ」

「ふん！　ボクはやりたいことをやりたい時にやるんだ！」

ラドニーク様の潔《いさぎよ》い言葉に苦笑したその時、ふと目眩がしてふらりと体勢が崩れた。

「おい!?　大丈夫か？」

「は、ひ」

「病気か？」

心配げに顔を覗き込んでくるラドニーク様に謝りながら姿勢を立て直す。

「……いえ、しばらくまともにご飯を食べていないのでそのせいかと」

「まともに食べていない、だと?」

おかしいな、急に周囲の気温が下がった気がする。

「なぜ食べていない」

「えっと、その、ダイエットのため、です」

目の前の人物は睨みつけるように私を見ていて、怯んだ私のこめかみには冷や汗が流れる。

「ダイエットはやっぱり食べないのが一番だって聞いて、断食を……」

そこまで言って、あ、と気付いた瞬間、盛大な雷が私に落ちた。

「馬鹿者ー!!」

街中に響きわたりそうなくらい大きな声で叱られた私は思わず腰を抜かしてしまう。

そのままぽかんと見上げれば、ラドニーク様は仁王立ちして私を見下ろしていた。

「食事を蔑《ないがし》ろにするとは言語道断! ダイエットのために食べない!? そんなこと、このボクが許すはずもないだろう!」

そういえばこのお方、食べ物に対する執着心が強いんだった。

ラドニーク様はその後なにかブツブツと呟いていたが、後ろを振り向いて騎士に合図した。

「よし、城に帰る」

「あ、帰る気になったんですね。お気をつけて」

「何を言っている。お前も一緒だ」

うん!?

「ちょっ、うえっ？　ま、待ってくだ……！」

「問答無用!!」

そうしていつの間にかそばに来ていた馬車に押し込まれた私は、次いで乗り込んできたラドニーク様とともに抵抗する間もなく城へと連れていかれたのであった。

＊

城というのは王族が住んでいるだけあって警備が厳重である。

門外から均等に配置された騎士の数は既に両手両足の指で数えても足りなくなっていた。

初めてのお城訪問で変にドキドキしながらついてきたのはいいものの、簡単な身体検査のみで入れてしまったので少し拍子抜けしてしまった。

ラドニーク様が一緒だから問題ないのだろうか。

そんなことをつらつらと考えながら、ある意味思考を放棄しながら広い廊下を歩いていると、殿下は私をチラリと見て溜息をつく。

「どうせお前は味の濃いものばかりを食べて素材そのものの味を知らないんだろう」

「素材そのものの味？」

「いいか、よく聞け。食べ物は奥が深いのだ。それをボクが今から教えてやる！」

そう宣言されて、腕を引っ張られて着いた先は。

「……厨房、ですか？」

「ボク用だ」

「殿下用⁉」

実家にいた時に何度か覗いたことのある厨房と同じ調理用の魔道具や器具が視界に入り、殿下の発言に目を瞬かせる。

「ボクは料理が趣味だからな」

初めて知りました。

「どうせ昼食も食べていないんだろ。今からボクが特別に作ってやる。それを食べろ」

「え、でも」

「拒否権はない」

そう言われてしまえば私は黙って従うしかない。

ならば今日の夕食を抜いてしまえば大丈夫なはずだ。多分。

「お前は味の濃さに慣れきっている。悪いとは言わないが、それが料理の全てだと思われるのは癪《しゃく》だ」

ラドニーク様はそう言って料理をするための準備に取りかかった。

トントントンと小刻みに鳴る心地いい音を感じながら、私はラドニーク様の作業を見守る。

料理が趣味と言うだけあって無駄な動きはなくて、危なげな様子も一切ない。

いつものように心臓に悪いラドニーク様によるギルフォード様の話を聞いていると、魔法のようにただの素材だったものが料理として形を見せ始める。

「殿下はいつから料理を作るようになったんですか？」

「四年ほど前だ」

ということは十二歳の時から？

「料理は唯一気の抜ける時間だったからな」

その一言で私は呪いを受ける前のラドニーク様がどんな人だったのか、という話を思い出した。

高潔で思慮深い、大人びた人だったとか。

話を聞いた時は単純に凄い人だったんだと思っただけだったけれど、こうして改めてラドニーク様の気持ちを考えてみると……気詰まりしそうだ。

鍋の中を混ぜ始めたラドニーク様はなにも言わない。

グツグツと鍋の中身が煮える音だけがいやに大きく聞こえた。

料理が、食事がなぜ彼にとって重要なのか少しだけ分かった気がした。大切にしている食事を蔑ろにされれば怒るのも無理はないのかもしれない。だからといって初めて会った時のパン泥棒呼ばわりはよくないと思うけれど。

一つ私には疑問があって、それはラドニーク様が呪いを受ける前の記憶についてどう思っているのかということだ。

料理を始めた時期を覚えているので、昔の記憶があることは分かる。

ただこれまで一度も、第二にいた頃の話をラドニーク様はしたことがない。

デリケートな話には違いないので私ごときが踏み込んだことを聞くわけにはいかないけれど、かつてあったのかもしれない重圧を、今のラドニーク様が感じていなければいいなと思った。

「よし、完成だ！」

目の前に並べられた料理から漂ういい匂いに、私のお腹が反応してぐうぐうと音を立て始める。

予《あらかじ》め下ごしらえされていたものもあって、あっという間にできたように感じられた。

東の国から取り寄せたお米を使ったという、彩に緑の葉野菜のお浸しが添えられたお粥。ふんわりとした卵と海藻のスープ。柔らかく煮た根菜と赤身の魚を味噌で味付けしたもの。デザートには凍らせたフルーツが付いていた。

今までに見たことのない料理ばかりで、私は興奮を抑えきれない。調味料も初めて聞く名前ばかりだったので、どんな味がするのか想像がつかなくてワクワクする。

「胃に優しいものにしておいた。よく噛んで、味わって食べろよ」

「噛む」を強調されたので頷き、お粥を一さじすくう。

少し息を吹きかけてスプーンを口に含むと、私は自然と目を見開いていた。

「おいしい……！」

全身に染みわたるような優しい味。

他の料理も当然のようにおいしくて、私は感動し、食べ進めるのを止められなかった。

「ふっ、当然だ。このボクが作ったんだからな」

得意そうに言うラドニーク様に私はコクコクと頷き、それに同調するように絶賛の声を上げる。

お腹が空いていたこともあるだろうけれど、ラドニーク様の料理は確かにおいしかった。

出汁《だし》がよく出ていて、素材そのものの味を感じることができる。

ラドニーク様が言っていたのはこのことかと納得するばかりだ。料理に対して、私は本当の意味で初めて『味わう』ということを知った。

「本気でダイエットをしたいなら食事はきちんととれ。健全な体は健康的な食事によって作られるの

「だからな！　食べないなど、結局はリバウンドして終わるのだ！」

凄い。ダイエットに縁のなさそうなラドニーク様がしっかりとダイエットについて理解している。

「と姉上が言っていた」

なるほど。

「……でも、やっぱり一度食べちゃうと暴食してしまって、加減ができなくなるんです」

何年もかけて身についてしまった癖はなかなか治らなくて、一度ものを口に入れるとお腹いっぱいになるまで食べてしまう。それこそ腹八分目、なんてレベルではなく、お腹が苦しくなるまで。

「――ならボクがお前の食事管理をしてやる」

「へ」

「時間があれば料理も作ってやろう」

食については間違いがなさそうなラドニーク様に食事管理をしてもらえるどころか、こんなにもおいしい食事が食べられるなら願ったり叶ったり、だけど。

「いいん、ですか？」

「こうして誰かに食べてもらうというのも、……悪くないからな」

ふわりと、ラドニーク様が笑った。

元気があり余る幼すぎる笑顔でも、なにかを企んでいるような笑顔でもない、とても優しくて、美しい笑み。

素の、ラドニーク様が垣間見えたような気がした。

本人は笑っていることにすら気付いていないようだったけれど、私は一瞬目を奪われてしまっていた。

「殿下は、」

「なんだ」

「……いえ、なんでもないです」

私でさえなにを言おうとしたのか分からなかった。

もしかしたら、その一瞬の美しさの中に滲《にじ》んでいた儚《はかな》さについて言及しようとしたのかもしれない。

「そうと決まれば間食は一切するなよ。ボクがお前の前でおやつを食べようともな！」

アッハッハッと笑うラドニーク様を見て、早まったかもしれないと思った私は悪くない。

ゆっくり時間をかけて食事をし、食後のお茶までいただいて、そろそろ帰ろうと腰を上げた時。

「お、おい、フーリン！」

「どうしました？」

緊張した面持《おもも》ちで私を見るラドニーク様に声をかけられた。

「おお、おおお前には！　特別に！　ボクのことを『ラディ』と呼ばせてやる！」

……急になにを言い出すのだこの王子様は。

ラディというのはラドニーク様の愛称のはずだ。

王族相手に敬称を付けないどころか愛称で呼ぶなどできるはずがない。

「それはさすがに無理です」

「なぜだ！」

「それは勿論、殿下は王子様ですし……私なんかが愛称で気軽に呼んでいい相手じゃないですよ」

ラドニーク様は私の発言にムッと頬を膨らませる。

忘れがちだけれどこの人は私なんかとは立場が全く違うのだ。

「……あの女は」

「え？」

「あの赤髪女のことは愛称で呼んでいるじゃないか！　なのになぜボクはダメなんだ！」

確かにローズの本名はローズマリーで、愛称で呼んでいるけれど、彼女は私と同じ平民だ。

「いえ、だから殿下は王子様ですから」

「――あの女だって似たようなものだろう!!」

似たような、もの？

ラドニーク様がなにを言っているのか一瞬分からなくて、私はゆっくりと目を一回閉じて、開ける。

「あれがいいならボクだっていいはずだ！」

……私はいつから勘違いをしていたのだろう。

ローズは一言だって自分が平民だとは言っていない。

それどころか彼女はいつだって凜として気高く、それはまるで人の上に立つことに慣れた人間のふるまい方だった。

啞然として口を開いたままの私に気付いたのか、ラドニーク様は癇癪《かんしゃく》を起すのをやめてぼそりと言葉を落とす。

「……ボクだってお前の友達なんだから、愛称で呼んでくれたっていいだろう……」

友達。

予想外の言葉に私の口は開いたままだ。

「なんだ！　お前はボクを友達じゃないとでも言うのか！」

「いえ！　むしろ友達と思っていただいていたのかと驚いちゃって！」

そう、驚いた。まさか殿下がそう思ってくれているなんて露ほども思っていなくて、目新しい玩具か、下僕ぐらいにしか思われていないかと思っていた。

じわじわと胸が熱くなる。喜びが私の口角を上げていく。

今ばかりはローズのことを忘れて、殿下の目を真っすぐに見つめ返す。

「ありがとうございます、——ラディ。これからもどうぞよろしくお願いしますね」

「ッ、……し、仕方ないな。このボクと友達であること、誇りに思うがいい！」

潤んだ瞳を隠すように偉そうに胸を張るラディが可愛くて、思わず頭を撫でそうになったのは秘密だ。

# ◇十二話　気付いたらいけない

食事管理をしてもらうようになってからは、私は無茶なダイエットはしなくなった。

再び学校に来るようになったラディに、毎日食べた物と量を報告する。そしてこれはダメだとか、アレを食べろという指導を貰って家の使用人にそれに従って食事を出してもらうようにした。

休日にはお城に赴いてラディの作るおいしくて健康的な料理を食べ、遂には私も料理を一緒にするようになっていった。

きちんとした食事をするようになると味の濃いものをあまり欲しくなくなっていったし、料理をするとそれだけでお腹いっぱいになることもあった。

食に対する認識がすっかり変わったと言っても過言ではない生活を送った一ヶ月。

成果がハッキリと見た目に表れたわけではないが、確実に痩せてきていることは実感している。

体が軽くなってきて動くことが億劫でなくなり、最近では散歩が趣味となった。

そんなふうに穏やかな日々を過ごしていて、少し平和ボケしてしまっていたのだろうか。

フーリン・トゥニーチェ、ただ今絶賛ピンチです。

「おい、テメエ最近目障りなんだよ」

「ラドニーク様と仲良いからって調子に乗ってんの？」

「お前はこの第一に相応《ふさわ》しくないんだよ！」

放課後、一緒に図書館に行こうとしたローズが先生に呼ばれてしまい、私は一人教室で待っていた。

そこを狙ったように現れたのは三人の男子生徒たち。

親の敵《かたき》でも見るような目つきの三人に抵抗もできないまま裏庭まで連れて行かれたかと思うと、続けざまに浴びせられたのは耳を塞ぎたくなるほどの罵詈雑言《ばりぞうごん》。

直接的に悪意を持ったクラスメイトが接触してくるのはこれが初めてで、壁に追い詰められた私は固まってしまいなにも言い返すことができない。

「なに黙ってんの？　なんか言えよ！」

すぐ横の壁を蹴られ、ビクッと肩を揺らすと三人は愉快そうに笑い声を上げる。

「そうだ、確かお前の家、金持ちだったよな？」

「金持ちってか『大』金持ちじゃん」

「ふーん、いい金づるになるなァ」

「だろ？　俺あったまいー！」

怖い。

私を見ているようで見ていない暗い瞳と悪意に囲まれて、体の震えが次第に大きくなる。

「ッ」

突然胸倉を摑まれ、首元が締まり呼吸がしづらくなった。

「なあ、金出せよ」

「たんまり持ってんだろ？」

「……せん」

「あ？」

「ありませんっ」

震えてみっともない声だったけれど、出ないよりはマシだった。

「この状況でそんな強気なこと言えんの？」

「凄いねー、おとうちゃまにたちゅけてもらうんでちゅかー？」

「あははは！　甘やかされて育ったの一目瞭然だもんね！　それでお金はありませんって都合よすぎない？」

「どうせ好き放題金使ってきたんだろ？　だったら少しぐらい俺らに分けてくれよ」

グッと目を瞑ってその場をやり過ごそうとした。

けれど胸倉を掴む男から続けて出た言葉に私は目を見開いた。

「どうせあのローズマリーって女も金をせびるためにお前のそばにいるんだろ？」

一瞬頭が真っ白になった私は、気付いたらその男子を突き飛ばしていた。

男の力には敵《かな》わないが、体型的にはこちらが有利なのだから不意をつけば一撃をくらわせることぐらいは可能だった。

「ってえな！」

「取り消して」

「は？」

「さっきの言葉取り消してよ！」

突然怒り出した私にクラスメイトたちは訝しげに眉をひそめた後、ニヤリと笑った。

「さっきの言葉、図星だったんだ？」

「数少ないお友達が、まさか金のために自分のそばにいたなんて考えたくないもんなあ」

「うるさい！　うるさいうるさいうるさい！　ローズはそんなこと考えてない！　そんなわけない‼」

ぐるぐるぐる。ただ否定の言葉だけが頭の中を回る。

私といることでローズがそんな目で見られていたということが、なにより衝撃だった。

悔しさが胸いっぱいに広がって、目が潤み出す。

意味をなさない抵抗の言葉を吐き出そうとしたその時だった。

「なにをしているんだ？」

話題の本人、ローズが現れた。

「フーリン、泣いているのか？　……こいつらがやったのか？」

ローズが現れた途端、焦りの色を見せ始めた三人は言い訳紛いの言葉をつらつらと並べ始める。

そんな彼らを感情のない瞳で見ていたローズは、ゆっくりと三人に近づいたかと思うと私の胸倉を摑んでいた男の耳に顔を近づけた。

目を瞬いた次の瞬間には男の顔は真っ青になっていて、他の二人を引き連れて大慌てでその場を去っていってしまった。

「……なにか言ったの？」

「大したことは言ってない。それより大丈夫だったか？　怪我はない？」

「う、うん」

ローズは三人の行方に欠片ほどの興味もないようで、私を心配そうに覗き込む。

「アイツらになにを言われたんだ？」

「言われたっていうか、……お金をせびられたというか」

「……なるほど」

目を細めたローズはそれ以上追求してくる様子はなくて、その代わりに私の手の平にできていた傷を見つけると眉をひそめた。男を突き飛ばした時になにかに引っかかってしまったのかもしれない。お母様なら舐めておけば治るとでも言いそうなほどの小さな傷だ。

にもかかわらず、ローズは私の腕を掴んで保健室へと誘った。少しピリピリしたローズの様子に異《い》を唱《とな》えることなどできない私は大人しくついていった。

「全く、なぜ保健医がいない。職務怠慢だろう」

「あはは、忙しいんだと思うよ」

「これでは治癒魔法で治せないではないか」

ローズの言葉にギョッとする。治癒魔法を使える者はとても少ない。さらに保健医として常駐している魔導師曰く、治癒魔法は普通重傷者に対してしか使わないそうだ。とても繊細な魔法なので誰彼構わずは使えないものだということをローズも知っているはずなのに。

「こんな傷、治癒魔法なんて使わなくても明日にでも治るから大丈夫だよ」

「いや、菌が入って化膿《かのう》したらいけない」

心配性すぎる。

「保健医がいないならばレオのところへ行こう」

「へ」

「彼奴《かやつ》ならば治癒魔法を使える」

いやいやいや、待って。待って⁉

「大丈夫だから、ね？　ここにある消毒液を使わせてもらおう？　うん、それがいいね！　そうしよう！」

こんな傷でレオのところへ行こうものなら、馬鹿にされて終わりだ。鼻で笑われるに決まっている。

しかし、とそれでも渋るローズを座らせて、私は自分の意思を貫くために手を洗って、手当てというには大袈裟な処置を始める。

「すまない、そもそもあたしが魔法を使えればよかったんだ。……やはり、あたしは出来損ないだな」

「ええ⁉　魔法なんて使えないのが普通だよ？　人間は自然の治癒能力があるんだからこんなのなんてことないんだから」

ローズが出来損ないなんてとんでもない。むしろローズが魔術師だったら私は恐れ多すぎて気軽に話しかけられなくなる。

――恐れ多いと言えば。

「……ねえ、ローズ」

「なんだ？」

「聞きたいことがあるんだけど、いいかな？」

「ああ、聞こう」

初めてラディの料理を食べたあの日、ラディは『あの女だって似たようなものだろう』と言っていた。

そのことがこの一ヶ月気になってはいたが、結局聞くタイミングがないままここまできてしまった。

出会ってからずいぶん経つし、ローズとの仲も大分深まったのではないかと思う。だからこそ誰もいない二人きりのこの部屋で。聞いてみるいい機会なのではないだろうか。

意を決して私は口を開く。

「ローズってその、王族、だったりする……？」

「――どうしてそう思う？」

一瞬凍てついた空気に肌が粟立《あわだ》ったが、今さら取り消すこともできず、この一ヶ月考えていたことをぽつぽつと話していく。

「初めて会った時からローズは高貴な方って感じのオーラがあって、物言いとか仕草とかも品があるなあって思ってたの。あとラディからそんな感じのことを言われて……」

ローズの醸し出す空気が私を拒絶するものではないことは分かる。

「確かに、あたしは王族、のようなものだ」

「……その、ラディも言ってたんだけど、ようなものって？」

「厳密に言えばそうではないということだ。フーリンはテスルミアという国を知っているか？」

知っているもなにも、テスルミアは母国イルジュアと並ぶほどの国力を持つ帝国だ。

「テスルミアは四つの部族で構成されていて、テスルミアの皇帝は各部族の族長から選ばれるんだ。あたしはその四部族のうちの一つの部族長の娘。つまりは王族、皇族、のようなもの、というわけさ」

「な、なるほど……」

ローズの言葉をゆっくり飲み込みながら頭の中で咀嚼《そしゃく》する。

「……それって私が聞いてもよかった？」

「別に隠しているわけではないからな。ラドニークは元より、レオすら初めて会った時には気付いていたぞ」

思い返してみれば確かにそんな反応をしていた気がする……！

「ある程度の身分の者は普通に気付いているな。留学中は平穏に暮らしたいからそういう者に対しては干渉するなと言ってある。だからあたし自身に接触してくることはない」

「……私、知らないとはいえいろいろと失礼な態度取ってた」

自分の態度をローズはどう思っていたのだろう。自分が馬鹿なことは分かっていたけれど、今まさにそれを実感してしまい、そんな自分にがっかりする。

「そんな顔をするな。あたしは嬉しかったんだ。フーリンだけがあたしを色眼鏡で見なかったし、怖がることもなく接してくれたんだ」

「ローズ……」

「テスルミアでもあたしは友達というものがいなかったからな。こうしてなんの遠慮もなく話せる友人という存在の素晴らしさをフーリンが教えてくれた」

優しく頭を撫でられて自分の口がへの字に曲がる。わなわなと震え出して、それを隠そうとローズに抱きついた。

私の肉厚に押し潰されないよう考慮する余裕なんてなかった。

ただ目の前の大好きな友人を抱き締めなければと、その思いだけが私を突き動かした。

「ふふ、フーリンの体は柔らかくていいな。心が安らぐ」

笑っていることが分かる声でローズがそんなことを言うものだから、私は焦ってローズから離れる。

少し残念そうにされたが、そんなことは気にしていられない。

「いっ、いいいい今は柔らかいかもしれないけどね！　すぐに色気ムンムンのパーフェクトスレンダーボディになるんだから！」

「なぜだ？　そのままでもフーリンは充分に可愛らしいではないか」

「かわ!?　い、いやそれは友人としての贔屓目《ひいきめ》！　ダイエットを頑張って綺麗になるのが私の目標なの……！」

「……ふむ、確かに少し痩せたか？　前よりさらに魅力的になったように感じる」

ズキューンと胸を射貫かれた。

まさか気付いていてくれていたなんて、魅力的だと言ってもらえるなんて。

あまりにイケメンな発言に、私はもうローズにマジ惚れだ。

「ローズはどうしてそんなに細いの？　やっぱり食べてないから？」

「いや？　食事は大事だからな、きちんと食べているぞ。……強いて言うなら鍛錬《たんれん》をしている、ぐらいか」

「鍛錬？」

「まあ運動だ」

「運動かあ、確かにしないといけないのは分かってるけど続けられるか心配……」

すぐに諦めた過去を思い出し、溜息をつく。

「あたしが応援する。フーリンが望むなら叱咤激励をしよう」

なんて頼もしいのだろう。

食事面ではラディに、運動面ではローズに見てもらいながらのダイエットならば、成功する確率はグンと高くなる。

ぜひお願いします！　と張り切って言うと、目を細めたローズは間近で見なければ気付かないほど僅かに口角を上げてこう言った。

「いいか、フーリン。努力は人を裏切らない。人を裏切るのは人だけだ」

その日、第一に在籍する三人の生徒が姿を消した。

まだ早い！！

## ◇十三話　茶会にて

ダイエットに運動という要素が加わってからもこれまでと同じように、料理のために私は城に足を運んでいた。門番さんとはすっかり顔馴染みになって、今ではちょっとした会話をする仲だ。

お城にもすっかり慣れ、鼻歌を歌いながら歩き慣れた廊下を進んでいた。

のはいいのだけれど。

「ラディ！　待ちなさい！」

「絶対やだね！　姉上のバーカ!!」

なに？　と思った私の横をビュンと風のように通り過ぎていく者が一人。

「ら、ラディ？　どこに行くんですかー!?」

「フーリン！　今日はなしだ！　ボクは逃げる!!」

「ええ!?」

なにを問おうにもラディの姿は既になく、ぽかんとしていると私に近づいてくる人がいた。

ふわりといい匂いがしてそちらに顔を向ければ、嫋やかに微笑むメロディア様が立っていた。

「お久しぶりですね、フーリン様」

「殿下……！　お久しぶりでございます」

「見苦しいところを見せてしまいました。あの子は相変わらず困ったものでして」

肯定するわけにもいかず曖昧に笑うとメロディア様はなにか閃いたのか、ポンと手を合わせた。

「今から一緒にお茶をしませんか？　ラディはああですし、予定もなくなったのでしょう？　わたくしも時間があるのでよければぜひ」

この前のお話の続きもしたいですし、と言われて私は素直に誘いに応じた。

城にある中庭にて始まった茶会の参加客は、勿論私とメロディア様二人だけ。

最初に会った時とは違い、改めて二人きりで向き合うと、下手を打てない緊張から私の肩は凝りそうなほど強張っていた。

「そう緊張しないでくださいね。気軽にお話ししてくださると嬉しいです」

そう優しく声をかけてくださったが、いかんせん当のメロディア様がとても真剣な顔をしているのでやはり強張りは解れそうになかった。

「早速ですが、なにか分かったことがあれば教えていただきたいのです」

はい、と一つ頷いて、私は数ヶ月前からの記憶を思い出しながら、探り探りで言葉を紡いでいく。

そして、最終的にどうしようと悩んでいた双子の話も。覚悟を決めて伝えると、メロディア様は驚いたように口を開けた。

「魔物の呪い、ですか」

「これが私の知り得た情報です。全てが真実とは到底考えられませんし、もしかしたら全てが間違っているかもしれません」

「確かにすぐに魔物のせい、と決め付ける訳にはいきません。しかしフーリン様も感じていらっしゃるでしょうが、その説は信憑性《しんぴょうせい》が高いでしょう」

なぜメロディア様は私がそう感じているのが分かったのだろう。

一瞬疑問に思ったけれど、この方は王女様で、ラドニークのお姉様だ。魔獣の事件を知らないはずがなかった。

「もっとちゃんとした情報を集められればよかったのですが、……申し訳ありません」

「いいのです。このような個人的で不躾な頼みを受けていただいただけでもありがたいことでした。フーリン様、この短期間でよくここまで調べてくださいました。ラドニークの姉としてお礼を申し上げます」

本当に貴女に頼んでよかったです、と頭を下げられたので私は焦ってしまい、裏返ってしまった声で、頭を上げていただくようお願いする。それからまだ情報収集は続けたほうがいいのかを聞いた。

正直、今まで耳に入ってきた情報は私が自ら動いて得たものではないので若干の罪悪感があるのだ。

「いいえ、もう無理して動いていただく必要はございません。あとはこの件を担当してくださっている聖騎士のギルフォード様にお任せするのが最善の方法です。魔物は勿論、魔獣は魔法も使えない、加護も受けてない者が太刀打ちできる相手ではありませんからね。この話はあくまで一つの考えとして、現場に伝えておきます」

「あ、あの、この話をしたのが私だということは伏せておいてくださいませんか？」

「ふふ、分かりました。頭のおかしい者が貴女に興味を持ってもいけませんしね」

二つ返事で了承されたことに私は驚いたが、なにも突っ込まれないことに安堵する。

この話は終わりと言わんばかりにふっと表情を緩ませたメロディア様は、目をキラキラと輝かせた。

切り替えが速い。

「ギルフォード様といえばわたくし、この間とても素敵なお話を聞いたんです」

先ほどよりもワントーンは高くなった声に嫌な予感しかしない。

「……どんなお話ですか？」

「フーリン様はイルジュア出身なのでご存知かと思いますが、ギルフォード様の運命の伴侶が見つかっていないんですよね」

「……みたいですね」

「国を挙げて探し回っておられるようで、しかしなかなか進展しない状況に、捜索を諦めた方がいいのでは、という声も出てきているそうです」

下手に口を開くとなにを言ってしまうか分からないので、紅茶を飲みつつ相槌《あいづち》を打つだけにとどめた。

「しかし最近になってレストア王家のもとに朗報が届いたのです」

メロディア様はにっこりと微笑むと、両手を組んでさらに目を輝かせた。

「運命の伴侶の落とし物が見つかったそうなんです！」

カップの傾け方を失敗したため大量の紅茶が喉に流れ込み息が止まりそうになったが、なんとかゆっくりと飲み込み、カップを置く。

落ち着くのよ、フーリン。

「……落とし物、とは」

「腕輪だそうですわ。普通ならば滅多に手に入らない希少な金をベースに、美しい細工が施された物だそうで、特注品だろうと言われています。このことから伴侶になる方は貴族ではないかと推測されたみたいですね」

前半正解です。

「どうやらそれには複雑な魔法がかけられているようで、魔術師に持ち主を探すよう頼んだそうですが、不可能だと突き返されてしまったようで」

お痛わしい……と頬に手を当てるメロディア様の話に、安堵しつつも私は首を傾げそうになった。

小さいころに貰ったものだけど、魔法をかけているなんてお父様から言われた記憶はない。ただ、常に身につけているんだよ、と言われたぐらいだ。

「それでも勿論ギルフォード様は諦める気はないようで、帰国をやめ、腕輪が落ちていた我が国の第二王立学園で持ち主を探しているそうです！」

「――――！」

第二も人が多いので探すのは大変でしょうね、という言葉が頭を通り過ぎていく。

次から次に衝撃的な話を聞かされて私の意識は飛びそうだ。

「……どうして、ギルフォード様はその腕輪が、伴侶の持ち物だって分かったのでしょうか」

「直感、だそうです」

「直感」

それだけでわざわざ隣国に滞在してまで探しているのかと目を見開く。腕輪が私のものでなかったなら、徒労《とろう》に終わってしまうのに。

「勘というものは意外と侮《あなど》れないものなんですよ。ギルフォード様はもし、その腕輪が直接伴侶の物でなくとも、伴侶と繋がっているということは確信しているそうですし」

恐ろしすぎる。

もしかしたら運命の伴侶のこととなるとそういった勘が鋭くなるのかもしれない。

「しかし、伴侶の方はどうしてご自分から現れないのでしょうか。特別な事情があるのでしょうが……」

「……」

「まあともかく、第二で伴侶の方が見つかれば、わたくしとしましてもこの上なく嬉しいことです。イルジュアの皇族方に憂《うれ》いは似合いませんもの」

第一の生徒でよかったと思うと同時に、私にはもう時間がないことを悟った。今は第二に目が向いているからいいものの、次第に第一にも捜索の手が伸びると考えたほうがいい。

早く痩せなければ。

魔物やら魔獣やらの揉め事に巻き込まれて時折目的を忘れそうになるけれど、私は痩せて自信を持ってギルフォード様に会うためにレストアに来たのだ。

ローズに組んでもらった筋トレのメニューを思い出して、早く体を動かしたくなった。

ソワソワした気持ちが伝わってしまったのか、メロディア様は笑ってカップを置いた。

「少し長話になってしまいましたね。お引き止めしてしまって申し訳ありません」

「いえ、とても楽しい時間でした。ありがとうございました！」

それではと立ち上がろうとしたその時、ハッとなにかを思い出したようにメロディア様が私を呼び止めた。

「フーリン様、一つ言い忘れていたことがありました」

「なんでしょうか？」

「――ティーリヤ・ヘルヴェには十二分にお気をつけください」

聞いたことのない名前だ。

「どちら様でしょうか？」

「ラドニークの、元婚約者です」

メロディア様の低い声に煽られたかのようにぶわりと一気に鳥肌が立つ。

「婚約破棄を申し出たのはラドニーク様だと聞いたことがあります。……婚約破棄は、成立したのですか？」

「ラディがあのような状態ですから王家が正式に白紙に戻しました。しかし話し合いをする際もやはり揉めに揉めまして、王家と縁を結びたがったヘルヴェ家は今でも諦めておりません」

どっ、ドロドロしてる……！

「事実、その話をしに先ほどまでそのティーリヤがこの城に来ていました。彼女に会うことを拒否したラディが逃げた際にフーリン様とすれ違った、というわけです」

なるほど、だからあの時のラディはあんなにも切羽詰《せっぱつ》まった顔をしていたのか。

「ラディは呪いにかかってから、いろんなことに対して嫌だ、やりたくない、できない、と否定的なことばかり言うようになってしまいました。呪いを受けても今まで培ってきた能力は変わらないというのに、あの高潔な人格はどこに行ってしまったのでしょう」

愚痴《ぐち》をこぼすメロディア様は王女という仮面を脱いで、弟を想う一人の姉の顔をしていた。

こうしてゆっくりと見てみると、金色の髪も緑色の瞳も、二人は同じ色彩で、姉弟なのだと改めて思う。私は一人っ子なので少し羨ましい。

「殿下は、早くラドニーク様に元に戻ってほしいと思いますか？」

「……そうですね。元に戻ってほしいのはやまやまですが、最近では本当にそれでいいのかと、考えるようになりました」

どうしてですか、と問いかけようとして、メロディア様がとても哀しそうな顔をしていたので、私はそっと口を閉ざした。

「すみません、お話が逸れてしまいましたね。とにかく、ティーリヤには気をつけてください。ラディと仲良くしていただいているみたいで本当に嬉しいのですが、そのことでフーリン様にご迷惑がかかるのでは、と嫌な予感がするのです」

「だ、大丈夫です！　分かりました、ティーリヤ・ヘルヴェ様ですね？　注意しておきます」

名前しか知らないせいか、さほど怖いと思うこともなく、その場の空気に合わせて私は頷いた。

しかしメロディア様のその予感は的中し、私はもっと彼女のことを聞いておけばよかったと後悔することになる。

メロディア様との茶会があった翌日から、学園にて私に対するいやがらせが始まった。

# ◇十四話　やられたらやり返す

「はは……、これはまた」

乾いた笑いが虚《むな》しく風に掻き消えていく。

切り刻まれた教科書、机の上に隙間がないほど置かれたゴミになかば埋もれるようにして花の活けられた花瓶が置かれ、ロッカーを開ければ虫や小動物の死骸が入っている。

悲惨な状況を前にして感じたのは――呆れ。

「もう、また片付けが大変じゃない」

ローズたちが、否、クラスメイトたちが来る前に片付けてしまわねばならない。目の前の惨状をどうしようかなと私は急いで頭を巡らせた。

最近の私はローズに組んでもらった運動のメニューをこなすために朝早く登校して、人目につかない裏庭で体を動かしていた。

そのおかげで早寝早起きの習慣もついてきたのは嬉しい誤算だ。

その嬉しい誤算だけですめばよかったのに、人生はそう都合よくはできていないらしい。

メロディア様との茶会の翌日も、いつもと同じように運動する前に教室に荷物を置きに行った。その時に異変に気付いたのが始まりだった。

最初に自分が嫌がらせを受けていると分かった時は、怖くて不安で仕方なかった。

なぜ、どうして、と。自分がクラスメイトから嫌悪されていることは理解していたのに、こうして悪意をまざまざと見せつけられたのは思った以上にショックだったのだ。

一時気分が落ち込んで周りを心配させてしまったが、一週間もしないうちに私には犯人、特に首謀者の目星がついた。

――ティーリヤ・ヘルヴェ様。猫目でピンクブロンドヘアの美少女だ。

メロディア様の予感が的中したことにも驚いたが、なにより彼女、私とお父様が街を歩いていた時に出会った美少女だったのだ。

つまりは私はずいぶん前から彼女に目を付けられていたというわけで、あの時睨まれた理由が今なら理解できる。

ヘルヴェ侯爵家はレストア王国において今最も勢いのある有力貴族で、領内で栽培した薬草の輸出をメインに貿易業で大成功している。

王家との血の繋がりは建国以来なく、このたびのラディとの縁談によってようやくヘルヴェ家の悲願が達成されようとしていた。

しかしここまできてラディによる突然の婚約破棄。

婚約者が突然豹変し、訳も分からぬまま婚約破棄が成立したかと思えば、いつの間にか元婚約者は平民の女と仲良くなっている。

改めてこうして整理してみると最悪の状況だ。これで私に悪意が向かないほうがおかしい。

ローズからも以前に忠告を受けていたにもかかわらずこんな状況になってしまっているので、情けなくてローズには言えなかった。当事者のラディにはなおさらだ。

ならばお父様に相談しようかと思ったが、私は嫌がらせの後始末をしている時に、はたと気付いた。

ティーリヤ様、行動がワンパターン過ぎ、と。

ティーリヤ様が、というより、彼女の取り巻きである女子たちが実行犯なのだけれど、彼女たちも貴族なのでこういった不躾な行為に関してはあまりアイデアが浮かばないのかもしれない。

実害は教科書、机、ロッカーぐらい。

周囲の人間に知られたくはないのか、私自身に直接接触してくることはない。

つまりはこの被害を処理してしまえば周りに相談するまでもないのでは？

教科書は購買で売っているからその日のうちに買いに行く。お小遣いなら潤沢《じゅんたく》にある。お父様ありがとう。

花瓶の花は教室に飾るのもいいけれど、どうせなら花冠にしてしまう。それをローズにプレゼントしてみるとわりと喜ばれた。

机の上のゴミは勿論きちんと捨てたけれど、紙屑は勿体《もったい》ないと思って折り紙細工をしてみた。ドラゴンの超大作はラディどころかクラスメイトの男子たちをも興奮させた。

虫や小動物の死骸は裏庭に埋めた。これをきっかけに虫集めが大好きだった幼少期を思い出し、レオと虫取りに出掛けた。渋い顔をしながらもレオは付き合ってくれた。

当たり前だけれど、自分の物を汚されるのは嫌だ。

嫌がらせ開始から一ヶ月経った頃にはワンパターンな嫌がらせにも慣れて、気持ちに余裕ができてきたので、私は小さな反撃を企てた。

人呼んで黒い悪魔を本物そっくりに紙に描いて、私の持ち物、場所のありとあらゆるところに挟んだ。

その日から私の教室では放課後、毎日のように女子生徒の悲鳴が上がるようになったという。

少しスッキリしたのは秘密だ。

平然としているどころか、持ち前の器用さを生かしてやり返してくる私に痺れを切らしたティーリヤ様は、苛立ちを募らせ、とうとう実力行使に出た。

ある日一人で廊下を歩いていて、階段を降りようとしていた時のことだった。

ドンッと背中を押されたかと思うと、浮遊感を感じた。

「え――」

自分が階段から落ちている。

そう認識した時には全身が床に叩きつけられていた。

「――つぅッ!!」

強い衝撃によって呼吸ができなくなり、全身に走る痛みによって生理的な涙が出た。

そして薄れゆく意識の中で聞こえたのは、愉悦に歪んだ顔で高笑いするティーリヤ様の声と、女子生徒たちの悲鳴だった。

＊

ふと、誰かの声にならない声が聞こえて、私は目が覚めた。

パチパチと瞬きをして、状況を把握する。

一番最初に真っ白な天井が視界に入って、ふかふかのなにかに寝かされていることから私は保健室にいるのだと分かった。

そして、頭を横に向けてみるとそこには静かに涙を流す人がいた。

「……ラディ？」

ラディは私が起きたことに気付くと、堰を切ったようにさらに涙をあふれさせた。

「ふ……リン、ごめっ、ボク、ご、めん……っ！　アイツが、ボクが、ッ」

嗚咽が混じってハッキリと口にすることができないのか、ラディは何度も謝罪の言葉を繰り返す。

寝起きの回らない頭でなぜ彼が泣いているのかを必死に考えて、ああそうかと思い至る。

ティーリヤ様はラディの元婚約者で、そもそもラディが一方的に婚約破棄を告げたために、彼女は私に対してよからぬ感情を抱くようになってしまったのだ。

だからラディは責任を感じているのだろう。

「泣かないでください。私は大丈夫ですよ、ほら」

無事をアピールするために手を広げようとしたら左腕が上がらないことに気付いた。

「あれ？」

「……脱臼《だっきゅう》、とあちこち打撲《だぼく》してる、んだ」

「あ、そうなんですね」

道理で包帯で固定されているはずだ。

階段の一番上から落ちて脱臼と打撲ですんだのは不幸中の幸いだったのかもしれない。

打ち所が悪かったらと思うとゾッとする。

「保健医は、他の生徒に治癒魔法、使ったばかりだったから、魔力が回復するまで、そのまま大人しくしていろ、って」

「そうなんですね、ありがとうございます」

さすがにこのレベルの怪我には治癒魔法をかけてもらえるのかと感心していると、ラディが顔を俯かせた。

「……フーリン、は、ボクのこと、もう友達じゃない、って思う……？」

「？　どうしてですか？」

質問の意図が分からなくて首を傾げると、グシュッと鼻をすすってラディが立ち上がった。ギュウッと拳を握り締めるその姿は鬼気迫《ききせま》るものがあった。

「無理だって、言えばいいじゃないか」

「いえ、そもそも怪我をしたのはラディのせいではないですから、私は気にしてませんよ」

その言葉がどうやらラディを切れさせてしまったようだった。

ラディの目の色がガラリと変わった。

「──嫌なものは嫌だって！　無理なものは無理だって！　できないものはできないって、言えばいいだろう⁉」

息を荒くして叫ぶラディに私は固まる。

「なんで全部いいよって受け入れるんだよ！　そうやってなんでも大丈夫って言ってたらいつか本当に大丈夫じゃなくなる！　いつか壊れてしまう！　──『僕』のように……‼」

とラディが声を上げた次の瞬間、頭を押さえて苦しみ始めた。

「ああっ！　嫌だ、嫌だ嫌だ嫌だ……！　戻りたくない、帰りたくない！　できない、僕にはでき

まだ早い！！


ない……ッ‼」

驚いた私は痛む体にムチ打ってベッドから降りると、ふらふらし始めたラディの肩を抱く。

「ラディ、落ち着いて、落ち着いてください」

「僕はなにもできない、……無理なんだ、できないんだ……」

床にうずくまってしまったラディにどうしたらいいか分からず、支えていた手が宙を彷徨う。

「……僕は完璧な王子なんかじゃないんだよ……」

そう呟くと同時にラディの慟哭《どうこく》が室内に響きわたった。

呆然としつつ、その様子に私は双子の話を思い出した。

『誇り高かった人が急に幼児みたいに喋り出したり、リーダー気質だった人が急に臆病になって家から出てこれなくなったり。女神のごとく優しかった人が突然豹変して化け物みたいに暴れ始めたり』

『ラドニーク様ってほんと皆から慕われててさ、理想の王子を体現したような人だったんだ。いろんな生徒の悩み相談とかも受けたりしてたみたい』

今まで立派だった人たちが、豹変していく現象が魔物の呪いなのだとしたら。

ならば豹変した後の性格はどうやって決められているのだろう。魔物が勝手に決めているわけでもあるまいし。

だとしたら――。

「おい、いるか⁉」

思考の渦に囚われていた時、バンッと扉が強く開かれ、入ってきたレオが焦った顔で私の右腕を掴んだ。

「っ、なに⁉」

「いいから来い！　ヤベえことが起きてる‼」

「ちょ、ま、待って！　ラディも……！」

「チッ、王子か」

もたもたしている私に舌打ちをしたレオは、ラディと私を持ち上げた。

そう、持ち上げた。

「なっ、なにをする！」

突然のレオの行動に驚いたのは、ラディだけじゃない。

「ええ？　えええええ⁉」

「喋るな、舌噛むぞ」

「えっ、いや、あの！　なんで⁉」

少し痩せたとはいえ、私とレオの体格差は歴然《れきぜん》だ。レオに二人の人間を持ち上げられる筋力があるとは思えない。

「魔法に決まってんだろ」

そう言って、時間がないと言わんばかりに保健室を出てレオは廊下を走り始めた。

「っ、速いいいい！」

「うるせえ！」

「なんなんだ！　なんなんだよ‼」

持ち上げられている私たち二人は小さなパニックに陥り、レオは額に汗を流しながら鬱陶《うっとう》しそうに顔を顰める。と、そこで私の包帯だらけの腕に目を止めた。

「悪ぃ、配慮がなかった、な！」

ぶわりと全身が温かくなって、特に固定された腕が熱を持ったかと思えば、するすると包帯が勝手に解けていった。

治癒魔法だ‼

魔力を大量に消耗《しょうもう》し、かつ繊細なコントロールが必要とされる治癒魔法を詠唱《えいしょう》なしに走りながら使えるレオの凄さを改めて実感する。

「レオ、ありがとう！」

「ムリせず早く言えッ」

叱られてしまったけれど照れ隠しだって分かっていたから、私はなにも言わずに腕をぷらぷらと振ってみた。

全身が問題なく動くのを確認しているとレオの足が止まった。

着いた先は屋上。そこには生徒がたくさんいて、にもかかわらずその場は異様な静けさに包まれており、私は息を止めた。

ゆっくりと降ろされ、私は人垣の向こうに目を凝らし、見えた光景に目を見開く。

屋上の端には、ティーリヤ様の首を絞めるローズの姿があった。

# ◇十五話　混沌の中

「ローズ‼」

周囲に集まった野次馬を押し退けて、彼女のもとへ走っていく。

「ローズ！　離して！　死んじゃうよ‼」

私の声が聞こえていないのか、瞳孔《どうこう》が完全に開いたローズは首を絞める手にさらに力を込めていく。

「カハッ……ッヒ、あ、ア」

真っ赤になったティーリヤ様の顔と、感情が一切抜け落ちたローズの顔を目にした私はとてつもない恐怖を感じて、さらに声を張り上げた。

「お願いだから‼」

喉の奥が切れそうになるほど叫んだ時、レオがローズを拘束したおかげで、ようやくローズの手が離れた。

「テメエ、なにやってん……ッ⁉」

憤るレオを突き飛ばしたローズは、虚《うつ》ろな目でティーリヤ様を見た。

解放されたティーリヤ様は、膝をついて必死に咳き込んでいる。慌てて私はティーリヤ様の前に立ち、ローズの視線を遮った。

「なぜ、庇う？」

ローズと目が合っているようで合っていない。

ドクドクと心臓が嫌なふうに脈打ち、ここで間違えてはいけないと強く思う。

しかしなにが正解で、なにが間違いかなど私にも分からない。

「ティーリヤ様が死ぬから」

私を階段から落とした犯人であっても、目の前で命が奪われそうになっていたら、止めないわけにはいかなかった。

「別にいいではないか」

温度のない、容赦ない声が私の背筋を凍らせる。

ローズがこんなことを言うなんて信じられなくて、はくはくと息を呑むことしかできない。

「なん、なんなのよっ、この女！」

ドンッと背中を押され、私は数歩前によろける。落ち着きを取り戻したティーリヤ様が目に涙を溜めてローズを睨み上げていた。

「いきなり人を呼び出したと思ったら首を絞めるなんて、さすがはこの女の知り合いね！」

この女、と言いながら指差した先にいたのは私だった。

「人の婚約者に手を出す女狐《めぎつね》と、人殺し女、とってもお似合いだわっ」

ハンッと涙目ながらも鼻で笑うティーリヤ様はローズの纏う空気がさらに硬化したのが分からなかったのだろうか。心臓に毛が生えているのかもしれない。

ローズが不穏な表情で一歩を踏み出そうとしたその時。

「——おい！　ティーリヤ!!」

「……ラドニーク様？」

私と同じように野次馬を押し退けてきたのは可哀想《かわいそう》なぐらいに顔を青ざめさせたラディだった。

「まあ！　もしかしてもう一度あたくしと婚約してくださる気になったのですか？　このデブ女を痛めつけた甲斐《かい》がありましたわ！」

ラディとは対照的に恋する乙女のように顔が華やいだティーリヤ様は、ふらふらしながらもラディのもとへ駆け寄っていく。そしてそのまま腕に触れようと手を伸ばすも、ラディはその腕を振り払った。ティーリヤ様が目を瞬かせる。

「ボクはお前がなんと言おうと二度と婚約しない！」

「なぜ、ですの……？　あたくし、こんなにもラドニーク様のことをお慕いしておりますのに。貴方様は突然変わってしまわれたわっ」

ポロポロと涙を流し始めたティーリヤ様は、本当に美しくて息を呑んでしまう。

私がたとえここで泣いたとしても周囲の同情を誘うことは決してないだろう、と図らずも美形との格の差を思い知らされてしまった。

「フーリンを階段から突き落としておいてよくそんなことが言えるな……！」

「あら、あたくしの婚約者に近づく女を排除することのなにが悪いのですか？　ま、成功しなかったみたいですけど」

「邪魔者は排除するべきということに関しては、その女に賛同するな」

二人の会話に口角を上げたローズが割り込む。

友達だと思っていたローズに排除したほうがいいと言われて、頭が真っ白になった。

「あら、平民風情《ふぜい》の人殺しがそんなことを言うなんて……実はこの成金娘はただの金づるだった、っってことかしら？」

『どうせあのローズマリーって女も金をせびるためにお前のそばにいるんだろ？』

かつての三人のクラスメイトたちの言葉が思い返される。

あの時は必死に否定したけれど、本人を前にして、私は反論できないでいた。

だから早くローズに否定してほしかった。

相変わらず口角を上げたままのローズは、次の瞬間ティーリヤ様の胸倉を摑むと屋上の床へ押し倒した。

「なに、す」

首を絞められた恐怖を思い出したのか、ティーリヤ様の顔が瞬時に青くなる。

「あたしはなあ、正しくあろうとしない奴が大嫌いなんだよ——虫唾《むしず》が走る」

最後の一言はいつもの声音の何倍も低くて、全身に鳥肌が立つほどの恐怖を私に与えた。

そして唐突に絶対に否定したい、嫌な推測が、私の頭の中によぎる。

「だ、からなにっ、早く離しなさい、よ！」

「だから、——そういった邪魔者を排除するのがあたしの正義だ」

まさか、まさかまさか。

「まさか、あの三人も……」

突如として消えた三人のクラスメイトを思い出す。不安から今まで考えないようにしていたけれど。

小さく口から出た私の言葉がローズに届いたようで、彼女はこちらを向いて、笑った。

私の喉はカラカラに渇いていた。

「……なんで、なんでそんなことしたの⁉」

「何故泣くんだ、フーリン。困っていたではないか、辛そうにしていたじゃないか」

キョトンと、いつものローズに戻ったかのような彼女の表情に私は愕然とする。

「全部、私のためだって言うの……？」

「……あたしはあたしの正義のために実行したに過ぎない」

涼しい顔でそんなことを言う神経が理解できない。

まるで別人のようなふるまいをするローズが怖くなって、この状況から逃げたかった私はとっさに叫ぶ。

「嫌い」

「なに？」

「そんなことをするローズなんて大っ嫌い‼」

「──」

ローズはなにを言われたか理解できないという顔をして、ゆっくりとティーリヤ様を見た。

そしてもう一度私を見つめたかと思うと、辛そうに顔を歪めた。

「フーリンは、あたしのことが、嫌い、なのか？」

ローズを傷つけてしまった、と理解した時には遅かった。

「皆さん、今すぐ自分の教室へ戻りなさい‼」

生徒の誰かが連れてきたのか、教師たちが次々と屋上へと上がってきた。

そして騒動の中心にいる私たちのもとへ厳しい顔をしながらやってきて、一人ずつ連行した。

それから各自別室で事情を説明することとなり、私は結局、嫌がらせを受けていたことから全てを話すこととなった。

話が終わった頃にはとっぷりと日が暮れていて、私は疲労を隠せないまま鞄を取るために教室へと戻った。

暗い教室の中、一人の生徒が佇んでいて私は一瞬身構える。

しかしそれが誰だか分かると同時に急に全身の力が抜けた。

「レオも終わったの？」

「ああ、俺は割とすぐに終わった。……お前の家まで送ってやるよ」

「そのために待っててくれたの？」

「悪ぃか」

「うう、ん」

その不器用な優しさに、止まったはずの涙が再びあふれ出す。

こんなところで泣いたってレオを困らせるだけなのに、それでも涙は止まりそうになかった。

「レオ、どうしよう……私、ローズに酷いこと言っちゃった……っ」

「……あの状況じゃ仕方ねえだろ」

「でも、ローズ、傷ついた顔してた」

辛そうに歪んだ顔をした後、教師たちが来なければローズは泣いていたかもしれない。

そう思わせるほどに、ローズの瞳は切なげに揺れていた。

「なんで、ローズはあんなことを……」

「……正直、理解できないこともないけど」

「なに？」

「なんでもねえ、……アイツは自分の正義があるって、そう言ってただろ」

「正義ってなに、意味が分からないよ」

「あの女も、第四王子も、……、身分の高い奴にしか分かんねえなにかがあんのかもな」

「身分の高い人の考えなんて、分かんないよ」

「それについては同感だ」

大魔導師という立場になってからも、レオは昔と変わっていないようで、私はなんだかそれが無性に嬉しかった。

「これからどうしたらいいんだろ……」

「とりあえず騒動起こしたアイツとヘルヴェの娘はしばらく停学になるみたいだぜ」

「てい、がく」

「あんな騒ぎ起こしておいて退学じゃねえのは凄えけど、そもそもお前と王子にお咎《とが》めがなかったのが奇跡だしな」

とにかく、と言ってレオは私の鞄を持った。

「アイツが戻ってくるまでに気持ちを整理して、それから話し合って仲直りできるならすればいい」

「……うん」

「ほら、涙拭けよ。見るに堪《た》えない顔になってんぞ」

「うるざい！」

バーカバーカ、なんてありきたりな言葉で言い返す。

喚く私の顔を見て、レオは一瞬目を細めたかと思うとそのまま廊下へと歩いていってしまった。

「あ、待って、置いていかないで」

真っ暗な中一人で帰るのは怖いので、というより今日こんな事件があった後に一人になるのは嫌で、置いていかれそうな状況に焦る。

「いいよ、お前は。そのままでいろ」

「なんの話？」

「……ほら、帰んぞ」

「まっ、待ってー！」


だけど数週間後、停学がとけてもローズは学校に戻ることはなかった。

それはティーリヤ様も同じで、ラディに聞いても知らないと首を振るばかりだった。

そのラディもあの事件以来ずっと元気がなくて、それを心配しつつ、燻《くすぶ》る思いを抱いたまま私たち生徒は学園の長期休みに突入してしまったのである。

## ◇十六話　帰ってきました

気分が重いまま、長期休みになり、私はイルジュアの実家に帰ってきていた。

帰るなり自室に引きこもった私を心配した使用人がお菓子を持って部屋に来たけれど、鋼《はがね》の精神力で私はそれを断った。

そんな私に使用人たちはとても驚いて、それから少しだけ嬉しそうな顔をしていた。

久しぶりに実家に帰ってこられて嬉しい半面、やはり気がかりなことがありすぎて不安が拭いきれない。

「……はあ」

重い溜息が無意識のうちに漏れる。

「このままキノコでも生えちゃいそう」

「絶対にそれは不味いに違いないな」

「ですよね……って、へ」

一人しかいないはずの自分部屋なのに、隣から声がする。

恐る恐る横を窺えば憮然とした表情のラディが至近距離にしゃがんでいた。

「ええ、と……ラディ、ここイルジュアですよ」

「そんなことは分かっている」

「ではなぜここに」

「いたら悪いか」

「そういうことではなく」

ラディはおもむろに立ち上がって腰に手を当て高らかにこう言い放った。

「暇だから来た」

ガクリとしてしまった私は悪くない。

呪いのせいで王族としての仕事がないとはいえ、少し自由すぎやしないだろうか。

きっと近くにいるであろう護衛たちの苦労を想像して涙が出そうだ。

「せっかくの長期休みだというのにフーリンがいなければ面白くないではないか」

「私がいなくて寂しかったんですか？」

「そんなことは言ってない！　弄り甲斐のある奴なんてお前ぐらいしかいないだろう」

最近は大人しかったから油断していたけれど、ラディはこういう人でした。ええ、そうでした。

妙に納得していると、ラディは部屋に置いてある椅子に腰掛け足を組んだ。

「フーリン、ボクはこの数週間で思ったんだ」

「なんでしょう」

「うじうじ悩むより遊ぶことがなにより大事だと思わないか？」

「……」

「む、なんだその目は」

「なぜいきなりそんな考えに至ったんですか」

呆れ半分、羨ましさ半分。ラディに問えば、それはそれは素敵な笑顔を浮かべられた。

「聞いて驚くな！　なんとあの！　聖様が！　ボクとお話ししてくださったのだぞ‼」

聖様って誰だっけ、と一瞬現実逃避のように目線を遠くにやるも、目の前のキラキラによって現実に引き戻される。

早く聞けと言わんばかりの顔をするので私は諦めて溜息をついた。

「どうしてギルフォード様とお話しする機会があったんですか？」

「ふっ、それは知らん！」

もうこの王子、追い出してもいいだろうか。

「おい、もっと興味を持て。あの聖様とお話ししたのだぞ！　すなわちお前は今聖様と会話しているも同じこと！　感謝するがいい！」

「素敵な理論ですね」

「そうだろうそうだろう」

嫌味を込めて言ってみたが、当然聖様モードに入っているラディに効くわけがない。

私も私でラディの扱いがずいぶんと雑になっていることは否めなかった。

「それで、どんな話をしたんですか？」

「ティーリヤの話だった」

「ティーリヤ様……？」

一国の皇子と他国の貴族の姫との間に接点があるのだろうか。

読めない話にようやく興味が湧いてくる。

「なんでも、もう二度とボクとティーリヤは会うことがないらしい」

「会うことが、ない？」

「うむ、ヘルヴェ家は昔からきな臭い家ではあったんだが、どうやらとうとうやらかしたらしくてな」

「なにをですか？」

「知らん」

「……」

オーケー、落ち着こう。

「えっと、ヘルヴェ家がなにかをやらかしてしまったとして、どうしてそれがギルフォード様と関係があるんでしょう」

「そんなの、奴らがこのイルジュアで罪を犯したからに決まっているだろう」

決まっていると言われても、私はレストアどころかイルジュアの法律にも明るくないので、ラディの言わんとすることを察することができない。

ラディは普段はいい加減な王子だが、元々は優秀な人だっただけあって稀にその頭のよさが垣間見える。

つい忘れがちになるけれど、本当は私ごときが会話していいかも分からない凄い人なのだ。

「突然ボクの部屋にやってこられた聖様曰く、『後のことは任せて学園生活を楽しんでくれ』と。……くっ、何度思い出してもカッコいい。本人を目の前にして危うく鼻血が出るところだった」

つまりはその言葉を受けてラディは遊ぶのが大事だと思い至ったらしい。

そこで勉強より、遊びを優先するのはラディらしいというかなんというか。

「鼻血、出なくてよかったですね」

「全くだ。鼻血男として認識されるなどもってのほかだからな」

結局ギルフォード様がなにかをしたおかげで、ラディはティーリヤ様と二度と会うことがない、ってことしか分からなかった。

「まあなんにせよ、フーリン、聖様の言葉を信用しろ。ボクに限らずフーリンも、もう二度とティーリヤに会うことはない」

少し、スッキリしなかった。

本人の謝罪が欲しかったわけではない。

ただ自分のあずかり知らぬところで事件が収束してしまったのが納得できないだけだった。

なにか言いたげな私の表情に気付いたラディは、立ち上がってこちらに近づいてきたかと思うと、私のそばに片膝をついた。

「フーリン」

「どうしました？」

お茶でも出すべきだったかと今になって気付くも、ラディの真剣な表情からしてそれは違うのだと悟る。

「――ごめん。ボクのせいで、フーリンに迷惑をかけた」

ラディが、あのラドニーク様が、謝った……!?

「あの時は取り乱してちゃんと言えなかったから……、ティーリヤの件は完全にボクの落ち度だ。本当にごめん」

出会った当初は他人を省《かえり》みない、己の感情にのみ従う幼子のような彼だったけれど、今目の前にいるラディはその時とは僅かながらも顔つきが違う。

「ちゃんと謝ってくださってありがとうございます。ラディ、出会った頃に比べて変わりましたね」

「……お前の努力する姿に感化されたのかもな」

驚きに声を出せないでいるとラディは少し困ったように笑った。

「これからもボクと友達でいてくれるか？」

「――もちろんです！」

張り切って答えれば、ラディはこの上なく嬉しそうに笑った。

また少しだけ、会ったことのない昔のラディの面影が見えた気がした。

「よし、そうとなれば。フーリン！　遊びに行くぞ‼」

パッといつもの顔に戻ったラディは興奮したように私を立たせる。

相変わらずの切り替えの速さには未だに慣れない。

「えっ、今からですか⁉」

「当然だ、午後から皇都では聖杯《ひじりはい》が始まるのだぞ！」

「ひじりはい？」

「お前、まさか知らないのか？」

信じられないというように目を丸くされて、思わず体が縮こまる。

いかんせん引きこもりの時期が長かったせいで私は外の常識に疎《うと》いところがあるのだ。

仕方ないな、とラディが口を開こうとするより前に部屋の扉がノックされ、ラディの口がピタリと止まる。

「はーい？」

「やあ、フーリン。お帰り」

「お父様!? お父様も帰ってきていたのね！」

「ああ、愛娘が実家に帰ってきているというのに一人にするわけにはいかないからね、……と思っていたんだけど……」

スッとお父様の視線が私の横、つまりラディに移る。

「貴方様は、レストアの第四王子殿下でいらっしゃいますか」

「いかにも。邪魔しているぞ」

ラディの尊大な口ぶりを気にした様子もなくお父様は微笑んだ。

「これはこれはなんのおもてなしもできておらず申し訳ございません。よろしければ今からでもお茶を用意させていただきたいのですが」

「よい、フーリンと出掛けるところだったのだ」

「そうだったのですね。差し支えなければどちらへ行かれるのか教えていただけますか？」

「聖杯だ」

「なるほど、聖杯ですか。それはいいですね」

当然のようにお父様も『ひじりはい』とやらを知っているようだ。

私のなんとも言えない表情を見逃さなかったお父様は、娘のことがよく分かっていて、優しく説明してくれた。

曰く、聖杯というのは騎士による騎士のための大会で、聖騎士の住む地で定期的に開催され、お祭りのように大いに盛り上がるイベントらしい。

大会の優勝者は主催者となる聖騎士より聖杯が下賜《かし》され、特別に聖騎士と試合ができる。聖騎士と剣を合わせることは騎士にとってこれ以上ない誉《ほまれ》となるため、多くの手練《てだ》れの騎士たちが聖杯に参加する。

「というわけで今日から一週間かけて皇都にある会場で聖杯が行われるんだよ」

聖杯がどういうものかは大体理解した。

「つまり、ラディはこの聖杯のためにここに来たというわけですね……？」

聖騎士主催の、つまりギルフォード様主催の大会があると知って聖様命のラディが来ないわけがなかった。

「べっ別にそれだけのために来たわけではないぞ！」

あ、目を逸らしたな。

「まあまあ、なら早く会場へ行かないといけないね。フーリンのチケットはあるのかい？　なかったら急いで用意させるよ」

「心配しなくともボクが持っている」

「それは余計な心配をいたしました。それじゃあフーリン、楽しんでおいで」

快く送り出そうとしてくれたお父様の前からなぜかラディが動かない。

「フーリンの父上に一言、言いたいことがある」

「なんでございましょう」

「——ボクは其方の娘を、フーリンを怪我させてしまった。それを謝りたい」

「ラディ⁉」

「――怪我、ですか」

目を細めたお父様は笑みを崩すことはしなかったが、確実に声が低くなった。

「仔細《しさい》をお伺いしても？」

お父様の纏う空気に気圧《けお》されながらも、ラディは彼が知り得る限りのことを話した。

階段から突き落とされた話を聞いている間も、お父様の表情は一切変わらなかった。

「話は分かりました。殿下、私は父として貴方様の謝罪を受け入れましょう」

「……いいのか、それで」

「怪我もレオ君のおかげで治っているそうですし、フーリン本人が気にしていない以上、私は殿下に対しては申し上げることはなにもございません」

お父様には嫌がらせを受けていたことをとうとう言わなかった。あの時、何かあったら言いなさいと言われていたにもかかわらず。

私が俯いていると、ところで、とお父様が私に声をかけてきた。

「腕輪はどうしたんだい」

「腕輪？」

叱られると思い込んで目を瞑っていたのに、かけられた言葉は全く予想していないものだった。

「腕輪、は、実は失くしちゃって……ごめんなさい」

「そうか、だからか」

一人で納得するお父様に、私はラディと目を合わせてしまう。

「あの腕輪には防御魔法や治癒魔法やらをかけておいたからね、それを着けていればそもそもフーリンが怪我をすることは無かったんだよ」

「……知らなかった」

「言ってなかったからね。失くしたのなら仕方ないよ、レオ君に感謝だ」

頭を撫でられて泣きそうになった私はもう一度だけごめんなさいと口にした。

「――ん、腕輪？　いや、まさか」

なにかを思い出したように突然険しい顔をしたお父様に、私は困惑する。

「よし、分かった。後のことは任せて、もう行きなさい。殿下をこれ以上お待たせしてしまってはいけないからね」

「う、うん」

強引に背を押された私とラディは頭に疑問符を浮かべながら結局家を出ることになった。……なんだったんだろう。お父様、少し様子がおかしかったけれど。

「なんと言うか、お前の父上はさすがだな」

「さすが、ですか」

「ああ、さすがはウルリヒ・トゥニーチェだ」

ラディの言う意味がやっぱり分からなくて、私は首を傾げて疑問符を増やすばかりだった。

# ◇十七話　苛立ちの原因

面倒だと思っていた留学生交流会で、女神は思わぬ奇跡を起こしてくれた。

伴侶の持ち物であろう腕輪が会場となった学園に落ちていたのだ。

手がかり一つなかった伴侶の捜索に、確かな希望の光が射した瞬間だった。

失くさないようにと自分の腕に着けている腕輪を空に掲げて眺めると、光が反射して無意識に口の端が上がる。

帰国して魔導師に腕輪の持ち主の捜索を依頼すると、これは無理だとさじを投げられた。

どうやらこの腕輪自体に複雑で高度な魔法がかけられているらしい。

たとえ腕輪が本人のものでなくとも、伴侶に繋がるものであることだけは俺の本能が告げている。

この腕輪の持ち主が見つかれば、伴侶に会えるかもしれないと思い、第二王立学園での捜索には気合いを入れて臨んでいる。

魔獣が出現しそうなエリアの見回りのついでに定期的に第二に赴き、身分の高い者から順に顔を見ていく。

なかなか収穫はなかったが、それでも拾った希望に力を貰った俺は諦める気など毛頭なく、執念深く探し続けている。

「……十ヶ月、か」

花紋が現れてからずいぶんと時が経ったと思う一方で、全く時間が進んでいない気もした。

腕輪によって伴侶の存在が確認できたことを喜んだ一方で、運命の伴侶が自らの意思で俺の前に現れていないのだという事実を俺はとうとう認めざるを得なかった。

伴侶が俺に会うことを拒んでいても仕方ない――とは全くもって思わない――が、それでも俺は自分の伴侶に会いたかった。

ただ、会いたいだけだった。

＊

「殿下、そろそろ」

「分かった」

部下の言葉に一気に気分が重くなる。これからしなければならないことを考えると軽く頭痛がする。

城を出て馬に乗り、少し離れたところにある塔へ入る。そして部下を一人だけ伴《ともな》ってそのまま地下へと降りていく。最下層の通路を進んだ奥にあるその部屋は、湿気が多いせいかいやにカビ臭く、自然と眉間にシワが寄った。

薄暗くなにがあるかも分からないような場所だが、部下が持つ灯に照らされ、鎖に繋がれた女が力なく俯いているのが分かった。

「起きろ」

「な、に」

現状を把握しきれていないのか、目を覚ましたピンクブロンドの髪色をした女は視線をさまよわせる。

「ここは大罪を犯した者が入る独房だ。俺の質問に答えろ」

「なっ、なに、なんなのっ。早くこの鎖を外しなさいよ！　あたくしを誰だと思っているの⁉」

「黙れ、貴様《きさま》はただ殿下の質問に答えればいい」

「殿下？　殿下って……、えっ、イル、ジュアのギルフォード様……⁉」

俺の顔をみとめた女の顔が高揚していく。何度も見てきたその媚を売るような表情に自身の顔が凍りついたのが分かった。

「その醜《みにく》い顔を上げるな。反吐《へど》が出る」

「なっ」

女と視線が交わった瞬間、花紋に痺れが走った。

それは決して甘くない、数週間前に感じた痛みと同じものだった。

自らの首に一瞬だけ触れ、気持ちを落ち着かせようとするがどうもうまくいかない。

いつもならこれだけである程度は自分をコントロールできるというのに、なぜか今回ばかりは湧き上がる嫌悪を抑えられそうになかった。

「こんなことして許されると思っているの⁉　いくら貴方が皇子であろうとヘルヴェ家に楯突こうものならレストアが黙っていないわ！　早くこれを外しなさい！」

「分からないのか？」

見当違いもいいところだと思わず鼻で笑ってしまう。

「なにがよ！」

目を吊り上げて喚く姿がどんなに醜悪か、女の普段の姿を知っている者なら驚くに違いなかった。

「麻薬密売罪。それが貴様の罪状だ」

「っ、し、らない！　あたくしは知らないわ！」

「現行犯逮捕されているというのに強情な」

「勘違いよッ」

ヘルヴェ家は領地で栽培した薬草の輸出を中心とした貿易業を営んでおり、それは医療の現場で特に重宝《ちょうほう》されていた。そして外国への販路の拡大に比例するように、ヘルヴェ家はレストアの貴族の中で次第に力を持ち始め、とうとうめでたくも王族と婚姻を結ぶに至る、はずだった。

うまく隠していたのか、最近までレストア王家はヘルヴェ家の裏の顔に気付くことがなかったが、レストアの第四王子が婚約破棄を申しわたした後、とある情報筋よりヘルヴェ家の裏の顔が王家に知らされることとなった。

ヘルヴェ家は麻薬となる薬草の栽培、並びに国内外への密売を行っている、と。

そして今回ヘルヴェ家の一人娘、ティーリヤ・ヘルヴェが麻薬密売人として逮捕された。

レストアで犯した犯罪ならば同国の法で裁かれればいい話であり、わざわざこの俺がここまで出張る必要もなかった。

しかしながらヘルヴェ家はとうとうイルジュアにまで販路を広げ、イルジュアで本格的な密売を始めようとしたところで今回の逮捕に繋がった。

国内での犯罪に対しては行為者の国籍を問わずイルジュアの法を適用する。つまりこの女がレストアの貴族であろうがなんだろうが関係なく、イルジュアで女が犯した罪はイルジュアの法によって裁かれることとなる。

恐らくこの女は親に知らされずに密輸、密売の片棒を担《かつ》がされていたのであろうが、麻薬の密輸は何千、何万人ものイルジュアの民を危険に晒《さら》す重大な犯罪だ。

イルジュアの法に拠れば麻薬の密輸を行った者は情状酌量の余地なく――死刑。

「貴様の処遇は既に決まっている。あとは薬の流通経路を吐いてもらうだけだ」

「……ぃやだ、やだやだやだ、やだああ!! 助けてお父様っ！ お母様あっ！」

突如暴れ出した女の姿に嫌悪感が募る。

「レストア王家は貴様らヘルヴェ家を完全に見放した。助けを求めても無駄だ」

女の顔から一気に色が抜け、絶望の表情を浮かべた。思考することを一旦放棄したようで急に静かになる。

溜息を吐きそうになるのを抑え、取り調べのため剣を取り出そうとした時だった。

不意にコツリ、コツリと階段を降りてくる音が耳に届いた。

カツン、と音がして、闇に包まれたこの空間に似合いの沈黙が落ちる。

「……あまりこのような場に其方のような人物が来るのは好ましくないのだがな」

聞こえているくせにその男は俺の前を素通りし、女の前で歩みを止める。すれ違う時に窺えたその顔にはいつもと変わらない柔らかい笑みが浮かんでいた。

放心状態の女は誰が来たのか理解できていないようで、男を目に留めることもない。

「少々、腹に据えかねることがありましてね」

そう男が声を発した瞬間、ピクリと女が反応した。

どうやら女はこの男と面識があるらしい。

「どうも、お久しぶりですね」

己の顧客に対するような表情で女に語りかけた男の名前はウルリヒ・トゥニーチェ。

この男が経営するウインドベル商会は我が国を本拠地として、世界中の国と貿易を行う大会社であり、我が国の経済の中心を担う存在であった。

会社設立当初は香辛料を主とした商品取引を行っていたが、今では銀の先買権を手に入れ莫大な利益を獲得している。また、最近では金山と銅山を入手し、鉱山専門の貿易会社を新たに設立する予定だという。その他にも様々な分野に手を拡げ、商会は目をみはるほどのスピードで成長している。

「領域を侵されたからか」

ウルリヒの動きは我が国の経済にダイレクトに影響を与える。この国の経済、ひいては世界の経済はウインドベル商会の手の中にあると言っても過言ではない。

この塔自体、通常は爵位ある者以外は入ることができないにもかかわらず、平然と入ってきた平民であるウルリヒ。

しかし大陸一の大富豪でもある男を制することは俺でも難しかった。

「勿論それもありますが、もっと別のことですよ。……ねえ、ティーリヤ・ヘルヅェ嬢？」

ビクッと女の肩が大袈裟に跳ねる。

ウルリヒは一見すると毒にも薬にもならない、年相応の容貌を持つ、ごく普通の地味な男だ。しかしそんな見た目とは裏腹に、ウルリヒはなにを考えているのか分からない食えない男として経済界では有名で、富のスペシャリストと呼ばれるほどの優れた経営手腕を持っている。ただの成金の平民だと見下していたら痛い目を見ることは、実際にこの男にしてやられた貴族をはじめとした数々の者たちの事例を見れば明らかであった。この女もまた、ウルリヒか、またはトゥニーチェに連なる者を軽んじた者の一人なのであろう。

「ごめんなさいっ、ごめんなさい……！　わざとじゃないの、知らなかったのよっ。ねえ！　助けて！　助けてよ!!　お金ならいくらでも払うから！　ギルフォード様は勘違いしてるだけなのっ！」

ガチャガチャと鎖が揺れる耳障りな音が部屋に響く。

「一度助けてもらったからといって、私に助けを求めるとは、なんとも可愛らしくて、――なんとも愚かな娘だ。そう思いませんか、殿下？」

俺に問いかけているにもかかわらずウルリヒの視線は女に固定されたままだ。

にっこりと、形容しがたい笑みを浮かべたウルリヒは女の前にしゃがみ込むと頬に触れるか触れないかのところで手を止めた。

「あれは私の大切な、大切なものなんですよ。目に入れても痛くない、かけがえのない宝だ。しかし貴女はあろうことかそれを故意に、躊躇《ちゅうちょ》なく傷つけてしまった」

女の顔が一気に真っ白になった。

自分のしたことの重大さに今更ながら思い至ったのだろう。

そういえばウルリヒには娘がいた。トゥニーチェの至宝とも呼ばれるその娘のことを、俺はなぜ今まで忘れていたのだろう。イルジュアにとっても重要な存在なのに……なぜだ？

「だってあれが！　あの娘が！　あたくしのものを盗るから……！」

「そもそもそれは貴女のものだったのですか？」

容赦のない言葉が女の顔を醜く歪ませた。

「なによ、なによなによっ‼　この愚民《ぐみん》がっ、調子に乗らないで‼」

「ええ、平民は平民らしく貴女が法で裁かれるのを指を咥《くわ》えて待ちましょう。貴女の処刑の報《しら》せを聞いた後に飲むワインの味はまた格別でしょうな」

「っっうそ、あたくしが死ぬなんてぜんぶうそっ！　うそよおおおおお‼」

自分が死ぬという現実を突きつけられた女は限界が来たのか意識を失ってしまった。

それを見届けたウルリヒはそこでようやく俺の方に顔を向ける。

「殿下、あとはよろしくお願いいたします」

「……もういいのか」

「私情をこれ以上挟むわけにもいきませんから。ということで私はこれにて」

「待て」

言いたいことだけを言って帰ろうとするウルリヒの神経が理解できない。理解したいとも思わないが、今ばかりは気になることがいくつかあった。

「なにかする気だろう？」

「なに、お隣の国を少しばかりお掃除してくるだけですよ」

あっけらかんと言い放たれて俺は苦虫を噛み潰したような顔になる。

ウルリヒは自分の娘が貶《おとし》められたという理由だけで、一つの国に手を出そうとしている。

「あまり掻き乱すなよ」

「努力しましょう」

涼しい顔をするこの男がどう動くのかある程度想像できる以上、俺から言えることはこれぐらいだった。

「そういえば氏よ、其方娘がいたんだったな」

「それがなにか。運命の伴侶がいるという身で別の女性に興味でも？」

「先ほどの会話を聞いていれば誰だって気になりはするだろう。邪推《じゃすい》するな」

意地の悪さをわざと透かしてみせるウルリヒという男。本当にタチが悪い。

その態度にこの男が溺愛しているという娘のことがますます気になり始める。父に似て策士なのか、はたまた――。

「娘は今留学しておりまして、イルジュアにはおりません」

「ではどこに？」

「レストアですよ」

「レストア」

第二王立学園で伴侶を探しているためか、レストアの話となると敏感に反応してしまう。

会ってみたくなった俺の気持ちを察したウルリヒは、微笑んで釘を刺してきた。

「娘は今留学先で励んでおります。私の娘に興味を持っていただいたことは光栄ですが、今はそっとしておいていただけませんか。帰国すれば否が応でも社会に振り回されてしまうのですから、今は自分のことだけに専念させてやりたいのです」

「……一理ある」

第二皇子という立場の俺がいち個人に会いに行くとなれば、娘の周囲を騒がせてしまうことは必至。

勉学に励むために留学している以上、それこそ俺が掻き乱してはいけないだろう。ウルリヒの娘である以上帰国後は会う機会もあるだろうと、留学中の娘とは関わらないでほしいというウルリヒの言葉に一旦頷いた。

だが奴の娘という条件を置いておいてもなぜその娘に興味が湧いたのか……という考えに至るよりも早くウルリヒが一礼をした。

「さて、返してもらうべきものも返してもらったことですし、私は今から隣国を観光して参りますね」

意図が分からない言葉を置いて、ウルリヒは風のようにその場を去ってしまった。

スッキリしない状況にしばらく黙り込んでいれば、ずっと黙ってひかえていた部下が申し訳なさそうに促す。

「殿下、この後は聖杯もあることですし」

「分かっている。……ティーリヤ・ヘルヴェ、起きろ。話はまだ終わっていない」

切っ先を喉元に当てる。

剣を持つ腕が少しだけ重く感じた。

# ◇十八話　本能怖い

ポン、ポン、と空に煙玉が上がり、ワアアアアアと熱気のこもった歓声が会場を震わせる。

「凄い！　凄い凄い！」

「凄くカッコよかったな！」

今日は聖杯の最終日。

決勝戦がつい先ほど終わり、興奮が最高潮に達した私たちは手を取り合って騒いでいた。

ラディに連れられて足繁《あししげ》く通った聖杯で、私はすっかり騎士の戦いぶりにハマっていた。

ギルフォード様が今日まで大会に姿を現さなかったことも大会を落ち着いて観覧できた理由の一つで、私はすっかり警戒することを忘れて楽しんだのである。

「優勝した男はレストアの出身なんだ！　どうだフーリン、我が国の男は凄いだろう！」

私に負けず劣らず、というかそれ以上にテンションの高ぶりを見せているラディはローブを纏い大きなフードをかぶって可愛らしい童顔を隠していた。

「ラディ、もうすぐギルフォード様も出てこられるんですしあまり騒いでいたらフードかぶっている意味なくなっちゃいますよ」

「ふん、そんなことは分かっている。というかなぜお前もフードをかぶっているんだ？　王族のボクと違って顔を隠す必要はないだろう」

「おそろいにしたいからって言ったじゃないですか」

まだ早い！！


私はラディの視線を避けるように一つ咳払いをしてからフードを深くかぶり直す。

私たちは二人そろって同じローブを着、フードをかぶって顔を隠していた。

普段なら怪しさこの上ないが、周りの観客も祭りに参加でもしているかのように思い思いに奇抜《きばつ》な格好をしているのでそこまで目立つこともない。

聖杯初日、「聖様を直視することができないから」などとよく分からない理由を宣《のたま》ってローブを纏《まと》ったラディに、「自分が王子だから隠すんじゃないんですね」と突っ込んだことは記憶に新しい。

「あの美貌に認知されたらボクは無となるんだ」とも言っていたがやはり私にはよく分からなかったのでそこはもうスルーしておいた。

まあなんにせよ、これ幸いと万が一のために私もラディと同じようにローブを着て顔を隠しているのである。

これから一応、初めてギルフォード様を直接見るというのに、私は思った以上に気持ちが落ち着いていた。ラディの熱の上げ様を隣でずっと見ていて、どこか他人事のように思えてきたからなのかもしれない。

「というかラディはつい最近ギルフォード殿下と直接会っていましたよね？」

「それとこれとは話が別だ。お前は聖様を直接見たことがないからそんなことが言えるんだ。直視したら目が潰れるぐらいの美しさなんだぞっ。あの時どれだけボクが顔を隠すものが欲しいと思ったか
……！」

「そうなんですね」

「もっと興味を持て！」

ラディが聖様について熱弁するのは今に始まったことではないのでいつものように軽く受け流すも、今日ばかりはそれが気に入らなかったのかラディが頬を膨らませてさらに熱く語り始めた。

それに半ば無理矢理顔かされながらフードから覗くラディの顔を見る。

心の底から楽しそうに語るラディの笑顔はどんな宝石よりも輝いていて、思わずつられて頬が緩んだ。

「？　なにを笑っている」

「なんでもないですよ」

鼻を鳴らしつつも再び喋り始めたラディを見ていると、同年代の人より幼いと思える言動に、私もすっかり慣れてしまったなあと実感する。

ラディは恐らく魔物の呪いにかかってこんな性格になってしまったわけだけれど、私は自由奔放なラディを好ましいと思っていたりする。

優等生の王子様から学校の問題児へ豹変してしまったことを、普通は悲観してしまうだろう。

けれどあらゆるプレッシャーから解放された王子がかつての時間を取り戻すかのように自由にふるまう姿をそばで見ていると、私は今の彼を否定する気にはなれない。

もういっそのこと呪いがかかったままでもいいんじゃないか、なんて無責任なことを考えたりもするけれど。

私から直接ラディに呪いについて言及したことはないけれど、魔物がいなくなり呪いが解けるまで、ラディが心穏やかに過ごせるよう寄り添うのが私の務めだ。

と謎に意気込んだところで私はある可能性に気付いた。

呪い？　優等生が問題児に？　豹変？

待って、――もしかしてローズも呪いにかかってしまっていたんじゃ……!?

その可能性に気付いた私は愕然として手を震わせた。

ローズが呪いにかかってしまったと考えれば、あの時のローズのあまりにも普段とはかけ離れた様子にも説明がつく。

もし呪いのせいなら、自分のコントロールが利かなくて苦しんでいたであろうローズに私は酷い言葉を吐いたのだ。

なぜ私は呪いの可能性に今まで思い至らなかったのだろう！

顔から血の気が引いたのが分かる。

饒舌《じょうぜつ》ラディは私の様子に気付いていない。

――とにかく、ローズに謝らなきゃ。

風の噂でローズは母国に帰ってしまっていると聞いている。

遠い地に帰ってしまったローズのことを思うと、私はもういてもたってもいられなくなって、ラディのほうへ体を向ける。

「ら、ラディ、私、」

「おい、フーリン！　来る！　聖様が来られるぞっ！」

「……ですね」

「おい、なんでいきなりテンションが下がっているんだ。喜べ！　お前が聖様にお目にかかれる機会などそうそうないんだぞ」

タイミングを逃した私は口を閉じて俯いた。

今はラディと一緒にいるんだから、と気持ちを落ち着かせ息をゆっくりと吐いた。

すると突然、会場が静まり返った。

この会場に似つかわしくない静寂に困惑している私の頭をラディは掴み、そのままある方向へと向かせる。

そこには中央のフィールドに降り立った一人の人物の姿があった。

艶めく黒髪が風に乗ってサラリと揺れる。

寸分の狂いもない整った顔はどこか物憂げだ。

聖剣を鞘から取り出す一連の動作を見ていると無意識に口が開いていた。

「きれ、い」

本人を初めて見て、出た感想がこの一言だけ。

綺麗としか形容できない現実が目の前に確かに存在していた。

彼こそがイルジュアの皇子にして聖騎士であるギルフォード様その人で。

新聞に載っていた絵姿なんてあてにならない。

実物のギルフォード様はまさに女神のごとく。

凍りついたかのようにピクリとも動かない美貌に誰しもが息を呑んだ。

ギルフォード様が聖剣を天にかざし、空間を切り裂いた瞬間視界が一気にクリアになり、静けさに包まれた会場にわれんばかりの歓声と雄叫びが上がった。これは聖杯でいつも行われる儀式のようなものらしい。

その熱気は私の全身を一瞬にして粟立たせ、私に視線の先にいるただ一人の男が、ここにいる全ての人を魅了しているのだということを実感する。

――世界が違う。

この人が私の運命の伴侶？

違う。絶対になにかの間違いだ。

もしかしたら全て私の妄想だったのかもしれない。

引きこもり期間が長すぎて想像と現実を勘違いしてしまったのかもしれない。

頭の中で彼との関係をそう否定した瞬間、お腹が急に熱くなった。

慌ててお腹を押さえると、なぜかギルフォード様も同じように首のあたりに触れた。

熱を持ち始めたそこは花の紋様がある場所に違いなくて。

伴侶であるという事実を否定するな、と言わんばかりの熱さに私は顔をしかめた。

……確かに否定できない。

ドキドキと高鳴る心臓、赤く染まった頬、涙がこぼれ落ちそうなほどに潤んだ瞳。

こんなにも私の全身はギルフォード様に会えたことを喜んでいるのだから。

「おい、フーリン？」

「ハッ、ええと、なんでしょう」

「なんでしょうってこっちのセリフだよ。お前ずーっとボーっとしてるから」

「す、すみません」

いつの間にか意識が飛んでしまっていたらしい。

気恥ずかしさのようなものを覚え頰を掻くと、ラディは訝しげに眉を寄せた。

「……なにかあったのか？」

「え、な、なにもないですよ！」

「正直に言え」

「だからなにも……」

否定する表情が怪しさを醸し出してしまったのか、ラディはジトリと私を睨む。

その視線に早々に観念した私は半ばやけっぱちに口を開いた。

「ギルフォード様がカッコいいなって見惚れちゃっただけです！」

私の言葉に目を丸くしたラディは次の瞬間にはそれはそれはいい笑顔を浮かべていて、私の肩をバシバシと叩いた。痛い。

「やあっとお前も分かったか。布教した甲斐があったというものだ。お前もとうとう聖様のファンになったというわけだな！」

ふぁん。

ファン。

「私が、ギルフォード様のファン？」

「うむ！」

「彼を見てドキドキするのも？」

「ファンだからだ」

「彼がキラキラ輝いて見えるのも？」

「ファンだからだ」

「……彼の隣に立ちたいと思うのも？」

「全てお前が聖様のファンになったからだ！」

なるほど。

なるほど……！

つまりこれはファンだからこそ起こる症状というわけね……!!

ラディの言葉に誘導されて感動していると、優勝者と聖騎士ギルフォード様の試合が始まった。

試合は聖杯一の盛り上がりを見せ、ラディなんて物凄い声で叫んでいたかと思えば今度はフードの下で泣き始めた。さすがはギルフォード様の熱狂的ファンだとある意味で尊敬していると、試合は早々に決着がついたようだった。

結果は無論ギルフォード様の勝利で、観客は我を忘れたように試合場の柵ギリギリまで詰め寄って彼を称え始める。ラディも遂に我慢できなくなったようで同じように前のほうへ行ってしまい、私は一人取り残された。

もう、と呆れ気味に溜息をついて椅子に座り直し、はしゃいでいるラディの背を微笑ましく眺めていた。その時、ふとなんの前触れもなくギルフォード様がこちらに顔を向けた。

あまりに自然な動きで私はすぐには彼の顔がこちらに向いていることに気付くことができなかった。

フードの陰からだけれど、――今私は確実にギルフォード様と目が合っている。

「っぇ、な、ぅそ」

思い切り動揺して肩を揺らしてしまった。そんな私から決して視線を外さないギルフォード様は、目を細めてクッと口の端を上げた。

ギルフォード様が不意に笑ったことで観客の間にどよめきが起こり、あの氷の皇子が！　決して笑うことのないあの方が笑ったぞ！　と人々は騒ぎ立てる。

彼はそんな観客の様子など気にした様子もなく、続いて数度口の開閉を繰り返し、私に向けて音が伴わない言葉を発した。

み　つ　け　た。

ギルフォード様がなにを言ったのか理解した瞬間私は飛び上がり、その場から走り出した。

そしてまるで私の行動を非難するかのように背後でざわめきが大きくなったかと思えば、ギルフォード様がなにかを叫んだ声が聞こえる。

ヤバい。ヤバいヤバいヤバい。

見つかってしまった。見つかってしまった！

ギルフォード様は確実に私を見てああ言った。

いつバレた？

なぜ彼は気付いた？

ドクドクと血が勢いよく体内を流れ、捕まってしまうんじゃないかという恐怖が私を襲う。

必死に建物内を走りながらどこか隠れるところはないかと忙しなく視線を巡らすも、整然とした廊下に隠れられそうな場所は見つからない。

今回ばかりはレオという奇跡も起こらないだろうから、私は自分が窮地《きゅうち》に陥ったことを認めるしかなかった。

ならばと手当たり次第に廊下に並ぶ各部屋の扉のノブをひねるも、開く扉はない。

さすがにここで自分の鍵破りの腕前を発揮できるわけもなく、息を切らしながら私は次の希望に向かって走る。

ダイエットを始めてから体力がついてきたのは感じていたものの、なにもこんな時に実感しなくても！

そうこうしているうちにドタドタと大勢の人がこちらに走ってくる足音とともに、どこだ！　絶対に逃すな！　という声が聞こえ、私の心臓は縮み上がった。

「……ッ」

目的《ダイエット》はまだ果たせてないのに……！

こんなにもかも中途半端な状態で会うのが一番嫌！

ほとんどやけくそになって、近くにあった部屋のドアノブに手をかけると——開いた。

しかし中には誰か人がいて、頭がパニックになった私はそれが誰なのか確認する余裕もなく、謝罪を口にして部屋を出ようとした。

「おいで、フーリン」

「えっ!?　おっあ、ひえっ」

優しい声音とは裏腹に力強い手に腕を引かれ、私はなぜかその部屋に引き込まれる。

状況を把握する間もなくその人は私をクローゼットの中に押し込んだ。

「少し大人しくしているんだよ」

扉が閉じられる前に見えたのは、人差し指を自分の唇に当てて微笑むお父様の姿だった。

まだ早い！！

# ◇十九話　親心に敵うものなし

クローゼットの扉が閉まると同時に部屋の扉が強くノックされた。

「はい」

「ウルリヒ・トゥニーチェ様、突然失礼いたします」

「おや、騎士の方々。こんなに大勢でどうされました？」

「私たちは今とある人物を捜索中なのですが、トゥニーチェ様は怪しい人物を見られませんでしたでしょうか？」

「怪しい人物、は心当たりがありませんね」

「そうですか、それは大変失礼いたしました」

騎士はお父様の言葉になんの疑いも持たなかったようで、すぐに去ってってしまった。

ホッとして息を吐くと、それを咎めるようにお父様が「まだ出てきたらダメだよ」と言う。

再び扉が強くノックされ、また誰かが入ってくる。お父様の言葉通り、脅威はまだ過ぎ去っていなかった。

「これはこれはギルフォード殿下。いかがなさいました？」

お父様の言葉に私の心臓が跳ね上がる。

ギルフォード様が、近くにいる。

「氏はローブを着た者を見ていないか」

「ローブを着た者、ですか。先ほども騎士の方が来られましたが、ご用件は一緒でしょうか」

「ああ」

「お知り合いで？」

お父様の質問にギルフォード様は少し沈黙して言葉を吐いた。

「俺の伴侶だ。聖杯の観客席にいたが逃げられた」

「なんと、殿下の！　それはおめでたいことですね」

「本当にそう思っているのか？」

「それはどういう意味でしょう」

「……いや、なんでもない。忘れてくれ」

緊迫した空気が私のところまで流れてきて、思わず声が漏れそうになる。

……というかお父様、気付いてる、よね。

私を隠した行為といい、今のギルフォード様をいなすような発言といい、これはもう認めざるを得ない。

私がギルフォード様の運命の伴侶だということをお父様は知っている。

「それで、伴侶の方に逃げられてしまったというわけですね」

「そうだ。このあたりに逃げ込んだのは分かっている。もしそのような人物を見かけたら教えてくれ」

「ローブを纏う人物ですか、まるでノアのようですね」

「ノアは白いローブだろう。アレは紺色だった」

扉一つ隔てた向こうで行われる言葉の応酬に、私はただひたすら見つからないことを祈った。

今の私にはお父様を信じるしか道がない。

「氏は我が伴侶が俺から逃げていることについてどう思う」

「一介の平民の意見などお聞きになっても仕方ないと思いますが」

「なにより其方の意見を聞きたいのだ」

「……そうですね。伴侶の方にはなにか目的があるのでしょう」

目的、という言葉に私は目を見開く。

そこまでバレていたというのか。

「目的？」

「さすがにその内容自体は私も知り得ませんが、それを遂行《すいこう》するまで貴方様に会えないのではないでしょうか。伴侶の方が殿下を厭《いと》って逃げているとは考えにくい」

「その根拠は」

強張ったギルフォード様の声に私の身体も強張る。

「一つは聖杯に来ていたという事実。そもそも会いたくない者がいるという場所へ、わざわざ赴く者はいないでしょう」

「なるほど」

「もう一つは……」

「もう一つ、何だ」

なぜか静かになってしまって、私はソワソワと落ち着きをなくしていく。

「ではここで先ほどの、紺色のローブを着た者を見ていないか、という質問にお答えします」

「は？」

いきなり話が飛んだことに驚いたのはギルフォード様も同じだったのか、困惑した声が漏れたのが耳に届いた。

「――私はその者を見ました」

「なに⁉」

――⁉

突然の告白に私は完全に固まり、ギルフォード様は「なぜそれを早く言わない⁉」とお父様に詰め寄った。

「しかも走っていたその方は私に向かって話しかけてきましてね」

「なっ、なんと言っていた！」

焦った様子のギルフォード様の声に人間味を感じ意外に思うものの、お父様に売られかねない展開にそれどころではない。

しかし私の不安を否定するようにお父様が口を開く。

「待っていてほしいと彼に伝えてくれ、と。それだけ言って走っていってしまったので他のことは私には分かりません」

「――」

ギルフォード様も絶句しているようだが、私も開いた口が塞がらない。

お父様、私そんなこと一言も言ってないよね⁉

でも待っていてほしいと思っていたことには違いない。お父様の言葉は私の気持ちを代弁していた。

「……あと一つだけ聞いていいか」

「はい」

「声はどんな感じだったのか教えてくれ」

「ふふ、可愛らしい声でしたよ」

まるで天使が歌っているようだった、と付け加えることを忘れなかったお父様に私は否定の声を上げたくなる。お願いだからギルフォード様の期待値を上げないで……ッ！

二人の間で話は決着がついたらしく、ギルフォード様が出ていく音が聞こえる。

どんな表情をしているのか気になったけれど、我慢してクローゼットの中でじっとしていた。

それからしばらくして、お父様が扉を開けてくれたので私はゆっくりと外に出る。

聞きたいことがありすぎて逆に口を開くことができない私に、お父様は眉尻を下げてふう、と息を吐いた。

「いやあ、さすがに緊張したねえ。殿下の視線が鋭くて体が震えそうになったよ」

「……いつから気付いてたの？」

「そうなのかなと思ったのはフーリンが留学したいと言った時からだけど、確信したのは腕輪の話を聞いた時だよ」

つまり最初からお父様には全てお見通しだったというわけだ。

「お父様は私がこうやって殿下から逃げ回っているの、ダメだと思う？」

「そうだねえ、殿下の心労やフーリンの捜索にかかっている国費を考えればすぐにでも会いに行くべきだろうね」

「……だよね」

「でもそれはあくまで一般的な意見であって、私はそうは思わないよ」

「え？」

思わず顔を上げるとお父様は目尻を下げて私の頭を撫でた。

お父様は隠し事をしていた私に対して全くと言っていいほど怒った様子がなかった。

「貴女には決められた伴侶がいます、それでは今から世間の目に晒されてください、なんていきなり言われたようなものだしねえ。しかも相手はあのギルフォード殿下。隣に立つには勇気が必要な相手だ」

ブンブンと高速で首を縦に振る。その通りすぎて口を挟む必要がない。

「相談してくれなかったのは少し寂しかったけれど、フーリンが自立して頑張ろうとしているのが可愛くて、何より嬉しかったから口出しはしなかったんだ」

「お父様……」

「これからも基本口は挟まないつもりだけれど。……いいかいフーリン、一度決めたことは最後まで責任を持ってやり遂げなさい」

真剣な顔になったお父様につられて背筋が伸びる。

今、お父様はダイエットのことだけじゃなく、留学の全てについて言及しているのだ。

「人はなにかを成し遂げる前と後じゃ別人だからね。フーリンの留学もきっと殿下に会うために必要な段階なんだろう。……それに経験は人生の糧《かて》だから、こうした回り道もいいものだと私は思う」

自分の選択を肯定されて、思わず目に涙が滲む。

「殿下のために、というのもいいけれど、まずは自分のために頑張っておいで、フーリン」

お父様に鼓舞され、私は全身にやる気を漲《みなぎ》らせた。

「ありがとうお父様。私、頑張るね！」

お父様という心の支えがあるのとないのとじゃ全然違う。

頑張ろうと意気込んだ私を見てなにかを思いついたのか、お父様は顎に手を当て小さく唸《うな》った。

「しかし待たせすぎても殿下が可哀想ではあるし……留学は年度終わりまでとしようか。キリもいいし」

「え⁉」

年度終わりとなると帰国まで残り半年と少しということになる。

突如として設けられた期限に焦りが生まれる。

そんな短い期間で達成できるだろうか。

「フーリンならできるだろう？　それに自分には素敵な友達がいるんだと、フーリンが教えてくれたじゃないか」

お父様の優しげな瞳に私は目を見開く。

脳裏にレストアでの数々の思い出が蘇《よみがえ》ってきた。

辛いこともあるけれど、私は本当に素敵な人たちと出会えていたんだ。

涙腺が決壊寸前のところに、お父様は容赦なく畳みかけてくる。

「そして私もいる。何度でも言おう、私はいつだってフーリンの味方だ。たとえ世界中を敵に回そうともね」

泣いた。

お父様の言葉にしばらく泣いて、ハンカチを差し出されたところで私はようやくあることを思い出した。

「いけない、お父様」

「うん？」

「ラディのことをすっかり忘れていたわ」

試合会場に置いてけぼりにしてしまったので、私は確実にラディに怒られるだろう。

迎えに行かないといけないけれど、今の私には外に出る勇気も余裕もない。

「私が迎えに行ってこよう」

「いいの？」

「勿論。万が一のこともあるし鍵を掛けておくんだよ……と、その前にこれを返しておこうかな」

「!!」

ヒョイと私の手にのせられたそれはもう戻ってこないと思っていたもので。

「どうしてお父様が腕輪を……!?」

「ふふ、どうしてだろうね。今度は失くさないようにするんだよ」

唖然とする私にそれ以上なにも言うことなく、お父様は部屋から出ていってしまった。

私はすぐお父様の言う通りに鍵を掛け、ドアノブを握ったまま息を吐く。

……お父様ってまるで魔導師だ。

勿論違うとは思うけれど、じゃなきゃこの腕輪や、そもそもなぜこんなにも都合よく今日ここにいたのかを説明できない。

「ああ、もう。お父様のことを考えるのはやめやめ！」

お父様だけは裏切らないと分かっているからこそ、今ここで考えたって仕方がない。

いつか気まぐれに話してくれることもあるだろうと、とりあえずローブを脱ぎ腕輪をはめるとソファーに体を沈めた。

全身から抜けていく力に、私はようやく人心地つく。

ギルフォード様主催の大会なのだから出会うのは必然だったにしてもやはり心臓に悪い。

見つかったあの時のことを思い返してみると、なんとも恥ずかしくなって、顔が赤くなる。

ああ、ほんとに、ほんっとに。

「フードをかぶっててよかったあ……っ」

ギルフォード様と目が合ったあの時、一瞬にして花紋を中心に甘い痺れが全身を走った。

あのまま直接見つめ合っていたら私は確実に自分から彼に近寄っていた。

それは間違いない。認める。

ファンになった者を舐めないでほしい。

先ほどの一部始終を、特にギルフォード様の姿を思い出しては悶《もだ》える私を咎める者などいるはずもなく、私の奇行はノック音が聞こえるまで続いた。

帰ってきたお父様の横には憮然とした面持ちをしたラディがいて、私の顔は瞬時に引き攣る。

「あ、あの、ラディ……ごめんなさい」

「馬鹿やろー!!」

「ひえっ」

唾が飛んできそうなほど大きな声を上げたラディに、反射的に体が竦《すく》む。

お父様は当然助けてくれる様子はなく、こちらを見て楽しそうに笑っているだけだ。

「聖様はいきなりいなくなるし、後ろを振り返ってみればお前もいなくなってるし！」

「本当にごめんなさい、その、お手洗いに行ってて……」

苦しい言い訳にお父様が吹き出しそうになっているのが視界の端に映る。

うう、他人事だと思って。

「……心配したんだからな」

腕を組んでむっつりとしてしまったラディに焦った私は、また今度折り紙細工の大作を作ることを約束することでなんとか機嫌を直してもらうことに成功した。

会場からの帰り道、周囲を警戒しながら乗った馬車の中で私はある決意をした。

「お父様、お願いがあるの」

「なんだい？」

「――私、テスルミアに行きたい」

「それはどうして？」

ローズと喧嘩《けんか》してしまったこと、そしてローズが母国であるテスルミアに帰ってしまっていることを話す。

待ってもローズは学園へ戻らない気がしたし、それに私は直接自分でローズのもとに赴いて謝罪がしたかった。しかしテスルミアは言わば秘境の地。一般人の私が行っても入国すらできずに終わるだろう。こんな時こそお父様の力を頼るべきだと考えたのだ。

「ふむ、テスルミアか。面白そうだし、私と一緒に行こうか」

「……いいの？」

「娘が珍しく甘えてくれたというのに、乗らない親はいないだろう？」

お茶目に切り返されてホッとした私はホッとしたのも束の間、隣に座るラディがとんでもないことを言い出した。

「おいフーリン。ボクも連れていけ」

「え？　えっと、ラディはレストアに帰らないと」

「行くったら行く！　ボクを置いて行くなんて許さないぞ！」

「ええ……」

さすがに王族であるラディをおいそれと他国に連れていけるわけもない。困惑する私にお父様が助け舟を出した。

「では私がレストア王家にお伺いを立てますので、承諾の返事が来た場合に限り殿下もご一緒に参りましょう。それでよろしいですか？」

「分かった」

自信ありげに頷いたので、王家が承諾することをラディは分かっていたのだろう。

その翌日、レストアより速達で送られてきた手紙にはラドニークを任せるとの文言が綴られていた。

こうして私たちはテスルミアに行くことになったのだけれど。

「よし、それじゃあ二人とも勉強しようか」

「え？」

その国を知らずして入国するなど言語道断、とにこやかに言い放つお父様。

勉強漬けにされるとは思ってもみなかった私たちは、それから一週間ほど苦しみの声を上げ続けたのであった。

まだ早い！！

## ◇二十話　待てと言うのならば

「ギル！　伴侶の捜索を打ち切ったって本当か⁉」

執務室に入ってきた兄上は焦りを見せながら、持っていた書類を俺の机に置いた。

「本当です」

「っ、……諦めたのか？」

悲痛な顔でそう言う姿から、兄上は本当に俺を心配してくれているのだと分かる。

書類を捲りながら俺はその質問に否と答え、昨日あったことを簡単に説明した。

「なるほどね、そういうことならよかった」

安堵した様子の兄上は椅子に腰掛け悪戯な笑みを浮かべる。

「根拠がなければ決して取り合わないギルフォードをその一言で抑えてしまうとは、いやはや、お前の伴侶は凄いな」

ウルリヒの発言をどこまで信じていいかも迷ったが、結局俺は伴侶の残した言葉に縋《すが》ることを選んだ。

「……」

拳を握り締め、ゆっくりと開く。

そこに渇望する存在はない。

けれど今は虚しいどころか、あの時のことを思い出すと、胸が、全身が、熱くなる。

聖杯最終日、試合場に入った時から見られていると感じていた。

それが刺客の類ではなく、ずっとずっと求めていた人による視線だと確信したのは花紋が熱を持ったその時だった。

気持ちが高揚し、それを顔に出さないようにしながら必死に視線をめぐらせて伴侶を探した。

そして優勝者との試合を終わらせた瞬間、――見つけた。

一人で座って少し下を向いているその人を。

自分が作り出した幻覚なんかじゃない、本当に、唯一無二の俺の運命の伴侶がそこにいた。

俺はそこから視線を外すことができなかった。

その時の俺は天に向かって叫びたくなるほどの歓喜に打ち震え、同時にとてつもない不安に襲われていた。

表情を窺えないという不安。

伴侶がこちらを向いていないという不安。

無防備に一人で座っているという不安。

なぜ俺を視界に入れてくれないんだ。

なぜ俺のそばにいないんだ。

なぜ俺の腕の中にいないんだ。

なぜ、なぜ、なぜ。

無表情の仮面の下で沸き起こる感情に頭の中が支配されそうになったその時、伴侶がこちらを向いた。

一瞬頭が白くなりかけるも、うるさいほどに脈打った心臓が早くアレを捕まえろと訴えかけてくる。

無意識に漏らした音なき声が聞こえたかのように、次の瞬間伴侶は俺に背を向けた。

襲ってきたのは明確な――恐怖。

いついかなる時も冷静であれと命じてきた体は、たった一人の存在の前ではその命令を拒否する。

初めて知る感情に平静を失った頭はなすべき役目を放棄し、追え、とその一言だけを発した。

そこからは文字通り無我夢中に探し回って、見つからない焦りの中でなにかに惹かれるように入ったのは、ウルリヒが滞在していた部屋。

なぜ奴がそこにいるのか考える余裕もなく、伴侶について質問すれば返ってきたのは衝撃的な言葉の数々。

飄々としたウルリヒに苛立つも、最終的には託されたという伴侶の言葉に俺は沈黙を選ばざるを得なかった。

待っていてほしいと言われたのだ。

それは伴侶からの初めてのお願いで、素直に応じる以外の選択肢が俺にあるだろうか。

伴侶のほうにどんな思惑があるのかは分からないが、伴侶の存在が確認できたこと、なにより間接的ではあるが初めてやりとりできたことが俺の気持ちを落ち着かせてくれた。

いつか会いに来てくれる意思があるのならば俺の気持ちも慰められるというものだ。

たとえ心の拠り所となっていた腕輪を取り返されてしまったとしても。

「腕輪も取り返されたのか？　お前の伴侶、相当のやり手だな。これだと魔導師って線も濃くなってきたな」


まだ早い！！

「この偽物はよくできている。……すぐには気付かなかった」

腕輪がすり替えられているのに気付いた時にはさすがに落ち込んだが、俺は伴侶のお願いを、その言葉を信じて待つことに決めたのだ。

「まあギルが気にしてないならそれでいいよ。早く伴侶が会いに来てくれるといいな」

「……はい」

正直、追いたい気持ちは見つける前と比べてかなり強くなっているが。

しかし将来伴侶と過ごせるかどうかの大事な時期なのだと思えば、俺は俺で俺に課された難題に立ち向かおうと思える。

難題——魔獣を抑え、魔物を倒すこと。

「そういえば、イナス村の件はどうなってたっけ？」

「報告書は既に提出してますが」

「あれ、そうだったかな」

頭を掻きながらとぼけたことを言う兄上に、溜息をこぼしながら報告書の内容をかいつまんで話す。

「ふーん、魔物の呪い、ねえ」

「イナス村には予想通り特に手がかりになるようなものは残っていませんでしたが、その隣にあるラズ村で話を聞きました」

元々呪い云々については、下から一つの意見として俺に届いていた。

そして最近、第一王立学園で性格が変わってしまった生徒たちが複数見られる、ということも。

そのあたりに関して、最初はヘルヴェ家による薬の影響だと考えていた。

しかしヘルヴェの娘の話から、第一王立学園の生徒には薬を渡していなかったことが判明し、その線はなくなった。

魔物の発生条件も分からない今は、呪いの線で行動の指針を立てている。

魔物が第一王立学園含む周辺に出現する可能性も考えて念の為、秘密裏に騎士たちを第一王立学園に派遣している。ラズ村の言い伝えが確かなら、呪いの影響が明らかに出始めている第一王立学園は危険度が高く、注意深く観察していかなければならないからだ。

「兄上はレストアに連絡を取り、呪いの影響を受けていると思われる生徒をリストアップし、共通点を調べてください」

「えー、お前俺に仕事押し付けすぎだよー」

「速やかにお願いします」

「……はーい」

兄上の仕事が多いのは充分承知しているが、俺は俺でやるべきことがある。

心配事が一つ減った今、しばらくは聖騎士として魔物対策に集中しよう。

「……天使」

「なにか言ったか？」

「いえ」

もし伴侶が、あのウルリヒに天使だと言わしめたその声で俺を応援してくれていれば、俺はもう思い残すことはないと満足して仕事に励んだろう。

——否、そんなわけがない。

ああ、早く、早く早く早く！

早くこの腕の中に閉じ込めて、誰にも見られないように、なににも傷つけられないように、俺だけを目に映してくれるように、愛でて過ごしたい……！

全てを終えた暁には覚悟していろ、我が伴侶――！

# ◇二十一話　使命を知る

テスルミア帝国――火、水、土、風の四つの部族により成り立つ強大な国で、国力で言えば我が母国イルジュアと並ぶ。

ローズはその四部族のうちの一つ、火の部族であるらしく、私たちはそんな火の部族が中心となって生活する地方へと足を踏み入れていた。

ドキドキを隠しきれぬまま無事三人で入国したまではよかったけれど。

「うそでしょ」

レストアのものと比べると少し小さな市場で私とラディは迷子になっていた。

それもこれも初めてのテスルミアに興奮して私を連れて動き回っていたラディのせいである。

今回に関しては私は全く悪くない。悪くないったら悪くない。

「お父様とはぐれたらさすがに危険ですよ、早く探しましょう」

「やだ、ボクはもっと見て回りたい！」

「拗ねても無駄です！　ほら、きっとまだ近くにいるはず……！」

と周りに視線を走らせたところで、私はようやく余所者《よそもの》の私たちが厳しい視線を向けられているのに気付いた。

暗い瞳でこちらを見てくる店の人、明らかな敵意をもって睨《にら》んでくる通行人、得体の知れないものでも見たような表情の子ども。

「な、なんで」

「阿呆《あほう》め、勉強しただろう。よその国と国交を殆ど持たない国だから外から来た者が珍しいんだ」

「珍しがっている目じゃないと思います……っ」

急に恐ろしくなった私は無意識にラディの服の裾を握って体を寄せる。

すると視線を下から上に向けて私の全身を眺めたラディは一つ頷いた。

「こうしてみるとお前結構痩せたな」

「本当ですか⁉　って嬉しがっている場合じゃない！」

「なんだよ、人がせっかく褒めてやったのに」

いやだって、ぶーたれ顔してるラディの後ろから近づいてきている男の人がいるのだ。

ラディは私の焦っている様子で背後から近づく男性に気付いた。

『なにか用でも？』

「えっ」

突然ラディがテスルミアで使われている言語で話し始めた。

『驚いた、こっちの言葉を喋れるのか。いやなに、金を持ってそうだと思ってな』

『罪を認めるのが早くてなによりだ』

『ククッ、生憎言葉が通じる奴を騙《だま》せるほどの技量がオレにはなくてね。その後ろにいる彼女はアンタのいい子か？』

『違う、友人だ』

『友人同士でここに来たってのか？　観光に来たんだろ？　アンタたち』

テスルミアについて勉強した期間はたったの一週間。

我が家にしれっと泊まっていたラディは私と同様の勉強をしただけだったはずだ。

しかもラディは勉強自体に拒否反応を示しては逃げ回っていたというのに。私なんて挨拶とありがとうぐらいしか言える自信がない。

というかラディが普段とはまるで別人に見える。

唖然として目の前のやりとりを見ていると、一段落ついたのかラディがこちらを向いた。

「あの、ラディ。その方はなんて？」

「保護者とはぐれて迷っていると言ったら目立つ所まで案内してやると」

「えっ、それはよかったですね！」

もしかしたらこの男の人は私たちが困っているのを見て声をかけてきてくれたのかもしれない。

「あ、あの、『ありがとうございます！』」

『おー、可愛い子だねえ。ふっくらとしていて食べてしまいたいよ』

なんと言っているのか分からないけれど、ラディを見ると顔をしかめて男性を睨んでいたのでなにかよくないことを言われたのかもしれない。

レストアはイルジュアと共通言語だからそのあたりはなんの問題もなかったけれど、こうして言葉の通じない国に来て初めて言葉の壁をひしひしと感じた。

「ふふ、そんな悲しそうな顔をしないで。本当に食べたくなっちまう」

「食べ……!?　って、え、言葉が通じる!?」

私たちが使う言語も使えるのかと目を丸くする。

「ははは、この坊やと違って料理のし甲斐がありそうだ」

言葉自体は分かるはずなのに、男の人がなにを言っているのか分からなくて涙目になった私はラディに助けを求める。

「あんまりからかうなよ。こいつになにかあったらお前こいつの親に殺されるからな！」

「なんて物騒なことを言うんだ。その保護者はどんな奴なんだ？」

「トゥニーチェだ」

「……トゥニーチェってあの？　てことはあんたトゥニーチェの娘だったのか⁉　オレはウインドベル商会の商品が好きでなあ。安価で質もいいから、なかなか他国の製品を受け入れようとしないこの国でさえウインドベルの商品は優遇されてるんだぜ」

「そうなんですね」

「おい、この嬢ちゃんあんまりすごさ分かってねえ感じだな」

トゥニーチェ、並びにウインドベル商会の名前が世界的に有名なのは知っている。テスルミアのような閉鎖的な国でもウインドベルの商品が流通しているということはとても凄いことなんだろう。

表面的にしか理解していない様子の私を見て、男性は呆れたように肩を竦めた。

「いいか、トゥニーチェの名がオレなんかにまで知られているということは、有名だから、で終わらせられる話じゃない。それを利用しようとしてくる者だってたくさんいるってことなんだ」

「……はい」

「お、その反応は心当たりがあるみたいだな。ならいい、オレが言えた義理じゃねえがいついかなる時も警戒心は忘れないことだな。お前の隣にいる友人に対してもな」

ラディをチラリと見てそんなことを言い出すので、途端私は頭がカッとなった。

「ラディはそんなこと考えていません！」

「友情やら愛情なんてものは金を前にすればすぐに崩壊してしまうものだと思うがねえ、オレは」

なんて嫌味な人なんだと私の頬が膨れていく。

しかしそんな膨れた頬をぷすっと指で押して萎《しぼ》ませてしまったのはラディだった。

いや、ぷす、なんて可愛らしいものじゃないブスッ、だった。

「ラディ……」

「いいから早く案内しろ、日が暮れるだろう」

「はいはい、仰《おお》せのままに」

シガメと名乗った男は右眉を上げて、ついてきなと言って私たちに背を向けた。

ラディと並んでシガメさんについて歩けばどんどん周りの景色が変わっていき、少し肌寒く感じるようになった。

「なあ」

「なんだい？」

突然あたりを見渡していたラディが口を開いた。

「このあたりの者たちはあまりテスルミアの民って感じの顔をしてないな」

「そりゃそうさ、数年前にテスルミアに統合されたばかりの地域だからな」

やはりそうかと小さく呟くラディが、なんの意図があってそんな質問をしたのか分からない私は首を傾げる。

確かに勉強した限りではテスルミアの、特に火の部族は顔の濃い人が多いはずなのに、シガメさんやローズは決して濃い顔とは言えない。

そこで私はああそうかとラディの言わんとすることを理解した。ラディはこの地域の貧しさを指摘しているのだ。

「火の部族の圧政は外にも知られているんだろう」

「ここに来る前に勉強した」

「なるほど、トゥニーチェともなれば優秀な子弟を持つんだな」

シガメさんは納得したように唸ると、なにかを決意したような顔をした。

「……少し、ついてきてもらえるか」

シガメさんの真剣な表情を見た私とラディはお互いに顔を見合わせた後、無言で頷いた。

そしてついていった先で私たちが目にしたものは、その村の貧困ぶりだった。

壊れかけの小屋のような家、明らかに栄養が足りていない痩せ細った人たち、鼻をつまみたくなるほどの異臭に私たちは目をみはった。

「……酷い」

「上の者は民のことを全く考えていない。そのせいで豊かだったこの村も数年でこの有様よ」

「他の地域もか？」

「まあね。ただ、特にここらあたりは酷いよ。統合前に一悶着《ひともんちゃく》あったからそれが理由だろう」

余計なことを言えない空気に私は黙って、改めて周囲を見回した。

「——ただ、オレたちにも希望はある」

少し声を明るくしてそう言ったシガメさんは視線を遠くにやった。

「希望？」

「ああ、ある娘が上に抗《あらが》おうとしているんだよ」

「娘、とは」

「その娘はここの村出身なんだが、ある時その実力を認められて部族長の養子になったんだ。……養子になると決めた時、アイツは言っていた。この村を絶対に救ってみせる、とな。オレたちはその希望を頼りに今を生きている」

火の部族長の娘？

——まさか。

「その人って、もしかしてローズマリーっていう名前ですか？」

シガメさんは私の発言に目を見開いた。

「なぜそれを、……勉強したのか？」

「私、ローズの友達なんです」

「友達……!?」

「ローズは今レストアに留学してきているんですが、そこで仲良くなったんです。それで、少し前にローズと喧嘩してしまって、謝罪がしたくてテスルミアに来ました」

「……そうか、そうだったのか」

額に手を当てなにかを考えたシガメさんは、はあああと勢いよく息を吐いた。

「養子に行ってからのローズマリーの様子はほとんど分からなかったから、留学していることも知らなかったよ。こうして友人と呼べる存在ができていたことがオレはなによりも嬉しい」

シガメさんは悲しそうな顔をして笑った。

それはどこかローズを彷彿とさせるような笑みで私は一瞬固まる。

「ローズマリーを希望だなんだと言ったが、オレはローズマリー自身が無茶していないか心配でな。友達ならどうかアイツとこれからも仲良くしてやってくれ」

「っ、勿論です！」

私が勢いよく返事したことでシガメさんは悲しそうな表情を消すと、ローズマリーの友達に変なことをしなくて良かったわ、と悪戯っぽく口角を上げた。

私はそこでようやく自分が危ない目に遭いそうになっていたことを理解したのであった。

「どうしてボクたちをここに連れてきたんだ？」

しばらく黙っていたラディが訝しげにシガメさんに問う。

「んー、なんとなくお前たちならなんとかしてくれそうだなと思ってな。どちらも金持ちみたいだし？　同情でもして金を落としてくれないかなーって」

「金を落としたところで上に持っていかれるのが関の山だろう」

「……そうだな、その場を凌《しの》げてもたかが知れてる。根本を改善しなきゃ意味ないもんな」

ラディはシガメさんの言葉になにか思い当たることがあったのか顔を顰《しか》める。

「まあなんにせよ、ローズマリーと知り合いだって分かったことは偶然じゃないだろう。なにか意味があるはずだ。直感を信じるのも悪くはないとオレは思うね」

ラディがそれに対してなにかを言おうとしたその時、聞き覚えのある声が耳に届いた。

「あ、お父様だ」

「げっ、ってことはトゥニーチェ本人？　オレが誘拐したとか勘違いしてないよな」

引き攣るシガメさんの顔に私は思わず笑って否定した。

大丈夫なはずだ。多分。

## ◇二十二話　後悔しないために

シガメさんは誘拐犯だと勘違いされることはなかったが、知らない人にのこのこついていった私たちはお父様に叱られた。

「うう、ウルリヒめ……このボクを叱るとは」

「テスルミアにいる間は私の息子同然だと決めただろう？　ちゃんとお父様と呼びなさい、ラディ」

「くっ」

私たちはシガメさんと別れた後、お父様と一緒に火の部族長の屋敷があるという場所へと馬車で向かっていた。

ローズが部族長の娘であるため、ただテスルミアに来ただけでは会えないことは分かっていた。そこでお父様に部族長と商談をするよう取り計らってもらい、その間に同行してきた私たちがローズと会うという算段だ。

ローズと連絡を取っていない以上、会えるかどうか運次第ということになる。

ガタガタと揺れる車内から移り変わりゆく景色を眺めていると、お父様が私の頭をひと撫でした。

「きっと会えるさ。ラディも付いていることだしね」

「その通りだ。いざとなればボクが探し出して連れてきてやる！」

「……はい、ありがとうございます」

建物の内で勝手に探し回ることができないのは分かっていたけれど、ラディの気持ちが嬉しかった私は微笑んでおいた。

＊

それから無事火の部族長の屋敷である、見たことのない異国風の建物内へ入ることができた私たちは、控室で商談相手である部族長を待っていた。

そしてお父様だけ別室へと呼ばれてからは私とラディ二人きりになる。

「見張り役とかいないんですね」

「そもそもこの建物自体人が少ないように感じたからな、ここにまで手を回す余裕がないんじゃないか」

「なるほど」

ラディの観察眼に感心したのも束の間、ラディは私の腕を取って立ち上がったかと思うと目を輝かせてこう言った。

「ならば行くしかない」

「……どこへ？」

「探検に決まっているだろう！」

「ダメに決まってるじゃないですか」

私が即座に拒否するとラディはムッとした顔をして、私の腕を離した。

「赤髪女を探すんだろう」

「それは、……さっきはタイミング逃しちゃいましたけど、後で誰かに直接お願いして……」

「――ボクにはやりたいことがたくさんあった」

「はあ、……ん？」

突如語り出したラディに再び座り直そうとした私の動きが止まる。

「自分のやりたいことを我慢して、我慢して、我慢して、ずっと我慢してきた」

今まで自分の意思で語ろうとしなかったラディの本音が今語られている。

「でも今のボクは我慢なんてまっぴらごめんだ。ボクはやりたいことをやる。お前はそれに付き合え。……フーリンだけは、このボクを否定してくれるな」

横暴に聞こえて実際はそうじゃないラディの言葉に私は息を呑んだ。

以前ラディについて考えていたことが、事実として本人の口からこぼれるものだから、私は驚いたのだ。

今までラディの考えを無理やり聞こうとは思わなかった。ここで直接ラディの想いを聞くことができて嬉しくなった私はにっこりと笑う。

「はい、否定しません。私は昔のラディを知りませんが、楽しそうにいろんなことをしている今のラディが好きです。あ、勿論友達としてですよ」

最後の一言大事。

「……物好きな女だな、お前は」

「……ラディには言ったことがなかったかもしれませんが、私はレストアに来るまで外の世界のことをなにも知らない引きこもりでした」

まだ早い！！


「……」

「きっと私もラディも世の中の楽しいことをまだまだ知らないのだと思います。だからこそ私と一緒にたくさん楽しいことをしましょう！　どこまでも付き合いますよ、私はラディの友達なんですから。あっ、でも加減はしてくださいね」

思っていたことを言いきると、ラディはくしゃりと顔を歪めて腕で顔を覆ってしまった。

「……泣いてるんですか？」

「っ、泣いてない！　生意気だぞ、フーリンのくせに！」

「すみませんっ」

「謝れなんて言ってない！」

「す、すみま、え、ええ？」

相変わらず扱いの難しい王子様だと思わず笑ってしまうとラディはまた膨れっ面《つら》をして、ガッと私の腕を摑んだ。

「言質《げんち》は取った」

「へ」

「気を取り直して行くぞ、探検だ！」

諦めてなかったんかーい！

「人に見つかったらどうするんですか」

「トイレに行こうとして迷ったとでも言えばいい。ごちゃごちゃ言うな、ボクは今沸き立つこの好奇心に従うのみ！」

「……私はラディに従うのみ、ですね」

「よく分かっているじゃないか、アッハッハッハ‼」

あれ、これ私はめられた？

口をへの字に曲げる私など既に眼中にないラディは、摑んだ腕はそのままに外へと飛び出した。

すぐに見つかって部屋に連れ戻されてしまうのではないかと思った私の予想を裏切り、廊下は閑散としていて、人っ子一人いない。

不気味な静けさに臆した私はラディにやはりやめようと提案するも、聞く耳を持つはずのないラディは好機とばかりに足を進めていく。

渋々ながらラディについていくうちに、私も私でローズに会えたらいいなと考える余裕ぐらいはできてきた。

しかし随分と奥まった場所まで来た時、私は辺りの薄暗さに別の不安が押し寄せてきた。

「これ、もしかして迷子になったんじゃ……」

「よく分かったな」

「ええ⁉」

あっけらかんとして言うものだから私は一瞬自分の耳を疑いそうになった。

「どうするんですか！　戻り方なんて私分からないですよ！」

「うーん、いっそのこと赤髪女をここに召喚したらいいんじゃないか？」

「なに馬鹿なことを言ってるんですか……」

「出でよ！　赤髪女‼」

まだ早い！！


そうラディが声を張り上げた瞬間、背後から困惑の声が聞こえた。

「……フーリン？　……ラドニーク？」

廊下の奥にいるのは長い赤い髪をポニーテールにした見覚えのある女性。

「って、えっ、ローズ⁉」

「おお、本当に赤髪女が現れたぞ！　どうだ、フーリン！」

「普通に凄いですね」

まさか本当にローズが現れるとは思わなくて、呆然とこちらに近づいてくるローズを見つめる。

イルジュアの女騎士が机仕事の際に着るような服を着ているローズは、私たちのそばまで来ると複雑な表情を浮かべた。

「いろいろ聞きたいことはあるが……、とりあえずどうして二人はここにいる？」

「こいつの父親がここで商談をするのについてきた」

まさかこんなところで会えると思っていなかった私の心臓がバクバクと逸《はや》り始める。

会うのはあの屋上以来で、一気に余裕がなくなり、手が震え始めた。

「商談？　……そうか、それは聞いてなかったな」

相変わらずの綺麗な顔を曇らせたローズはなにかを考え込むように顎に手を当てた。

その隙に立ち上がったラディに背を勢いよく叩かれる。

「っ、なにをするんですか！」

小声で文句を言えばラディは同じように私にだけ聞こえるように囁いた。

「言いたいことがあってわざわざここまで来たんだろう。今言わなくていつ言うんだ」

「いざ本人を目の前にすると緊張しちゃって」

「できるさ、フーリンなら。……頑張れ」

そう言ってそっぽを向いてしまったラディの耳は少し赤くて、私は驚きと嬉しさで緩みそうになる口元を引き締めた。

「——ローズ」

「なんだ？」

あの事件が起こるまで、何度も何度も耳にしてきたローズの優しい声。

私の言葉を正面から聞こうとしてくれるその姿勢に、鼻がツンとする。

「あの日からずっとローズに謝りたくて、テスルミアに来たの」

謝罪が簡単に受け入れられるとは思っていないけれど、これは私なりのけじめだ。

「あの時酷いことを言って本当にごめんなさい！　大嫌いなんてうそ、私はローズのことが好き、大好きだから……っ！」

勢いに乗って告白なんてしてしまったからかローズは目を見開いて固まってしまって、ドッと不安が押し寄せる。

許されないのを覚悟で来たけれど、友達という関係を終わらせたくないというのは私の我儘《わがまま》なのだろうか。

「おい、なにを黙っているんだ。お前もなにか返せよ」

ラディの声にハッと我に返ったローズは、動揺を隠すように深い息を一つ吐いた。

「……フーリンが謝る必要は一切ない。そもそもアレは全てあたしが悪かった」

「そんな……」

「あの時のあたしは確かにどうかしていた。自分をコントロールできていなかったんだ」

それは全て呪いのせいであってローズのせいじゃないと言おうとしたけれど、ローズの悲しそうに笑う表情に私は口をつぐんだ。

「それに、あたしはフーリンを守ると言っておきながら結局傷つけてしまった。その上怖がらせるなんて愚かもいいところだ」

「で、でも！　嫌がらせを受けていたことを言わなかった私も悪いし……」

互いに、いや私が、いやあたしがという不毛なやりとりを数度繰り返せば、いい加減にしろ！　とラディが目尻を吊り上げた。

「お互いが悪かった！　ごめんなさいでいいだろう！　ボクだって悪かった！　ごめんなさい!!」

勢いのいいやけくそな謝罪に思わずローズと顔を見合わせて笑った。

空気が柔らかくなったところで、私たちはもう一度向き合って頭を下げる。

「ごめんなさい、ローズ」

「あたしもごめんな、フーリン」

ローズの柔らかい雰囲気に許されたと感じた。

一度ホッとすると顔がニヤけてしまって慌てて手で顔を押さえる。

「まさかラドニークに諭《さと》されるとはな。ずいぶんと大人になったものだ」

「なんだと！　ボクは常にお前たちより大人だからな！」

「はいはい」

再び学校での日々に戻ったみたいだと、私は喜びに体を震わせる。

するとラディは、ふと思い出したように私を見た。

「そう言えばここに来る前にシガメって奴に会ったよな」

「うん」

「赤髪女、お前の知り合いか？」

ローズはラディの言葉に一瞬固まって、訝しげに眉根を寄せた。

「シガメに会った？　アイツ、余計なことを言わなかったか」

「お前があの村を救うって言っていたぐらいか」

「余計なことを……」

「どんな関係なんだ？」

「……兄、のようなものだ」

ローズの顔が怖いぐらいに険しくなって、私はビクッと肩を揺らす。

しばし逡巡するように視線をさまよわせたローズは、最終的に溜息をついてこちらを向いた。

「確かにあたしは故郷であるあの村を救いたい、……このテスルミアから解放したいんだ。たとえなにに代えようとも」

私たちを射貫く赤い瞳の中には強い決意が存在していた。

「部族長……奴はあたしをここに縛りつけるためにあの村に特別圧政を敷いている。あたしが奴の言葉に従っていれば村はまだましな扱いをさるが少しでも反抗的な態度を取れば――」

そこで言葉を切って悔しそうに拳を握り締めるローズに、あえて空気を読まなかったのか、それとも素かは分からないけれど、ラディはふん、と鼻を鳴らした。

「大体なんでお前そんなに部族長とやらに気に入られてるんだよ」

「……さあな、これはかりは目をつけられてしまったとしか言いようがない。火の部族は実力主義だから血筋云々は関係ないんだ」

「実力がありすぎるのも考えものだな」

「なんだ、ラドニークはあたしの実力を認めてくれていたのか」

「はあ？　違う！　言葉の綾《あや》だ！」

無意識に漏らしたのかラディは焦って否定するも、必死になればなるほど認めていると主張しているようなものだった。

いつの間にか渇いていた喉を無理やり開いて私は声を絞り出す。

「ローズ……私になにか手伝えることはない？　私、ローズの手助けがしたい」

「ない」

なんの迷いもなくキッパリと拒否されて私は全身が凍りつく。

「これはあくまであたし自身の問題だ。この件で誰かを頼るつもりは毛頭ない」

ローズは背負っているものを私たちに決して分けてくれない。

いつも弱みを見せないローズを尊敬してきたけれど、今ばかりはローズとの間に高い壁を感じた。

悲しさと寂しさと悔しさが絡み合って、私は沈黙を貫く。

結局のところ私は留学当初から変われていない臆病者なのだ。

「そんなに忙しいんだったら、お前なんでレストアに来たんだ？　暇じゃないんだろう」

「村を救うために役立てるなにかを得られればと思ってな。能力を高めるという意味でも奴からの許可は得ている」

ラディとローズ、二人の声が互いを探り合うように低くなった。

「だが、そんな束の間の自由の中でフーリンたちと出会えたことは僥倖《ぎょうこう》だった」

辛い状況にいるはずなのに、それをおくびにも出さないローズの強さに私は泣きそうになった。

「ありがとう、フーリン。ここまで来てくれて。フーリンの申し出を断ってしまったことは申し訳ない。でもあたしは嬉しかった」

「……ううん、なにもできなくてごめんね」

「いいんだ。フーリンが元気でいてくれたらあたしはそれでいい」

まるで別れのような言葉に思わずローズの腕を摑む。

「休みが明けたらまた学校に来てくれる？」

不安に揺れた私の声にローズは子供を慈《いつく》しむ親のような顔をして私の頭を撫でた。

「勿論」


その後村について特に口を開くことはなかったローズに、控室まで送ってもらうことができた。

控室に着いた後は私たちを探し回っていた人たちに、ローズが、迷子になっていたと説明してくれたおかげで私たちは事なきを得た。

商談が終わったお父様の後ろにいた火の部族長は、五十代ぐらいの男性で、目つきの鋭さに恐怖を感じたのは秘密だ。

まだ早い！！

＊

テスルミアからの帰り道。

「つまりローズという子は自分の故郷の村人を人質に取られ、部族長のもとに縛りつけられているということだね。そしてどうにかして村を火の部族から解放したいと」

ローズと会話した内容を聞かせると、お父様は少し渋い顔をしてゆっくりと足を組み直した。

「さすがに彼女一人では厳しいと思うけどね。相手は部族長、言わば国の長だ」

「ウルリヒの言う通りだな」

「お父様と呼びなさいと言っただろう」

「もうよくないか!?」

「まだここはテスルミア、……フーリン、どうかしたかい？　先ほどから俯いてるけど調子でも悪いのかい？」

ラディとの会話を止めてお父様が私の顔を覗き込んできた。

「……モヤモヤするの」

「やはり体調が……」

「ううん、違う。モヤモヤじゃなくてムカムカする……！　気持ち的に！」

突然憤った私に二人は目を丸くした。

「それはどうしてだい？」

どうして？　どうしてだろう。

今日あったことを思い出して私はその答えを探る。

ローズが頼ってくれないから？　突き放されてしまったから？　だからローズに怒っている？

ううん、違う。

自問自答して、ああそうだ、とそこでようやく気付いた。

つまるところ私は私自身に怒っているのだ。友達に頼ってもらえない自分の弱さに。一言言われただけで引き下がった自分の情けなさに。

このままでいいなんて到底思えなかった。

じゃあどうする？　私はなにをすればいい？　私はなにがやりたいの？

悩んで悩んで、脳をフル回転させて。

「――決めた。私、ローズを困らせたい」

私の宣言にラディはポカンとした顔をして、お父様は私の言葉の真意を探るような目をした。

「ローズのためじゃない、自分のために！　私はローズを助ける！　勝手に手助けされてローズなんて困っちゃえばいいんだ!!」

見て見ぬ振りなんて器用なこと、私にはできない。

たとえ偽善だと、迷惑だと言われても私はやりたいことをやる。

二人を強く見据えると、一瞬ラディと同じようにポカンとした顔をしたお父様は次の瞬間には声を上げて笑った。

「くくっ、最高だよフーリン！　ああ、君は本当にあの人の娘だ」

いつものような親目線での言葉じゃない、ウルリヒという一人の人間としての言葉のように思えた。

「面白いこと考えるではないか！　ボクは常々あの女に一矢報《いっし》いたいと思っていたんだ！　フーリン、ボクもそれに参加させろ！」

俄然《がぜん》いい笑顔になったラディは鼻息を荒くして私の肩を揺らす。あああ、酔う。

「いいねえ、どうせなら私も参加させてもらおうかな。あのテスルミアに、その中でも問題のある火の部族に揺さぶりをかけられるなんて考えただけでもワクワクするね」

頼もしいお父様の言葉に私は頷く。

やる気は充分だった。

私はもう引きこもりじゃない、自分の意思で外に歩いていけるようになった。

一人なにもせず、ただ食事をするだけの意味のない日々はとうの昔に終わったのだ。

後悔しないために——私は動く。

## ◇二十三話　それは目まぐるしく

テスルミアを訪問してから半年が経った。

卒業まで一ヶ月を切った今、思い返してみれば本当にあっという間の半年だったと思う。

難しい授業や試験に頭を悩ませ、休みの日には友達と街や少し遠い観光地に赴き、珍しいものを見つけては見せ合って、子どものするような遊びに夢中になり、考えを語り合っては自分の視野を広げていった。

約束通り戻ってきてくれたローズと、常に好奇心を忘れないラディと、相変わらずクールなレオと、そして交流会や様々な経験を通して仲良くなった人たちと。

私は留学生活を文字通り、思いきり楽しんだ。

その裏でローズに気付かれないように、私とラディはお父様の考えた作戦を遂行するために慎重に走り回っていた。

この作戦は一国を相手にするようなものなので、正直に言えば今でもビビっていたりする。

そんな臆する気持ちを抑えながら、その作戦とは別に私は私でできることを見つけ、協力すると言ってくれたラディとともに取り組んでいる。

覚悟を決めた私はやる気に満ちあふれていて、それはダイエットにもいい影響を及ぼした。

積極的にサポートしてくれる友達がいて、必死に努力を重ねた結果――入学当初と比べるとかなり痩せることができたのだ。

全身鏡に自分を映して見ると、無意識に顔が緩んでしまう。頬の肉が取れ、シャープな顎ができて、目もパッチリと開く。

贅肉《ぜいにく》だらけだった体はほど良く引き締まり、お腹も引っ込んだことによって、花紋の美しさを殊更《ことさら》感じるようになった。

なにより体が軽い。凄い。

貴族の女性に言わせてみればまだまだ太い領域かもしれないけれど、平民の目線で見れば健康的だと褒められる体型だ。

また、痩せていくうちに私はオシャレに興味を持つようになって、自分に似合う服やお化粧を研究するようにもなった。

自信がつくと背筋も伸びるようになって、時折不安定になっていた情緒も安定するようになった。

痩せたことで自分の人生が変わったと、胸を張って言える。

いい方向にみるみる変化していく私を見て、ラディとローズは勿論喜んでくれたけれど、レオはなぜか顔を合わせるたびに挙動不審な態度が目立つようになり、他の第一の生徒に至っては——。

「最近凄く可愛いなって思うようになって、君を目で追うことが多くなりました。好きです！　僕の恋人になってください！」

これである。

「ご、ごめんなさい」

「どうして？　決まった相手でもいるの？」

「……はい」

まだ早い！！

「家が家だもんね。そっか、本当にラドニーク様が婚約者だったんだ」

「!? ち、違いま……」

「いいんだ、誤魔化《ごまか》さなくても。皆知ってるから。時間を取らせてしまってごめんね、ありがとう」

なぜか満足気な顔をして男子生徒はその場を去っていってしまった。

こうした人気のないところに呼び出されるようになった当初は、こんなことが起こるなんて全く想定しておらず、むしろまた恐喝でもされるのかとヒヤヒヤしていた。

だからこそ、正直今でもなにが起こっているのか分かっていない。

理解したのは痩せただけで手の平返しをする人がたくさんいるということと、相手がいると言えばすぐに引き下がってくれるということくらいだ。

その相手がラディになっているのが不思議な点だけれども。

「お～！ すごいねー。いまのでこんげつにはいってごにんめだっけ？」

「……危ないよ、そんなところにいたら」

「フーリンやせてかわいくなったもんねー」

「そうかな……、周りに可愛い子はたくさんいるのになんで私？ って思う」

いつものように唐突に現れたノアは木の上から私のすぐ近くに飛び降りてきた。

「だってフーリンはえがおがかわいいからさーみんなすきになっちゃうよ～」

「笑顔？」

「えがおのこうかはばつぐんだからねー！ あとおっぱいがおっきいから！」

反射的に自分の胸を押さえ、複雑な気分になった私をよそに、ノアは機嫌のよさそうな声で私のダイエットの日々を振り返り始めた。

「んふふ、がんばったんだねー、フーリンは。どう？　クラスメイトをみかえせた？」

「どうだろう、……多分？　なんだかよく分からないんだけど、私に当たりの強かったクラスメイトたちは軒並み退学してたりするから、目標が達成できたかっていうと微妙かも」

例の三人以外の生徒の退学はローズの仕業《しわざ》などでは決してない。

半年前、テスルミアに行ったあたりにレストアの経済界を揺るがす大事件があったようで、貴族の家を含む多くの組織や団体が社会から姿を消した。

つまり退学した生徒たちはそういった家の者たちであった。

「うんうん、すっきりしてよかったよねー！」

楽しそうに頷くノアを見て私は、はたと気付く。

「もしかしてノアが……？」

「そうだよーん。イルジュアとかレストアとかにじょうほうあげたのー。そしたらおもしろいぐらいにきれいになったんだ～」

あっけらかんと言うノアに喉が引き攣る。

「でもでもーせっかくそとはきれいになったのに、なかはどんどんひどくなるねー」

「中って、第一のこと？」

「そー！」

第一が酷くなっていく。

ノアの言葉に私は苦い思いになる。

この半年で痩せて告白されることが多くなったこととは別に、学校内の環境は目まぐるしく変わっていた。

突然豹変したかと思えば暴れたり奇行に走ったりする、魔物の呪いを受けたと思われる生徒が増えたのだ。しかもラディのようにきちんと意思があるのではなく、なにかに操られたように見えるのだ。生徒の間でもさすがにこれはおかしいと不安の声が上がっている。

そして不穏な空気が漂う現状に、学園側もなにかしらの対策を練っているらしく、近いうちに発表されるとの噂が流れていた。

魔物の呪いのことを知っているだけに、私は一人ドキドキしながら学園が変わっていく様子を見ていることしかできなかった。大丈夫、ギルフォード様がなんとかしてくれる、今だけの辛抱だからと。

「魔物の呪いのこと……今までそのことはギルフォード様に任せておけばいいかなって思ってた。私が手を出しても邪魔になるだけだからって」

「うん」

「でも、このままじゃダメなのかなって最近思うようになってきたんだ。ラディやローズは落ち着いてるから普段は呪いについて意識しないんだけど、やっぱり苦しんでる人もいるってなると思うところもあって」

それと魔物に関する自分の考えが当たっているかどうかも気になる。

呪いの影響が持続的に出ているラディがいる一方で、一瞬しか影響を受けず、呪いについて話したことをすっかり忘れているローズ。そしてなにかを知っていそうなのにはぐらかすレオ。

分からないことが多すぎてそろそろ頭がパンクしそうだった。

魔物のことを知っているというノア自身が対処しようとする気持ちはないのかと、少し前にノアに問いかけたことがあるけれど、興味がないことには動かない主義だと返された。魔物に関する情報を提供する意思がないということも。

だから私が自分で動かなければ情報はなにも入ってこない。

「ん〜、ならうごいてみればいいんじゃなーい？」

「でも、どうしたらいいのか分からないの……」

「いるじゃん！　そういうことにくわしそーなフーリンのしりあいが！」

「知り合い？　だれ、……あ！　双子！」

そもそも呪いのことを教えてくれたのはあの二人だったのだ。

彼らの村に行くことでなにか掴めるかもしれない……！

「ありがとう、ノア！　私二人にお願いしてみる！」

「うんうん、がんばれ〜」

なぜノアが双子を知っているのかは野暮だから聞かない。

ひらひらと手を振るノアと別れた後、『魔物のことについてさらに知りたくなったから二人の村に行きたい』という手紙を作成し、郵便用の魔道具を使って彼らに送った。

速達として出したので、すぐに返事が来る。

「え！」

二人は旅行に出ていてあと二週間はレストアに戻らない……⁉

なるべく早く行きたい旨を記して手紙を送ると、『僕らがいなくて大丈夫なら祖母には連絡しておくから行ってみて』という内容が返ってきた。

初めての村訪問で一人というのは些《いささ》かハードルが高いような気もするけれど、双子の気遣いに感謝して、私は学校が休みの今週末、つまり明後日、その村を訪れることにした。

「よし、頑張ろうっ」

気合を入れて教室に帰ろうとしたとき、建物の陰から見覚えのある赤い髪がのぞいた。

ローズだ！　と近寄ろうとし、ローズの顔が驚くほど真っ白になっているのに気が付いた。

気分でも悪いのかと再度近寄ろうとしたけれど、あることに気付いてまた歩みを止める。

ローズの手には白いなにかが握られていて——、手紙？

あの手紙になにかローズにショックを与える内容が書かれていたのだろうか。

私はローズに背を向けて教室の方へ走った。

そして教室に一人残ってなにか作業している金髪王子を見つける。

「ラディ！」

「うわっ、なんなんだ。せっかくお前に教えてもらった紙細工のドラゴンが完成しそうだというのに」

「わあ、すごく上手にできてますよ、じゃなくて！　テスルミアになにかあったんですか!?」

私の剣幕にラディはきょとんとして首を傾げる。

「いや？　特にお父様からはなにも聞いてないが。むしろ作戦は順調に進んでいるだろう？　……なにかあったのか？」

先ほどのローズの様子を話すとラディは考え込むよう腕を組んだ。

「アイツが蒼白になるほどの内容……、十中八九、民を人質に脅されたんだろう」

「なにを脅されたんでしょう……。ローズに聞いた方がいいですか？」

「やめておけ、嫌な予感がする。これはお父様に相談したほうがよさそうだ」

ラディの言葉に頷いた私は、ドラゴンの完成を見守りながらお父様宛の手紙を書いて送った。

その日、手紙の返事はなかった。

その後ラディと別れ帰路につこうとした私に、ローズが声をかけてきた。

顔色が戻っていたので内心で安堵の息を吐く。

「今帰りか？」

「うん、ローズは？」

「……フーリンとどこか少し遠くに遊びに行きたいと思ってな。誘いに来たんだ」

「いいよ！　いつ行く？」

「今週末はどうだ？」

あー、とそこで私は言葉に詰まる。

「ごめんね、今週末は出掛ける予定があって。ほら、あの双子の村に遊びに行くの」

「……そうか、ならあたしもそれに同行してもいいか？　フーリンが嫌でなければ、だが」

少し暗い表情になったローズに、私の心臓が密かに跳ねる。

そんな言い方をされて断る勇気が私にあるはずがなかった。

「勿論だよー！　一人で行く予定だったから、ローズと一緒に行けるなんて嬉しい」

イナス村の事件についてくわしいという双子の祖母と話をする時はなにか理由をつけて離れていてもらえばいいか、と楽観的に考えてローズの申し出を了承した。なぜか呪いのことを忘れてしまい、先ほどもなにかショックを受けていた様子のローズにこれ以上余計な負担をかけたくないのだ。

ローズと出掛けられることが嬉しいことに違いはないので、私は旅行気分で週末を迎えたのであった。

# ◇二十四話　ここが正念場

「殿下、少しはお休みになってください」

「まだいい」

「そう言ってもう三日も寝ていないんですよ？　お体に障ります」

書記官の小言に顔をしかめながら首をポキリと鳴らす。確かに体は少し怠いが動けないことはない。

体を横にしたところで大した睡眠を取れないことも分かっていた。

そう口にすれば書記官は渋い顔をした。

「そんなボロボロの状態で今ここに伴侶の方が来られたらどうするんですか。引かれてしまいますよ。

魔獣の件はあの方にも協力していただいていることですし、休むことも仕事だと思ってください」

伴侶の名を出せば俺が折れることを学習した書記官は、たびたびその手を使うようになった。

睨みつけたところでどこ吹く風の書記官に、俺は諦めて立ち上がる。

「……分かった、少し休む」

「魔導師は派遣しますか？」

「いい、どうせすぐにレストアに行く」

自分の意思では眠れないために、魔導師に魔法をかけてもらうことが最近の日課となっていた。

眠れなくなったのは決して伴侶のせいじゃない。

己の弱さ、そのせいだ。

執務室に隣接する仮眠室に足を運ぼうとしたところで、書記官に伝えておかなければならないことを思い出し、こめかみを押さえる。

「レストアに伝えろ。この連絡を受け次第、第一王立学園、並びに周辺施設は全て封鎖。生徒を避難させろとな。魔獣の異様な増え方からしてもあそこで魔物が目覚める可能性が高い。まだ俺の推測でしかないが……念には念を入れなければ」

「承知いたしました」

頭を下げ、足早に部屋を去っていった書記官を見送り、目眩《めまい》がした俺は机に手をつく。

乱雑に重ねられていた書類が床に落ちていくのを視界の端に感じつつ、歯を食いしばりながら左手首につけた腕輪を強く握る。

——この体ももってあと一週間といったところか。

学園周辺の魔素の濃さから、魔物の出現も近いのではと思わされる。

耐えなければならない時だと分かっているのに、森に充満する魔素の濃さにそろそろ頭がイカれそうだった。霞む視界、手の震え、異常な速さで脈打つ心臓を、気にしすぎないように、周囲には気付かれないように過ごしてきた。その甲斐あってか、周りは寝不足ゆえの不調だと思っている。

聖騎士とはいえ、この俺も結局はただの人間で。毎回その場を聖剣で切って浄化していたが、最近ではあまりの魔素の濃さに浄化も追いつかない。

身体的にも精神的にも苦痛だったこの半年間、心の支えにしていたのはほかでもない伴侶の存在。

そして意外にもすり替えられた金の腕輪が役に立った。

どうやらこの腕輪にも相応の魔法はかけられているらしく、何度かこれに命を救われたことがある。

その時のことを思い出していると自然と女神に対してするように、膝をつき腕輪を額に当て、祈っていた。

――願わくば、伴侶が怪我なく、健康であるように。

瞑目《めいもく》し、しばらくそうしていると不規則だった心拍が正常になってきて、俺は人心地つく。

こんな体《てい》たらく、伴侶に見せることがなかったことは幸いだな、と一人苦笑する。

なんとか落ち着いた体を仮眠室のベッドに投げ出せば、ドッと疲れがやってきて、俺は意識を失うように目を閉じた。

# ◇二十五話　カウントダウン開始

「では肝心の双子がいないということなのか」

「そうみたい、まあでもせっかくだから行ってみたいなあって思って」

双子の故郷にして、イナス村の隣村であるラズ村は長閑《のどか》で気のいい村人の多い村だった。

村の人に道を聞きながら双子の実家だという家の前に着くと、私は意を決してローズにお願いをした。

「あの二人が今度誕生日だからなにをあげるか相談したいんだ。ローズは退屈だと思うから少しだけどこかで時間を潰してきてもらえないかな……？」

我ながら苦しい言い訳だとは思うけれど、これ以上の言葉が思い浮かばなかったのだ。

「分かった、あたしはその辺で村の人とでも話してくるよ」

なにかを察してくれたのか、ローズは頷いてその場を去っていった。

一人残った私は大きく深呼吸をして顔を上げる。

祖母は気難しい人だから一応心構えをしておいて、という双子からのありがたいアドバイスを受けたおかげで、私はすっかり緊張してしまっている。

「す、すみませーん」

震える声で家の中に向かって声をかけると、奥から背が丸まった白髪の女の人が出てきた。

「誰じゃ」

「っ、は、はい！　あ、あの、フーリン・トゥニーチェといいます！」

「フーリン・トゥニーチェ」

「あ、えっと、恐らくお孫さんから連絡が行っていると思う、のです、が……」

まさか、行っていないのだろうか。

眼光の鋭いお婆さんはその場で微動《びどう》だにせず、言葉尻を濁した私をジッと見据えている。

焦りと恐怖で完全に硬直してしまった私も、その場から動くことができなくなってしまった。

しばらく見つめ合う形になって、自分から動かなければ、と気付いた私は覚悟を決める。

「今日はお話を聞きたくてお邪魔させていただきました！　よろしければ少しだけお時間をいただけませんか！」

勢いよく頭を下げると、しばしの沈黙の後、頭上から面白がるような笑い声が落ちてきた。

へ、と顔を上げるとそこには先ほどとは一転して顔を綻ばせたお婆さんがいて。

「確かにあの子らから聞いとるよ。魔物について聞きに来たんじゃな？」

「はい！」

「お上がり」

お婆さんに促されて私は体を小さくしながら上がった。

そして小さな部屋に案内され、緑色のお茶を出される。

珍しいお茶に一瞬目を奪われていると、お婆さんは楽しそうにお茶をすすった。

「ふふ、面白い。魔物について聞きに来たのはこれで二人目じゃわ」

「二人目……？　それって」

「イルジュアの皇子よ。もう半年以上前のことじゃな。鬱陶しいから追い返そうとしたが孫の知り合いと言うからには通さぬわけにもいかなくてな」

ヒュッと鋭い空気が喉を通り抜けた。

ここにギルフォード様がいた。

そう想像しただけで動悸がする。

……そうか、あの双子とギルフォード様は交流会で出会っている。孫には弱い祖母を動かすのに、そこでの人脈が使えたんだ。

人の繋がりの大切さをここでも学ぶことになるとは思わなかった私が思わず遠い目をしていると、お婆さんは湯呑みを置いてゆっくりと目を細めた。

「さて、魔物について、じゃったか。とりあえずどうしてそれを聞きに来たのかを教えておくれ。そうでないとなにも話せんからな」

そう促された私はレストアに留学してから体験したことを掻いつまんで話した。お婆さんは時折頷きながら口を挟むことなく静かに聞いてくれた。

呪いを受けた友人とともに過ごしてきたこと。

その友人は時折暴走する姿を見せること。

呪いとは、魔物とは、結局なんなのかを私は知りたかった。

そしてこれから自分になにができるのかということも。

話を終えて顔を上げると、お婆さんは緩慢な動きでお茶を飲んだ。

「お主、既にある程度は予想がついているんじゃないのか？」

「……え？」

「目がそう言っとるよ」

探るような視線を注がれて、図星だった私は目を見開いた。

そして逡巡した後、呪いのことを知ったあの日からずっと考えてきたことを話すことにした。

呪いにかかった人は人々から注目を浴びたり、期待を寄せられていた立派な人たちばかりで、彼らは皆等しく精神的重圧があったに違いなかった。

少し前までの第一での生活を思い出す。

周囲の期待に応えることが当然とされる、窮屈で、排他的な生活を。

「呪いにかかると、その人が内に秘めていた、なりたかった姿になるんじゃないかって、そう思いました」

「ほう」

「引きこもりたいと思っていた人は外に出られなくなって、自分の意見を主張したかった人は子どものように我儘になって、……子どもに戻りたいと思っていた人は実年齢に不相応に幼い言動をするようになる。それらは全て本人の意思に関係なく、呪いによって強制的にそうなってしまう、……と思ったんですけど」

自分の言葉がうまくまとまらないことを自覚しながらも必死に伝えると、きちんと意を汲んでくれたお婆さんは一つ頷く。

「わしも同じように考えておる。呪いにかかってしまうと、それまでその者が必死に抑圧していた感情が解放されてしまうのじゃろう」

「やっぱり」

「少々過激な姿ではあるが、結果的に言えば、その者がそうありたいと願っていた姿になれるんじゃぞ？　お主はそれがいいことだとは思わぬのか？」

目を瞑って、階段から落ちた後の保健室で見た光景を思い出す。

過去と現在の狭間《はざま》で苦しみもがいていたラディの姿を。

ならば私の答えは一つだ。

「いいえ、いいことだとは思いません」

「……そうじゃな、自分の願望が叶うと言っても、つまるところそれは『逃げ』じゃ。本人にとってもそれがいいとは思えぬわな」

こくりと頷くとお婆さんは窓の外を見つめた。

「呪いにかかってしまう者たちは、多くの者に称賛されるような優れた人物たちばかりであろう？」

「はい」

「そういった者たちはその期待に応えようと己を殺して生きておる。わしらが想像する以上の苦悩を抱えとるんじゃ。そういった者の心の弱さにつけ込んで性格を豹変させ、周囲を混乱させるのが魔物の呪いだとわしは思う」

ラディの慟哭は『理想』を演じ続けることに疲れた心の叫びだった。

『……違う、ボクは、違う』

『……僕は完璧な王子なんかじゃないんだよ……』

『自分のやりたいことを我慢して、我慢して、我慢して、ずっと我慢してきた』

ずっとずっと、彼は周りの期待から逃げたかったのだ。

だからこそラディは呪いによって、子どもになった。

「魔物は無から生まれると言われておるが、実際は人間の『負の感情』が元になっておるのじゃろう。それが何百年という時を経て『魔物』という形となり、人に憑依《ひょうい》してその地を破滅に導く。実際にイナス村も一人の若者が魔物と化し、村を滅ぼしたそうじゃ」

魔物の正体は、人の感情。

「じゃ、じゃあ、憑依するってことは第一の誰かが魔物になってしまうということですか⁉」

「その可能性が高いじゃろうな」

衝撃の事実に絶句する。

つまり聖騎士が魔物を倒すということは、魔物となった人を殺してしまうということなの？

第一の誰かが犠牲となる、絶望的な未来に目眩がした。

「あの皇子には言わなかったことじゃが……、聖騎士はな、確かに魔物を倒せる。倒せるが、魔物となった者を救うことはできないんじゃ」

「っ」

「じゃからかつてのイナス村の時も魔物は倒せたが、結局村は全滅してしもうた。このままではその第一王立学園とやらも最悪の事態になりかねん」

「そんな！　……だったら、聖騎士ができないなら、私にできることはないですかっ？　それを知って、何もできないのは嫌なんです！」

真っすぐにお婆さんを見つめると、お婆さんは少しだけ微笑んで私の手を握った。

「祖先から伝わっている言葉にこんなものもある。……『魔物の心に寄り添って、信じろ。さすればその者から魔は切れるであろう』と」

心に寄り添い、信じる。魔を切る。

正直言って全くピンと来ないけれど、その時が来たら分かるのかもしれないと、私は真剣に頷いた。

「最後にもう一つだけ質問していいですか？」

「いいぞ」

「呪いって継続的なものと一時的なものがあるんですか？」

「いや、一度呪いにかかれば原因を絶たぬ限りずっとそのままだそうじゃがな」

じゃあローズのアレは呪いのせいじゃなかったということ？

混乱しながらローズのことを話すと、お婆さんは難しい顔をして慎重に息を吐いた。

「もしかしたらその友人には気をつけたほうがいいかもしれん」

「……どうしてですか？」

「呪いが一時的な影響で終わることはないからじゃ。なにかよからぬものが鳴りを潜めているやもしれん」

ごくりと息を呑んだ私の手をお婆さんは痛いくらいに強く握り、小さな声で囁いた。

「夢も希望もない、空っぽの入れ物を魔物は好むそうじゃからな」

私は今度こそ言葉を失った。

お婆さんと話を終えて新たなモヤモヤを抱えてしまった私は、首を捻りながら足早にローズのもとへ戻った。

「お待たせ！」

「もういいのか？」

「うん、待っててくれてありがとう」

優しげに私を見るローズが魔物になるなんて考えられない。

もし魔物になる可能性が高いのだとしたら、ローズを第一に近づけないのが得策かもしれない。

ということはローズはテスルミアにいたほうがよかった……？

自分が余計なことをしてしまったのかもしれないと焦燥感に駆られる私を、ローズが心配そうに覗き込んでくる。

「体調でも悪いのか？」

「あっ、ううん、大丈夫！　プレゼントどうしようかなあって悩んでただけ！」

そうか、と言ってローズは前に向き直った。

ラズ村を出た私たちは、ついでにあたりを観光しようということになり、ぶらぶらと歩き回った。

自然豊かな景色を見ることで落ち着いた私がようやく余裕を取り戻したところで、ローズが前を見据えたまま尋ねてくる。

「なあ、フーリン」

「なあに？」

「学園での生活は楽しかったか？」

なぜそんなことを聞くのだろうかと思ったけれど、もうすぐ卒業するのだということを思い出して、私は勢いよく首を縦に振った。


まだ早い！！

「勿論！　だってローズたちがいたから！」

「……そう、か。それはよかった」

そんな会話をしたあたりから、歩みを進めるごとにローズの顔が強張っていっていたことに気付かなかった私は、完全に油断してしまっていて。

「――んぐっ！」

突然振り返ったローズに布で口を塞がれて、私は頭の中が真っ白になった。

なにが起こっているの？

ジタバタと暴れる体を押さえつける力は強く、布からはなにか薬品のような匂いがし、私の視界は次第に霞んでいった。

そして意識が途切れる前に見えたのは、苦しそうに笑うローズの顔だった。

「……すまない、フーリン」

まだ早い！！

## ◇二十六話　どうして

「……う、ん」

「ようやく目を覚ましたか」

ツンと鼻につくカビの臭いによって私は徐々に意識を取り戻していった。

なにかに腕と足を縛られているようでみじろぐことしかできない。

薬品がまだ効いているのか、ハッキリしない視界に二人の影が映る。

「だ、誰」

口もうまく回らない私を馬鹿にしたように笑う男の人。その声がいやに耳に障った。

なかなか自分たちを認識しないことに苛立ったのか、水が勢いよく顔にかけられ、強制的に視界を明るくさせられる。

「ごほっ、な、なにす！　……ローズ？」

「水も滴るいい女、だな。フーリン」

冷たい双眸《そうぼう》で私を射貫くローズが、どうやら私に水をかけたようだった。

私はそこでローズによって意識を失わされたことを思い出し、体が強張る。

「ど、して」

何が起こっているのか理解できない私の呆然とした呟きに応えたのは、ローズの隣に立つ見知らぬ壮年の男の人だった。

「フーリン・トゥニーチェ、お前今の状況分かってるのか？　お前はこれから売られるんだよ」

売られる？

現実味のない言葉に私は首を傾げる。

「くはっ、いい気味だな。まあ売る前に少しばかり痛い目に遭ってもらうがな。ウルリヒ・トゥニーチェに絶望を与えるためにも」

「……どうしてお父様に？　というよりあなたは誰？」

まさかお父様の商売敵とでも言うのだろうか。

そんな考えを打ち消すように、男はまるで神官のように優しく私に説いた。

「儂はアンゼニック・ヘルヴェ。貴様の父の手によって没落した家の当主をしていた者よ……」

「！」

「そして貴様が殺した娘の父さ」

ヘルヴェ家、つまり彼はティーリヤ様の父だということまでは分かるけれど、私が殺したという意味が分からない。

むしろ私が殺されそうになったといったほうが正しい。

「……なにを被害者のような顔をしている！　貴様がティーリヤに嫌がらせをしたということは分かっているんだ！　それがどうしてか貴様が被害者ということになって、ティーリヤは学園に行けなくなってしまった……ッ！　挙げ句冤罪《えんざい》で処刑されてしまったのだ‼　そして我が家も爵位を没収され妻も心が壊れてしまった……っ、それもこれも全部貴様らトゥニーチェのせいだッッ‼」

逆恨みもいいところだけれど、激昂《げっこう》しているアンゼニックを刺激しないように口を開かずにいると、アンゼニックは濁った目で私を睨んできた。

その殺意のこもった瞳に喉が引き攣る。真正面からこんな憎しみの感情をぶつけられたのは初めてで、体が震え始めた。

ジリ、とアンゼニックが一歩足を踏み出したところでローズが動いた。

「おい、あたしはもう行くぞ。契約は成立した」

「ああ、ご苦労」

こちらを一瞥することもなく出ていこうとするローズに、私は聞きたいことが、言いたいことが、たくさんあった。

「ローズ！　待って！　お願い！　行かないで‼」

縋るように声を張り上げると、その願いが届いたのかローズがこちらを振り向く。

「なあ、フーリン」

「ローズ！」

振り向いたローズの顔に晴れやかな笑顔が浮かんでいたことに希望を見たというのに。

「あたしはお前を友達だと思ったことは一度もなかったよ」

容赦なく絶望に叩き落とされた私は二の句が継げなくて、その間にローズは行ってしまった。

私たちのやりとりを見て大笑いしたアンゼニックは、私の顎を摑み唾を吐く。

「どうだ、大切な友人に裏切られた気分は？　アイツは金のためにいたようだからな、まあ当然といえば当然か」

「うそっ！」

「なんとでも喚くがいいさ。さあ、そろそろ始めようか。先ほどから貴様をいたぶりたくて仕方がなかったんだ」

「い、やだ、やだやだやだ！　やめてください！」

「諦めることだな、こんな所に助けなど来ない」

アンゼニックが私の首に手をかけたその時、部屋の外が騒がしくなって、顔を布で覆った男が入ってきた。

そしてアンゼニックと小声でやりとりした後、覆面《ふくめん》男は慌ただしく出ていってしまった。

仲間がいる。これでは隙を見て逃げることもできない。

真っ青になった私の横で、アンゼニックは苦々しく顔を歪めた。

「少し外に出る。逃げようと思っても無駄だからな。見たように仲間がこのあたり一帯にいる」

そう言ってアンゼニックがいなくなった後、自分の息遣いだけが聞こえる部屋の中で自分が置かれている今の状況を落ち着いて振り返る。

水をかけられたせいで服が肌に張りついて気持ち悪く、体も冷えてしまっている。このままでは風邪をひいてしまいそうだ。

けれどそんなことはどうでもいいと思ってしまうぐらいにはローズの言葉は衝撃的だった。

「ローズ……」

先ほどの言葉を一度は真に受けてしまったけれど、冷静に考えればローズの行動は本意なものではないだろう。

あの時の手紙や、意識を失う前に見た悲しそうな笑顔が引っかかる。

ちゃんと話をして、その上でもし、もし！　あの言葉が本当ならば受け入れよう。

それまではローズのことを信じるのだ。

そう決意すれば、目下の問題はここからどうやって逃げるかということのみだ。

アンゼニック・ヘルヅェの恨みは恐らく私が思っている以上に深い。私を痛めつけると言っていたしこのままでは……最悪、私は殺される。

いや、大丈夫。お父様はこの腕輪に魔法をかけていると言っていたから、大丈夫なはずだ。

そう信じたいのに、それを上回る恐怖に私の体は震えが止まらなかった。

自分の体を抱き締めて静めようとするのに思うようにいかない。

どれほどの時間そうしていただろうか。

体感的に結構な時間が経った頃、絶望に染まった私の耳にトントンと壁を叩く音が届いた、気がした。

幻聴だろうか。

自分の歯と歯が当たって出た音だったのかもしれない。

そう思った時、再度トントン、と今度は先ほどよりも強めに叩く音がした。

それは私の腰のあたりから聞こえてきて、私は息を潜め、首を捻ってそこを見遣《みや》る。

なに、なんなの？

今のは自然的に発生した音じゃない、明らかに意思を持った何者かによって叩かれた音だった。

なにが起こるか分からなくてひたすら沈黙を貫いていると、予想もしなかった声が聞こえた。

——そこにいる者は返事をしてほしい。

確信を持って問いかけてくる声にハッと息を呑んだ。

壁に耳を近づけている私にしか聞こえない小さな声だった。

だけど私はきちんと聞き取ることができて、声の主が誰か分かった瞬間、私の目からは大量の涙が流れ落ちた。

ギルフォード様の声だった。

なぜ、どうしてここに、と問いかけたいのに、見張りの者が扉のすぐそばにいるであろうため声を出すことができない。私はパニックになりそうな頭をどうにか落ち着かせ、後ろ手で恐る恐るそこを軽くトン、と叩く。

——そうか、いるんだな。今から俺が質問するから君はイエスなら一回、ノーなら二回壁を叩いてくれ。

トン。

——今周囲に人はいるか？

トントン。

——そうか。君は今なにかに縛られているか？

トン。

——怪我はしているか？

トントン。

優しげに問うてくる声に私は泣き声を押し殺しながら壁を叩き続ける。

——今から俺たちは君を誘拐した犯人を捕まえる。そのためにこのあたり一帯を爆破する。

# まだ早い！！

「⁉」

まさか私は見殺しにされてしまうのだろうか。

――安心してほしい、君の安全は保証する。

ほっと胸を撫で下ろした途端にギルフォード様に会いたくなってきて、ギュウッと口を引き結ぶ。

――必ず君を救い出すと誓う。だから泣かないでくれ、我が伴侶。

「――え」

信じられない言葉が聞こえた。

どういうこと？　どういうこと⁉

何回か壁を叩くも既にギルフォード様はそこを去ってしまったらしく、返ってくる声はない。

呆然としている私のもとに、いつの間にか戻ってきていたアンゼニック・ヘルヴェが近づいてきた。

そして拘束具を外された途端、強く腕を掴まれた。

「おい、別の場所に移る。早くしろ」

「いっ、痛い！」

「早くしろと言っているだろう‼」

焦りを隠せないのか、大量の汗を流している男はドタバタと慌ただしく小屋の扉を開けた。その瞬間。

「やーやー、われこそはせいぎのみかたなりー！　あくとうめ、そのてをはなせ～！」

「なん、ぐふぉっ」

聞き覚えのある間延びした声が聞こえたかと思うと、男は床に倒れてしまった。

どうやら意識を失ってしまったらしい。

その犯人であるノアは飄々と男を踏みつけ私の手を取り起こしてくれた。

「ノア、どうしてここに」

「んー？　フーリンをたすけてほしーっていういらいがきたからー」

「えっ、だ、誰から？」

「んふふ、ないしょ〜。あ！　でもね、このいらい、ふたりからきたんだよ。しかもべつべつのところから！　もてもてだねー、フーリン」

「二人も⁉」

誰だか分からないけれど私に助かってほしいと思っている人がいるという事実が、混乱の中にいる私を大いに勇気づけた。

ありがとうございます、と心の中で感謝したところでノアは楽しげな声を上げた。

「それじゃーいこうか〜！」

「どこに？　私の家？」

「ううん！　レストアのだいいちおうりつがくえんだよー！」

「家じゃなくて第一に？　なんで⁉」

「いったらわかるよ！　それじゃあれっつごー‼」

有無を言わさぬ力で引っ張られ、爆発音が聞こえた瞬間、私は第一にいた。

まだ早い！！

## ◇二十七話　歓喜と怒り

薬の一件で国を混乱させたことや闇組織への関与等が露見したヘルヴェ家は、ウルリヒの『掃除』によって没落した。

娘は処刑され、妻は壊れた人形となり、転落していく人生を送ることとなったヘルヴェ家元当主は、このまま黙って引き下がる人物ではなかった。貴族だった頃に培った裏の人脈を利用して盗賊と繋がりを持ち、女子どもを商品とする奴隷商人の真似をするようになった。

レストアの隣りに位置する国で、このあたりを本拠地としていること、そして本日、他国の奴隷商人との大きな取引の予定があることを突き止めた。

その現場を押さえ、くだらないこの一連の出来事を完全に終わらせる。

「配置に付いたか」

「はっ」

商品となる人間を捕らえている小屋がこのあたりには無数にある。

その周辺を爆破させることで、あたり一帯にうろつく盗賊の統率を乱し、その隙に被害者たちを救い出す。

俺自身も木の陰に隠れ、決定的瞬間まで息を殺して待とうとしていたが、風にのって流れてきた匂いに反応してしまった。

魔素によって視力は落ちてしまっているが、それを補うように嗅覚《きゅうかく》が鋭くなっているのだ。

「……あっちか」

「殿下、どちらへ？」

「いい匂いがする。そこへ行く」

伴侶の落とし物である腕輪を見つけた際に言った覚えのある言葉を無意識に漏らし、一つだけ厳重に警備された小屋の近くで足を止める。

怪訝そうについてきた部下は鼻をひくつかせた後、首を傾げた。

「私には匂いませんが」

その時俺はようやく、その匂いが他人には知覚できないものだということを理解した。

小屋の裏に回り、壁に顔を近づける。

それは第二王立学園の廊下で、ウルリヒがいた部屋で、確かに感じた香りだった。

そして今、やはり微《かす》かではあるものの同じ匂いがこの壁越しに感じられる。

まさか、と一瞬体の動きが止まった。

――これは伴侶の香りなのでは。

運命の伴侶である俺だけが感じることのできる香り。俺だけを誘惑する甘くて心地よい香りだ。

その考えは案外すぐにしっくりきて、俺は思わず顔を顰めた。

つまり俺は伴侶を捕まえる機会を何度も逃していたことになるのだ。伴侶がすぐそばにいたにもかかわらず。

そうなるとウルリヒの言葉が信用できなくなってくるが……、いや、俺の失態など今はどうでもいい。

ここに、壁一枚向こうに、俺の伴侶がいる。

心臓の動きが一層激しさを増したが、現状を思い出して俺は拳を握った。

伴侶が捕らえられている。

その事実に怒りで目の前が真っ赤になった。

今すぐにでも助けに行きたいが、ここで俺が動いてしまえば作戦の遂行に支障をきたす。

「殿下？　どうかされましたか？」

「いや、なんでもない。どうやらこの小屋にも捕らえられている者がいるようだな」

「この小屋だけ警備が厳重なのは余程の人物が捕らえられているということでしょうか」

確かに、よほどの人物だ。下手すれば国家問題になる。

「いかがいたしますか」

この小屋だけ他の建物とは離れている。

見張りの数から見ても爆破の混乱に乗じて救い出すのは難しいだろう。

ならばどうするべきか。

策を練るために集中していたことで、ボヤけた俺の視界に白いものが映り込んでいることに気付くのが遅れた。

ハッとして頭を上げると、白いローブを着た人物が屋根の上から俺を見下ろしていた。

「なぜ、貴様がここに」

「それをしりたいのー？　じゃあなにをもらおっかな～」

「知りたくない」

「そっかー、ざんねーん」

気の抜けるような喋り方をするノアを見て、俺はあることを思いつく。

この際ノアが今回の件に関与していようがいまいがどうでもいい。どうせ此奴は誰の味方でもないのだから。

伴侶を助けること以上に優先させるものはないが、立場上動けないのならば、使えるものを使うしかない。

「ノア、お前に依頼したい」

「ほっ？　めずらしー！　なになに！　ノア、とってもきになる～！」

「ここに捕らえられている人物を助け出し、安全な場所まで送り届けてほしい」

親指で小屋を指すと、ノアは意味深な笑い声を上げた。

「ふーん？　なるほど？　なるほどなるほどなるほど～！　じょうほうやのしごとのはんいがいだけどいいよー！　そのいらいをひきうけてあげる！」

「なにを望む」

ノアに依頼する以上、相応の対価が必要となる。

だが伴侶以上に価値があるものなどない俺は、どんなものを望まれようが差し出す覚悟があった。

「んー、んんん。そうだな～こんかいはただでいいよ！　しゅっけつだいさーびす～！」

「……なにを企んでいる？」

「しつれいな！　しってる？　ノアってほんとはやさしいんだよ～」

ノアの言動の意味を探ろうとして目を細めると、ノアは仕方なさそうに屋根の上から降りてくる。

間近で見たノアは想像していた以上に小さくて、俺はわずかに目を見開いた。

「さがしものがみつかったおーじにノアからおいわいしたかったからだよ！」

「な」

「とでもいっておく～！」

「……」

あまり此奴に付き合っていると自分の調子を崩す。

努めて冷静に顔を作り、合図をし次第助けに行けとノアに命令すると、承知したと言わんばかりに頷いて、ノアは一瞬のうちに眼前から消えた。

俺は倦怠感の残る体を叱咤して壁に手を当て、一番香りが強くなる場所を探し、そこに膝をつく。

伴侶に聞こえるかどうかは賭けであるが、俺は祈るように囁く。

すると奇跡のように伴侶本人による応答があった。舞い上がりそうになる心を必死に抑える。

一方的な会話の途中で香りが少し変化したことで、俺は伴侶が不安がっていることを理解した。

「――必ず君を救い出すと誓う。だから泣かないでくれ、我が伴侶」

抱き締め、あらゆる不安を取り除いてやりたい気持ちを押し殺し、見張りが来る前にそこを離れ先ほどいた位置に部下とともに戻ると、ずっと黙っていた部下が俺を凝視していることに気付いた。

「伴侶、ということは……まさか、そこにいるのは」

無言で頷くと部下は普段見せることのない驚愕の表情を浮かべた。

「で、では、最優先して伴侶の御方を……！」

「いい。今さら作戦を変更させるようなことはしない。ノアに依頼をしておいた。だからお前はお前の任務を遂行しろ」

「殿下……」

俺が必死に捜索していたことを知っている直属の部下であるため、大層複雑そうな顔をして、敬礼をした。

「時間だ。作戦を実行する」

「御意《ぎょい》」

作戦は俺が出る間もなく、呆気ないほど簡単に終わった。

「盗賊、並びにアンゼニック・ヘルヴェを捕らえました」

「イルジュアに送っておけ、処分は後日だ」

「畏《かしこ》まりました」

どうせ奴らの末路は決まっているため、今ここで断罪する必要もない。

囚われていた女や子どもの安堵の泣き声が聞こえ、ふうと一息ついたのも束の間、別の部下が緊張した顔で膝をついた。

「殿下、第一王立学園に魔物の出現が認められました」

「……来たか。魔導師を呼べ」

「はっ」

魔素が既に学園に流れ込んでいることは知っていた。恐らく魔獣も集まっているに違いない。

その対処はあの者に任せているため心配はないが、あと少しで決着がつくと思うと身が引き締まる。

「お呼びでしょうか」

「転移魔法を使い、レストアの第一王立学園に俺を飛ばせ」

「む、無茶です！　転移魔法は大魔導師でさえ難しいものです！　転移できたとしても殿下にどんな影響があるか……！」

「構わん。命令だ、やれ」

「……畏まりました」

渋る魔導師の心情は察せられるが、四肢の一本や二本失うことを恐れている場合ではない。

第一王立学園にいる者は全て避難させたから人的被害はないだろうが、嫌な予感がした。

腰にある聖剣の柄を指の腹で撫で、目を瞑る。

詠唱が耳に届き、空間が歪んだ瞬間、俺の目にはなにも映らなくなっていた。

# ◇二十八話　遂に

魔法を使って辿り着いた先はいつもと様子が違う第一で、空は薄暗く、校舎は霧がかかって霞んで見えた。

状況が全く把握できず不安になった私は、ここに連れてきた張本人に縋ろうと手を伸ばした。

「ねえ、ノア。どうして私を第一にって、あ、あれ？　ノア？　どこに行ったの……!?」

手は空を切り、不思議に思って横を振り向くとなぜかノアがいない。忽然《こつぜん》と姿を消してしまったので、私は困惑して視線を彷徨わせる。

すると校舎の中から青い顔をした幼馴染が向かってくるのが分かった。

「フーリン！　なんでお前こんなところに！」

「レオ？　なんだかよく分からないけど連れてこられちゃって」

「連れてこられたって誰にっ、チッ、クソ！」

レオに突如腕を引かれバランスを崩したかと思うと、なにかとても大きなものが倒れる音が聞こえた。

レオが倒したらしいそれは、体長が人間の何倍もある動物らしきもので、黒い霧が体から吹き出していた。

「なんで魔獣がこんなところに」

目に映るものが信じられなくて強張った私に、レオが焦った声で叫ぶ。

「聞いてねえのかよ⁉　第一はもうすぐ魔物が現れるかもって今は封鎖中だぞ！　魔獣が集まってきてるのもそのせいだ‼」

「うそ」

私が家を出た後に連絡が回ってきたのだろうか。

「じゃあレオはどうしてここに？」

「見ての通り魔獣を討伐してんだよ。れっきとした依頼を受けてなッ」

そう言って手の平から赤い玉を放ち、その先にいた魔獣を丸焼きにした。

魔獣の悲鳴が耳に残り、顔が引き攣る。

なんにせよ、私がここにいるとレオの邪魔になるだけだ。

私は第一から離れないといけないけれど、校門は既に魔獣たちの入り口と化しているらしく、私が一人で切り抜けることはできそうにない。

「言っておくが校舎の中ももう手遅れだからな」

「……私どうすればいいかな」

「しょうがねえ、俺のそばにいろ。さすがに魔力を消費しすぎてお前を転移させてやる余裕がねえんだ」

確かに少し顔が青白い。討伐のために魔法を連発していれば当然なのかもしれない。

私が一人で納得していると、レオはなにかに気付いたのか急に顔を真っ赤にした。

「どうしたの？」

「おま、なんで服が濡れて……」

「あー、ちょっと事情があって……あ」

「事情って何だよ、っておい！」

視界が赤い色を捉えた瞬間、私は走り出していた。

「どこに行くんだ！」

「屋上！　ローズがいた気がしたの！」

「だからって勝手に動くな！　そこら中に魔獣がいるんだぞ!!」

怒りながら一緒についてきてくれるレオに感謝して、私は必死に足を動かす。

校舎の中をうろつく魔獣と遭遇するたびにレオが倒してくれたおかげで、私は無事に最上階へ辿り着いた。

「ローズ!!」

転げそうになりながら屋上に出ると、柵に身を預け空を見上げるローズがいた。

私が来たことに驚かないローズは、静かに私を見る。

「フーリン」

柔らかくて、慈しむような声音だった。

私はホッとして、ローズに一歩近づくが、それを制止するようにローズはもう一度私の名前を呼んだ。

「フーリン……」

「――!!」

私がは気付いてしまった。

「あたしはどこから間違っていたんだろうな」

ローズが全てを諦めた顔をして微笑んでいることに。

その笑みがあまりにも綺麗で、私はローズが短剣を取り出したことにすぐには、反応できなかった。

「おい、なにやってんだ！」

レオの声でローズが短剣を首に当てていることに気付いた私は目を見開く。

「ローズ!?　やめて！　そんなことしないで!!」

私が焦っている様子を見てローズは小さく笑った。

「……真っすぐだな」

「え？」

「フーリンの純粋で真っすぐなところが、あたしは愛しくて、……その何倍も憎かったよ」

レオがさっと手を動かした途端、ローズの手から、短剣が消える。魔法で短剣を消したらしい。

短剣が消えたことにローズは空笑いをして、支えを失ったかのように膝から崩れ落ちた。

ローズに近寄ろうとすると、バチっとなにかに弾かれる。

「ダメ、だ、あたし、ニ、ちか、よるナ」

「ローズ？」

「とオく、にイケ、はや、ク……グゥッ」

頭を抱えて低い声で唸り始めたローズのそばにそれでも近寄ろうとしたその時。

「あ、あ、あ、ああああアアア!!」

ローズが天に向かって吠えた。

そして次の瞬間、ローズの体がバキバキバキッと音を立てて巨大化したかと思うと、その皮膚は瞬く間に鱗《うろこ》に覆われ出した。

鱗化はローズの頬あたりで止まったものの、それだけで終わらないとでも言うように、頭頂部に、腕に、背中に、鋭く尖った牙が現れる。まるで伝説上のドラゴンのようだ。

そして極め付けに全身から黒い霧が吹き出て、私は目を見開いて後ずさった。

「ハッ、ハアッ、ハアッ！」

肩で息をするローズ、の体を借りた化け物に私は言葉を失った。

――魔物だ。

ローズの瞳は既に色を映しておらず、禍々《まがまが》しい空気を湛えてこちらを見据える。

そこで私はお婆さんとの会話を思い出した。

『夢も希望もない、空っぽの入れ物を魔物は好むそうじゃからな』

拳を握り締め、私は魔物を見つめ返す。

「……ローズ、私のこと分かる？　フーリン、だよ」

「おいやめろ！　ソイツはもうお前の友達じゃねえ!!」

恐る恐る話しかけた私を遮るように、レオが私の目の前に立つ。

そのこめかみに一筋の汗が伝っているのが見え、レオが緊張していることが分かった。

「お前は離れてろ。俺はアレを処分する」

「!?　やめて、相手はローズだよ……！」

「んなこと言ってもアイツを倒さない限りレストアは終わ――ッ！」

レオが言い終わる前に横から黒いへどろのようなものが飛んできた。間一髪でレオは私を抱えて避ける。へどろのついた壁が溶けていったのを見て、レオは舌打ちをした。

「ソの、むすメを、よこ、セ」

お腹の底に響く、恨みのこもった声に血の気が引く。

ローズが、魔物が、私の命を狙っている⁉

レオは額に青筋を立て、私を屋上の端へ降ろすと攻撃魔法を詠唱なく魔物に向けて放つ。

背筋が凍る私のことなどお構いなしに、レオと魔物の戦いが始まった。

魔物は魔法と体術を交互に繰り出しながらレオに確実にダメージを与えていく。

私は攻撃が当たらないように息を止めて、ただ祈った。

しばらく続いた攻防によってレオは全身から血を流し、息も絶え絶えになっている。

魔物はとても強かった。あの大魔導師であるレオに何度も膝をつかせてしまうぐらいには。

どうしよう。どうしよう。

私はどうすればいい？

魔物と化してしまったローズを救う方法なんてあるのだろうか。

焦りばかりが空回りして、いい案なんて全く思い浮かばない。

「この……ッ！」

「ジャマをするナッ‼」

「なっ、ぐっ、うわあ‼」

「――レオ！」

魔物の攻撃をまともに受けたレオは物凄い速さで屋上のドアに叩きつけられ、その衝撃で座り込んでしまった。遂には口から血を流し、意識を失ってしまった。

レオに駆け寄りたいのに、私にそんな余裕はもうなかった。

私は息を呑む。

魔物が私を見ている。

「あ、ローズ……」

彼女の名前を口にすると、ピクリと反応した魔物が呻《うめ》き出す。

「ナゼ、リカイシテクレナイ」

「ナゼ、ヤラナケレバナラナイ」

「ナゼ、ワラワナケレバダメナノダ」

「ナゼ、オレハウマレテキタ」

苦しい、苦しい、苦しいと数多《あまた》の声が地の底から響く。苦しみに満ちた声に私は耳を塞ぎたくなった。

魔物から吹き出る魔素が濃くなるのと同時に、カッと魔物が目を見開いた。

「ヴ、ぁ、あア、シネ、シネ、シンデ、シンデしまエ……ッ！　キサマなど、ワレラのくるしミがわからナいモノなドッ、シンデシマエエエエ!!」

尖った爪がギラリと光り、振りかぶられた腕が真っすぐに私に向かってくる。

ああ、ダメだ、体が竦《すく》んで動かない。

今度こそ私は死ぬ。

私は反射的に目を瞑った。

「――？」

しかし痛みは一向にやってくる気配はなく、私は片目を恐る恐る開ける。

すると私の視界には、魔物の攻撃を剣で受け止めている、レオのものより少し大きな男性の背中があって。

美しい黒髪が揺れる。

甘い匂いが香る。

私の口が間抜《まぬ》けに開く。

唖然とするしかなかった。

だって私を守るように立っているのは、間違えようもなく、疑いようもない、

ギルフォード様、その人だったから。

まだ早い！！

## ◇二十九話　覚悟を決める

前触れなく現れたギルフォード様は、魔物の体から素早く剣を抜くと、再度全身を切りつけた。

魔物は切られた勢いで柵へと叩きつけられ、予期しないダメージに動けなくなってしまったようだった。

魔物の体に大きくできた傷がジワジワと回復していく様子を呆然と見ていると、ギルフォード様がゆっくりとこちらを振り向く。

ドクリと心臓よりも強く、花紋が脈打つ。

なにを言われるのだろうと身構えたのも束の間。

「……そこにいるのは俺の、伴侶、か？」

美しい碧眼《へきがん》に私の姿は確かに映っているのに、視線が微妙に合わない。

目が、見えていない？

「転移魔法を使った影響で目が見えなくなっている。だから、どうか、返事をしてくれないか」

その切な願いに少しだけ迷いが生じるも、私は唇を噛んで覚悟を決める。

「はい、ここにいます」

「……そうか」

そうか、とギルフォード様はもう一度同じ言葉を呟いた。

様々な感情が入り交じった声の中に、ノアの名前が聞こえたのは多分気のせいだろう。

「ようやく会えたことを喜びたいところだが、ここは危険だ。可能ならば早く逃げてほしい。大魔導師のレオはいなかったか？　彼を見つけて一緒に……」

その言葉に私はレオの今の状況を思い出し、扉のほうへ視線をやる。

先ほどと変わらず意識を失ったままのレオは、四肢を投げ出して倒れていた。

「じ、実は魔物にやられて意識を失ってしまっていて……！」

「なに？」

ギルフォード様の声が一瞬で強張り、私も事の重大さを再認識して息を詰めた。

「それにその魔物は元は私の友達なんです。私は友達を見殺しにできない、助けたいんです！　だから、だから……！」

それが不可能に近いことは分かっていた。

ギルフォード様を困らせてしまうだけの自己満足な願いだということも。

「君は、魔物がどういうものか分かっているのか？」

試すような、少しだけ硬い声が私の恐怖心を引きずり出す。

怖い。この人に嫌われることが、なによりも怖い。

出会う前まではこんなこと、考えたこともなかったのに。

だけど、そうなっても仕方ないと思えるぐらいには、今の私は必死だった。

「分かっています」

そう答えた瞬間、ガキィンッと魔物の牙と聖剣が交わる。

怒りで完全に瞳孔が開いている魔物はとても恐ろしくて、ローズだと分かっているのに、私は恐怖で唇を震わせてしまう。

「大丈夫だ、必ず守る」

壁越しにも聞いた、柔らかい声が私を奮《ふる》い立たせる。

体格差と目が見えていないことを考えると、対峙《たいじ》することさえ難しいはずなのに、ギルフォード様は気配を捉えることで魔物に応戦していた。

攻撃をいなし、隙をついてその長い足で魔物の腹を蹴り上げる。

「……その願い、俺は叶えたい。だが現状、魔物を討つしか道はない」

魔物が私のほうへ向かって来ないように戦うギルフォード様の姿を見て、私は腹を括る。

「私に考えがあります。だから、待っていてくれませんか、殿下」

するとギルフォード様の動きが一瞬だけ止まって、蒼《あお》い瞳をこちらに向けると、わずかに口の端を上げた。

「君が俺のもとに帰ってきてくれるならば、俺は待とう。――どれだけ時が経とうとも」

そう言って、今度こそ背を向けてしまったギルフォード様は地を蹴り上げ、魔物に向かっていった。

顔を拭い、心の中でレオに謝りながら私は屋上を去る。

そして魔獣に見つかるかもしれないリスクを犯して、私は校舎全体に響くように叫んだ。

絶対に近くにいると確信しているからこその暴挙だった。

「ノアー!!　いたら返事をして！　お願い!!」

「はいはーい。ノアたんはここにいるよ～ん」

予想通り、窓から現れたノアは桟《さん》に腰掛け楽しそうに足を揺らす。

「どうしたのー？　フーリンがノアをよぶなんてはじめてだねーっ！」

乱れる息を整えながらノアを見据える。

「ノア、私はローズを助けたい。だから無事にローズを魔物から救える方法を知っていたら教えてほしい。対価として私にできることならなんでもするから……っ！」

「なんでも？」

「なんでも」

ノアから視線を動かさない。

それは私の覚悟の表明だった。

「ふふふっ、うんうん、いいよ！　おしえてあげるっ！」

「本当に!?」

「ほんとー。たいかはまたおちついたときにでももらうね～」

私が頷き、ノアが続けて喋ろうとしたその時。

「そこにいるのはフーリンか……？」

小さな声が聞こえ、驚いてあたりを見渡すと階段の下にある隙間からラディが顔を出していた。

「ラディ!?　どうしてここに！」

「なにか作業でもしようかと思ってきたんだ。それよりこの状況はなんなんだ。魔獣ばかりじゃないか……!!」

どうやらラディにも第一封鎖の連絡は行っていなかったらしく、顔を真っ青にして震えていた。

「魔物が、目覚めたんです。しかもその魔物はローズなんです」

「は」

私の言葉をうまく飲み込めなかったのか、ラディはパチリと目を瞬かせる。

ここに来てからの状況を簡単に話すと、ラディはギルフォード様がいることに目を輝かせるかと思いきや顔を暗くした。

沈黙してしまったラディをよそに、ノアが時間がないと言って喋り始める。

「まものにはねー、『かく』があるの」

「かく」

「そ！『かく』！」

『核』とは人々の負の感情が集まった集合体のようなもので、それは長い月日をかけて人のあずかり知らぬところで形成される。

その核が完成すると魔獣や魔物が現れるらしい。

核が実質的な魔物の本体なので、核自体を破壊すればローズを傷つけることなく魔物を倒すことができるのだとか。

「つまり、第一のどこかにその核があるってこと？」

「せいかーい！　でも、ノアでもどこにあるかしらないからそれをさがさなきゃね～フーリンのともだちがかんぜんにまにみいられるまえに」

魔に魅入《みい》られる前に。

つまりローズと魔物は完全に一体となってしまったわけではないということだ。

しかしそれも時間の問題で、完全に一体化してしまうと核を破壊しても意味が無くなり、ローズを殺さなければならなくなる。

「核ってどんな形をしているか分かる？」

「うーんとね、あかいろでー、まるくてー、だんりょくがあってー、ちょっとあったかい！」

赤色で、丸くて、弾力があって、少し温かい？

それをこのただでさえ広い学園で探す。

しかも魔獣が彷徨っているとなれば捜索はなかなか困難を極めるだろう。

「じゃあノアもそれをさがしてくる～、っとそのまえにこれあげる！　じゃあねー！」

ひらりと窓から飛び降りてしまったノアを引き止める間もなくて、放り投げられ私の腕に収まった剣に視線を落とした。

私、剣扱えないんだけど、どうしよう。

途方に暮れていると、顔に生気が戻ったラディが私の名を呼んだ。

「大丈夫ですか？　魔獣、怖いですよね。ギルフォード様が倒してくれるまでは辛抱してくださいね」

「……知っているかもしれない」

「え？」

「その核とやらがどこにあるのか」

「なっ、ど、どこですか!?」

思わず興奮してラディの肩を掴むと、ラディは至って真剣な顔をして囁いた。

「――秘密基地だ」

え？

まだ早い！！


「お前が何度も座っていたソファーを思い出せ」

ああ、あの柔らかくて座り心地のいいソファーですね。

「横にはなにがあった」

なにって、クッションぐらいしかなかったですよ。

赤色で、丸くて、弾力があって、ほどよく温かい――。

「え、え、え、ええええ!?」

つまり私は留学してきてからずっと魔物の核のそばにいたことになる。

そばにいたどころかお尻に敷いたり抱き潰したことさえある。

「……ラディ」

「あの部屋を作った時からあったんだ。ボクが隠していたわけではない。断じて違う」

そんなことは分かっている。けれど、あんな近くに核があったということはラディへの影響は甚大《じんだい》だったはずだ。

第一で一番はじめの被害者となったことも理解できる。

「そうとなれば秘密基地へ向かいま、しょ……ッ!!」

走り出そうとした私たちの目の前に魔獣が現れた。

姿を現したものだけでも五体はいる。

ドクドクと心臓が激しく踊り出す。

森での出来事がフラッシュバックして足が竦みそうになるが、今ここに私たちを救ってくれる存在はいないのだ。喉をグルグルと鳴らす魔獣が一歩、また一歩こちらへ近づいてくる。

万事休すかと思ったその時、ラディが私の手の中から剣を奪い取り、魔獣に向かって構えた。

「フーリン、ここはボクが対処する。お前は行け」

「そんな、危険です！」

その背は震えていて、トラウマがあるラディに戦わせるのは無謀にしか思えない。

「心配するな、フーリン。『僕』はもう大丈夫だ」

そう言って笑ったラディはもう、迷子の子どものような表情はしていなかった。

「フーリン、『僕』はな、聖様のように強くありたかった。……でも『僕』にはできなくて、結局壊れてしまった」

「ラ、ディ」

「それでもお前といたこの一年で、ボクは僕なりの自分の在《あ》り方を見つけることができた。勇気を貰った。それは間違いなくフーリンのおかげだ、……ありがとう」

ふるふると力なく首を横に振り、鼻水をすする。

なんで、なんで、よりにもよって今そんなことを言うんですか。

「だから、僕はもう逃げることを止める……ッ！」

魔獣が飛びかかってくる。

ラディがそれを切りつけると、次々に他の魔獣が襲ってきた。

「お前がローズを救うんだ！　行け、フーリン!!」

「ッ、——はい!!」

私は走り出す。

泣くな、今は泣くな。
走るんだ。

まだ早い！！

## ◇三十話　第一の魔物

魔獣と鉢合わせしないように物陰に隠れながら足を進め、ようやく秘密基地の部屋の前に辿り着いた時は激しく息が切れていた。

肝心の鍵がないことに気付いた私は一度呼吸を落ち着けて、頭からヘアピンを抜き取り鍵穴に差し込む。

私史上最速のスピードで解錠すると、目当ての核は変わらずソファーの上に鎮座《ちんざ》していた。

恐る恐る近づいて触れると、それは生きているようにドクリと脈打つ。

思いきって押し潰してみても弾力があるそれを壊すことができるはずもなく。

どうしたら壊すことができるのかを考えていると、壁に据えつけられた絵姿のギルフォード様と目が合う。

「そうだ」

魔物を倒すことができるのは聖騎士だけ。

つまりこの核を破壊できるのもギルフォード様だけということだ。

私は再び屋上に戻るために核を抱え、部屋を出る。

廊下を全速力で走っていた時、ドゴォン!!　と大きな破壊音が聞こえ、天井からパラパラとなにかが降ってきて目を剝く。

もしかしてこれって校舎が破壊されている音!?

喧《やかま》しい音は止むことなく、私の耳に届くたびに周りの壁がピシリピシリと音を立てる。

魔物とギルフォード様の戦いは屋上ではなく校舎内に移動して行われているようだった。

冷や冷やしながらギルフォード様の元へ行こうとするも、なかなか見つからず焦りが募っていく。

粉々になった窓、穴が空いた壁、所々には血が落ちていて、瓦礫《がれき》の山と化していく第一に目眩がしそうになったその時、倒れているラディの姿を見つけた。

「ラディ!!」

満身創痍《まんしんそうい》な状態のラディの周りには数え切れないほどの魔獣が倒れていた。

「……ふ、……り」

「ラディっ、大丈夫ですか!?」

大丈夫じゃないのは見れば分かることなのに、そんな言葉しか出てこない自分が嫌になる。

「……ぼく、は、やった、ぞ……」

「っ、はい！　ラディのおかげで核を見つけることができました！」

「そ、か……あと、まか……た……」

事切れたようにラディが意識を失ってしまうと同時に、再び聞こえた破壊音の衝撃で崩れた壁が私とラディ目がけて落ちてきた。

ヤバい！　とラディの頭を守るようにうずくまると、頭上で瓦礫を蹴り飛ばした存在に気付く。

「つぶねえ」

「……レオ!?　動いて大丈夫なの!?」

「肋骨《ろっこつ》はイっちまってるが動けないこともねえ」

全然大丈夫じゃない。魔導師が自分に治癒魔法をかけられないっていうのは本当だったんだ。

「そんなことよりお前は今すぐに校舎から離れろ。魔物と第二皇子の戦闘のせいでそのうち崩れる。俺にはもうこの王子を治す魔力も、お前を守れる魔力も残っていない」

「それなんだけど、これをギルフォード様に持っていかなきゃいけないの！」

「なんだそれ」

ノアから教えてもらった内容を話すとレオは訝《いぶか》しげに眉を寄せた。

「なんでお前がそんなことを知ってんだよ」

「えっ、えと、ま、まあ、今はそんなことどうだっていいじゃない！　早くこれを届けに行かないと！」

「……いい、俺が届ける」

「ううん、私に届けさせて」

「はあ？　聞いてなかったのかよ、危ねえって」

「約束したの、ギルフォード様のもとに帰るって」

途端にレオの機嫌が急降下したのが私でも分かった。

「なんで第二皇子と？　っていうかアレと顔を合わせたのかよ」

「な、なんで怒ってるの？」

「……チッ」

舌打ち怖い。

「とっ、とにかく！　私が持っていくからレオはラディを見ていてほしいの！」

「嫌だね」

「なんで⁉」

こんなところで言い争いをしている暇はないのになぜかレオは頑《かたく》なで、私は困惑してしまう。

その時、すぐ近くで爆撃音がし、振り向くと魔物とギルフォード様が対峙しているのが見えた。

どうやら膝をついているギルフォード様のほうが分《ぶ》が悪いようで、魔物は瓦礫の上を悠々と歩きながら手の平に光の球を作り出している。

ギルフォード様が圧されているのは確実に私のせいだった。

ダメージを与えながらも、魔物に致命傷を与えないように戦うのは至難の業に違いないから。頬についた血を拭ったギルフォード様は放たれた光の球を避けると、目にも留まらぬ速さで剣を振り、その衝撃波で魔物に攻撃を加える。

私たちがすぐそこにいることに気付いてはいないようで、私は思わず見上げると、目が合ったレオは私から核を奪った。

「おい、第二皇子！　これを切れ！　魔物の核だとよ‼」

私たちの存在を認識したのか、ギルフォード様は魔物から目を離すことはなかったけれど、肩をわずかに揺らした。

「……ヤ、メロ、ヤメロヤメロヤメロ……！」

地を這う、戸惑った声が聞こえる。

「ワタシハ、ボクハ、オレハ、アタシハ、モドリタクナイ……！　イヤダ、ヤメテクレ……ッッ‼」

魔物が蠢《うごめ》く姿はいつか見たラディの様子とよく似ていた。

彼らは皆一様に怯えている。

過去に対し、未来に対し、自分たちとは異なる境遇にいる者に対し。

第一が生んだ魔物は、臆病で、孤独で、不器用なヒトだった。

私はそこで悟る。

たとえ今ここで核を破壊しようとも、彼らが根本から救われることはないのだと。

待って、と声を上げる前に、レオがギルフォード様に向かって核を投げる。

ギルフォード様はその気配を察知すると、仄《ほの》かに輝く聖剣を握り直し、薙《な》いだ。

亀裂の入った核の断面から目も開けていられないほどの眩《まぶ》しい光があふれ、目を瞑った次の瞬間、第一が揺れ始めた。

それはまるで大地が怒っているかような揺れ方で、魔物は地震に共鳴し、自分たちを悩ますもの全てを壊し尽くしてしまわんとするかのような叫びを上げた。

耳をつんざく、悲しい声だった。

魔物が倒れると、その体はみるみるうちに縮み、鱗や牙が消えていった。

リボンが取れ、ローズの長い赤い髪が床に広がっている様子が血の海ように見えてゾッとする。

安心する間もなく、元に戻ったローズの上に崩壊し始めた天井が落ちていくのがスローモーションのように私の視界に映った。

自然と足が前に出て、ローズを守るようにそこに飛び込む。

「――フーリン!!」

珍しく私の名を呼ぶレオの声は瓦礫が崩れ落ちる轟音《ごうおん》によって掻き消され、瓦礫の下に埋まってしまった私たちにはもう届かなかった。

まだ早い！！


「っ、うっ」

あんなに大きな瓦礫の下敷きになったというのに私は奇跡的に生きていた。

けれど頭が痛い。ガンガンする。

額を触ると生温かいなにかが伝っているのが分かった。

「っっ、ぅ」

「……ローズ？　大丈夫？」

私の下にいるローズは小さく呻くと、私を弱々しく睨み上げてきた。

「なぜ、あたしを庇ったんだ。アンゼニックから聞いただろう、あたしはフーリンのことを金づるとしか見ていなかったと。フーリンを裏切ったんだから見捨てられてとうぜ……」

「だって、――私もローズのことを守るって言ったから」

私の言葉にローズは固まった。

「……私ね、本当に嬉しかったんだ」

留学して間もない頃、ローズがラディから助けてくれたことを思い出す。

孤独だった私に差し伸べられたあの手は私にとっての奇跡で。

他にも私が困っている時、弱音を吐いた時、挫《くじ》けそうになった時、ローズは私のそばにいてくれた。

たとえローズが私のことを友達だと思っていなくても、私は確かに救われていた。

「だからね、今度は私がローズのことを支えたい」

この一年、笑顔を交わし合ったのは間違いなく事実で、私は結局のところ、ローズのことを今でも信じていた。

瞳を揺らしていたローズの唇が震え出す。

「馬鹿だ、フーリンは馬鹿だ……！」

「うん、知ってる。私は馬鹿だから、ローズのことを全部は理解できないけど、助けたいっていつも思ってるよ。だって、私は、ローズの友達だから……」

生意気だっただろうかとふと不安になる。

こんな独りよがりな言葉、ローズに嫌われてしまうだろうか。

それでも、私の頭は最後まで言いきってしまえと命令する。

「だから、一つだけお願い。私を頼ってほしい。絶対に、絶対に絶対にローズを助けるから」

ずっとずっと言いたかったことを言いきれば、ローズはくしゃりと顔を歪めた。

「――助けてほしい！　あたしは、もう独りは嫌なんだ……ッ‼」

ボロボロと涙を流すローズを強く抱き締め、何度も何度も頷くと、ローズから黒い靄《もや》のようなものが抜けていくのが見えた。

靄は私の頭の周りを一周し、今度こそ瓦礫の外へ去っていくと、ローズが私の腕の中で気絶した。

光が差し込み、反射的に目を瞬かせていると深い溜息が聞こえる。

瓦礫の外にはしかめっ面をしたレオがいて、その背後には騎士や、ローブ、白衣を着た人たちが大勢いる。

ギルフォード様は近くにいないようだった。

何事、と思いきやレオに頬を抓《つね》られる。

「いた、いたたたっ」

「馬鹿野郎！　……無茶、すんなよな」

「ごめんね、心配かけて……えっ⁉」

額から流れる血が突然止まったことに驚いて、治癒魔法をかけてくれた当人を凝視する。

私の体に他に怪我がないことを確認したレオは満足そうに笑って床に倒れ、そのまま目を閉じてしまった。

「馬鹿なのはレオのほうだよ……」

きっと最後の力を振り絞って魔法をかけてくれたのだ。

私の怪我なんて放っておけば治るものなのに。

それでも気持ちがあふれた私は、瓦礫の中から這い出してレオの頭をひと撫でし、感謝の言葉を伝えた。

どうやら私たちが瓦礫の下に埋まっている間に、校舎内にはイルジュアとレストア両国から騎士やら救護班やらが派遣されてきたらしく、目まぐるしく人が動いている。

魔物が消えたおかげで魔獣も消え去り、校舎に漂っていた霧も晴れていた。

ローズ、レオ、ラディがその人たちによって運ばれていくのを見届けていると、指示を出し終えたらしいギルフォード様がこちらに向かって歩いてきた。

それをボーッと眺めていると、ギルフォード様が前触れなく倒れた。

驚いた私は周囲の人を掻き分けて走り寄る。

周りの人は目を丸くして私とギルフォード様を見ていたけれど、ギルフォード様が特に抵抗しなかったからなのか、引き剝《は》がされることはなかった。救護班の人に任せるのが最善なのは百も承知だったけれど、本能が悲鳴を上げたのだから仕方ない。

「殿下……！」

「は、……りょか」

ギルフォード様が視線をこちらに向けるも、やはり視線が合うことはない。

顔色は酷く悪く、手足が震えている。

そして黒い軍服のため分かりにくいけれど、レオやラディ以上に血を流していた。

「ごめんなさい、私のせいで、本当にごめんなさい！　……殿下のおかげでローズを助けることができました。本当に、本当にありがとうございました……っ」

「それは、よかっ、た。それ、に君の、せいじゃ、ない、ゴホッ」

「血が！」

「大丈夫、すぐ、治る。それより、怪我は、ない、か」

話すのも辛そうなのに、ギルフォード様が私の心配をするものだから涙が出そうになる。

大丈夫だと答えると、わずかな沈黙があった後、腕を取られ引き寄せられる。

首を少し浮かせたギルフォード様は、私の頬にそっと唇を当てた。

「本当に、無事で……よかっ、た……」

目を見開く私に向かって微笑むと、意識を失ってしまったギルフォード様の身体から力が抜けていく。

救護班の人たちが慌ただしく連れていってしまうのを、頬に手を当て固まったまま見送った。

# ◇三十一話　正しい人生

燃えるような赤い髪に赤い瞳。

滅多にない不吉な色彩を纏って生まれたあたしの人生は、どう足掻《あが》いても『普通』とはいかなかった。

幼少期を過ごした施設の大人も子どもも、私に対する態度は酷いものだった。

暴言暴力は当たり前、食事など一日に一回あればマシだというような劣悪な環境で、それでもどこにも行くあてのないあたしはただ黙ってそこに身を置いた。

愛想の欠片もない子どもだったから、余計に人の反感を買ったのだろうと思う。

「あの子真っ赤で気持ち悪い」

「なぜあんなのが生まれてきたんだ」

「まるで御伽噺《おとぎばなし》の怪物のような色だわ」

「人間の出来損ないが」

——出来損ない。

あたしは出来損ない。

だから他人よりも人一倍正しくあらなければならない。

正しくある自分にこそ価値があるのだと、そう思うようになるのにさして時間はかからなかった。

五歳になってしばらくしたある日。老夫婦があたしを引き取りたいという話があり、あたしはなんの感慨もなく了承し施設を出た。

どんな扱いを受けるのだろうと思っていたが、国境を越えてやってきたあたしに対するその地の人々の対応は、施設の者とは正反対だった。

「綺麗な色ねえ」

「ああ、とっても綺麗だ」

あたしを眺める老夫婦は心の底からそう言っているようだった。

状況を理解できないあたしをよそに、あたしに名前がないことを知った老夫婦は少し怒った顔をした後、あれこれと名前の候補を上げ出した。

「ローズなんてどうだ？」

「あら、お爺さんわたしはマリーのほうがいいと思うわ。こんなに可愛らしい子なんだもの」

「いやいや婆さん。この美貌はまさにローズだろう！」

「それはそうだけど……それならローズマリーなんてどうかしら。とっても素敵じゃない」

「いいじゃないか！　よし、お前の名前は今日からローズマリーだ。どうだ？」

あたしは息をするのも忘れて二人を見つめた。

「……どうして、アンタたちはあたしを見て笑顔でいられるんだ？　あたしは赤色で、気持ち悪いんだろう!?」

なんとか絞り出した声は震えていた。

二人は顔を見合わせるとふっと笑ってあたしを抱き締める。

「赤色は全ての始まりの色と言われるぐらい高貴で、とっても美しい色なのよ。貴女を見たのは偶然だったけど、見た瞬間運命だと思ったの」

「うつくし、い？　運命？」

「お前が美しいということをこれから儂らがお前にいやというほど分からせてやる。覚悟せい、ローズマリー」

ローズマリーと名を与えられたあたしは、老夫婦に連れられるままついていき、村に馴染んでいった。

その村には孤児院の時のようにあたしを蔑む人など一人としていなかった。むしろ嬉しそうに、羨ましそうにあたしのことを見てきた。

後から知ったが、テスルミアの火の部族領に近いこの村では、赤という色は信仰色として尊ばれる色だったらしい。

隣の家に住む五つ上のシガメという男とも仲良くなり、老夫婦がいない時はこの男があたしの面倒を見るようになった。

シガメとよく山へ繰り出しては動物を狩り、木の実を拾い、薬草を摘《つ》んだ。

ある日、偶然見つけた新種の薬草は村で栽培することとなり、村はやがて誰一人死人を出さずに冬を越えられるほどの蓄えを持つことができるようになった。

新種の薬草の発見が、自分に幸せを与えてくれた村への恩返しとなったことがなによりも嬉しかった。

そして月日が流れ、幸せというものにも慣れたあたしは、自分という存在がどれだけ異質なのかをすっかり忘れてしまっていた。

幸せな生活の崩壊は今思えば、老夫婦の死から始まったように思う。二人は同じ日に同じ病で呆気なく逝ってしまった。

アイツらがこの土地に来たのも老夫婦の葬式が終わってすぐの事だった。

破壊され燃える村、無残に刈り取られ踏み潰された薬草、傷を負い泣き叫ぶ村人たち。

目の前に広がる光景に呆然としていたあたしは、あっという間に大勢の兵士たちに囲まれたかと思うと、一人の男の前に突き出された。

「ここまで赤いとは。見事なものだ」

火の部族の長、ドリファン・フエゴ。

恍惚《こうこつ》とした瞳をあたしに向ける男の表情は反吐が出るほど醜く歪んでいた。

「この村をテスルミア火の部族領に統合し、お前の存在を俺が貰い受ける。ついてこい」

断固として拒否の姿勢を見せるも、既に手遅れで。

「お前の大事な大事な村人が全員始末されてもいいのか？」

あたしが男に逆らうことはできなかった。

そうして火の部族の本拠地に連れていかれ、すぐさまあたしは火の民の崇拝対象として祀《まつ》り上げられた。

化物として蔑まれていた人間が神のように扱われる状況。全く笑えない。

強引なやり方で部族長となったらしいドリファンには敵も多く、民を味方につけるべく惹きつけるための道具が欲しかったらしい。

貧しかった村を瞬く間に立て直し、かつ赤髪赤目という火の部族で最も尊ばれる色を持つあたしは、民の求心力を高めるのにうってつけの存在だったのだ。

村の人たちを人質にされたあたしは大人しくしているしかなく、一方で民を味方に付けたドリファンは、限度のない粛清を行うようになった。

自分に都合のいい人事、逆らう村は焼き払い、逃げる民を殺すことに余念がなかった。

自分が存在することによって傷つく人たちがたくさんいるのに、あたしはなにもできないままで。

あたしがこの世に存在することは果たして正しいのだろうか。

そう考えるようになったあたしの心は幼少期のように閉ざされていった。

なにをしても無反応なあたしに、ドリファンは徐々に隙を見せるようになった。

そうして知ったテスルミア皇帝暗殺の計画。

あたしはこれを利用すればドリファンを長の座から引きずり下ろし、村を、虐《しいた》げられている火の民を救えるのではないかと考えた。

その日からあたしは証拠集めに奔走した。

崇拝対象として軟禁され、建物はおろか自室からすらなかなか出ることができなかったあたしは、自分の部屋と奴が大事にしている物を置くという部屋の間に隠し通路を作り、人の目を欺《あざむ》いては証拠探しに明け暮れた。

しかし情報は増えるものの、確実な物証は得られない。

一方で伝え聞く村や部族内の現状に焦りが募っていたそんなある日。

「あのトゥニーチェの娘がレストアに留学するらしい」

「……それが？」

「お前はこれからレストアに行きトゥニーチェの娘に取り入れ」

「は？」

また突拍子もないことを言い出したと無意識に目が細まる。

「今やトゥニーチェは世界の核とも言える存在だ。なにをするにしてもあの男抜きには話が進まない」

「娘に取り入ったところでどうする」

「あの男は娘を溺愛しているそうだからな。娘を攻略すればトゥニーチェもこちらの意のままにできる」

「そんな大物の娘ならあたしが取り入る隙などないと思うが」

「いやお前だからこそできることだ。お前を外へやるのは惜しいが、トゥニーチェを片付けられるなら安いものだ」

ドリファンも民と同じように赤色を神聖視していて、あたしの力を過信して発言するきらいがあった。

この男から物理的に距離を置きたかったあたしはそれ以上なにも言わず了承し、トゥニーチェの娘の留学に合わせてレストアに入った。

そこでなにか火の部族の現状を打破する情報を得られるかもしれないという期待も少なからずあった。

*

初めてフーリンを見た時、抱いた印象は『普通』だった。

金持ちの娘であることを知らしめるほどのふくよかさではあったが、性格は至って普通、そこらの一般の娘と変わらなかった。

むしろ人よりも流されやすくて、お人好しで、どこまでも純粋で——。

それはまるで世間を知らない子どものようで、汚れなき眼に何度自分の異常さを思い知らされただろう。

恵まれた環境を当たり前のように甘受する彼女を何度妬んだだろう。

街でトゥニーチェ親子を見かけた時、自分との境遇の違いを痛感し、無視をするという子どもじみた態度を取ったりもした。

それでもともに過ごすにつれ、フーリンは自分にとって大切で、特別な存在になっていった。

フーリンは、偽ることなくあたしを真っすぐに見てくれる。

なんの色眼鏡も無しに、ただのローズマリーとして、一個人として向き合ってくれる。

結局のところ、そんなフーリンにあたしは絆《ほだ》されていたのだ。

だからこそ魔獣に襲われそうなフーリンを打算なく助けたし、フーリンを怯えさせた三人の男子生徒に灸をすえて別の学校に転校させたし、ティーリヤがフーリンを傷つけたと聞いた時は殺意まで湧いた。

ティーリヤの首を絞めた時は理性が飛んでいたのか、気付くとフーリンがあたしに怯えていて、「大嫌い」と言われた時は、本気でショックだった。

そんなあたしに追い討ちをかけるように、一度戻ったテスルミアにてドリファンから衝撃的なことを聞かされた。

「ヘルヴェか。お前のおかげであいつらも儲かっているのだから感謝するべきだよな」

「……は？」

「ああ、気付いていなかったのか？　ヘルヴェの領地が栽培している薬草は元はお前の村にあったものだ。いい商売だったよ」

はらわたが煮えくり返るとはこのことを言うのか。

ティーリヤの比ではない殺意をドリファンに向けて抱くと、ドリファンは初めて会ったときのような鳥肌の立つ笑みを浮かべた。

「ところでトゥニーチェの娘とはどうなっている」

「……問題ない。あたしに懐いてさえいるよ」

「そうか、ならそろそろ動くべきか」

嫌だった。

トゥニーチェはともかく、こんな男にフーリンを利用されたくなかった。

嫌われてもフーリンを守りたいと思った。

学園生活も終わりを迎えようとしていた頃、ドリファンから速達の手紙が届いた。

どうやら以前ウルリヒがテスルミアを訪問してきた時、新規事業の話を持ちかけられたらしく、その代表としての地位を約束されたドリファンはうかれて簡単にその話を信じ、是と返事をしたらしい。

しかしその事業が失敗したらしく、莫大な借金がドリファンに残された。

皇帝暗殺の計画もうまくいっていなかったようで、ドリファンの機嫌が最悪なことは文章から察せられた。

借金を返済するあてがないドリファンからテスルミアに戻ってこいとの指示があった。

どうせならフーリンと一緒に卒業したかったあたしは、こちらでどうにか金を工面《くめん》するから戻らないとだけ記した。それはあたしを通した被害者を出さないための策でもあった。

しかしドリファンは本気で焦っていたようで、三日後に金を集めてこなければ村人全員を殺す、と返信が来たときは血の気が引いた。そんな短期間で大金を集められるわけがなかったからだ。

それでもできないと言える状況ではなかったため、あたしは死に物狂いで考え、調べ上げた。

そして摑んだアンゼニック・ヘルヴェの情報。

アンゼニックはフーリンを奴隷商人に売り渡したいと考えているようで、これを利用してヘルヴェから金を巻き上げることを思いついた。

結果的にフーリンを利用することになってしまうが、この作戦がうまくいけばフーリンをドリファンから守ることができると考えたため、あたしは実行に移すことにした。

最重要課題であるフーリンの安全についてはある意味信頼できる人物に頼むことにした。

「んー、ノアがフーリンをそこからにがせばいいのー？」

「そうだ」

「おっけー！　じゃあほうしゅうとしてきみのじんせいをもらおうかな」

まだ早い！！

「――問題ない」

フーリンの安全と自分の命、どちらを取るかなど考えるまでもなかった。

「じゃーあ、そのおしごとがおわったらだいいちにいってまっててね」

「分かった」

むしろようやく終われるのかと喜びさえあった。

ノアの言葉を深く考える余裕もなくただ頷けば、ノアは少しあたしを見て、それから消えた。

そこからはフーリンのそばにいて、頃合いを見計らって自分が悪役になるだけ。

フーリンの縋《すが》りつく声が耳にこびりつき心が悲鳴を上げるが、それを無視して足早にその場を去った。

第一に向かう途中でお金をドリファンに送り、二度とお前の目の前に現れないことを宣言した手紙を送った後、あたしは妙に晴れた心で第一へと向かった。

どこで待つのかは指定されなかったので屋上にて柵に身を預け空を見上げる。

視界は見たこともないほど酷く淀んでいて、自嘲するしかなかった。

「……あたしが普通だったら」

たらればの話なんてしても仕方ない。

それでも間もなく消えるのだから少しくらい幸せな想像をしたっていいだろう。

フーリンが屋上にやってきても不思議と驚かなかった。ノアの差し金だろうか、最期を看取《みと》ってくれる者がいてくれるだけであたしはもう満足で、思い残すことはなかった。

正しくあれなかったあたしはもういらないから。

「あたしはどこから間違えたんだろうな」

きっと、それは最初から。

短剣を落として以降のことは、正直記憶が曖昧だ。

魔物に取り込まれた人たちの叫びがあたしの口から汚く飛び出し、あたしの心の奥に潜んでいた『普通』を望む心が暴走して、フーリンの命に手をかけようとしたことは漠然と覚えている。

それなのに、何度も傷つけたのに、フーリンはやっぱりどこまでも真っすぐで、こんなあたしを必死に救おうとする。

あたしは、本当はずっと誰かに頼りたかったのかもしれない。

でも人に頼る方法なんて、知らなかったから。

「だから、一つだけお願い。私を頼ってほしい。絶対に、絶対に絶対にローズを助けるから」

縋っていいと言うならば。

この暗闇から抜け出せるのならば。

「──助けてほしい！　あたしは、もう独りは嫌なんだ……ッ‼」

あたしは浅ましくも手を伸ばす。

＊

霞む視界の中、誰かがあたしを覗き込んでくるのが分かった。

まだ早い！！

柔らかそうな輪郭《りんかく》から、誰なのかを理解した。

「……ふー、りん」

フーリンはあたしの手を握って声を上げずに泣いていた。

「な、くな」

ふるふると首を横に振られればそれ以上なにも言うことはできやしない。

フーリンがいつも身につけている金の腕輪がキラリと光り、思わずそこに視線を向けるとフーリンはボソボソと話し出す。

曰く、フーリン、フーリンの父、ラドニークの三人でテスルミアに赴いた時からあたしを救うための作戦を立てていたという。

「ごめんね、なにもするなって言われてたのに自己満足で勝手に動いて。私がローズから嫌われるのは仕方のない話だと思う」

それはフーリンがあたしを好いてくれているからこその行動だと理解できるので、特段怒りも湧いてこなかった。

「で、でも！　言質《げんち》は取ったからね！　今さらなにを言っても私は絶対ローズを助けるからね！」

あたしが黙っていたことで不安になったのか、明後日の方向に焦り始めたフーリンを見て、力が抜ける。

「怒って、ない」

「え？」

「……嫌い、じゃない。憎いとも、思ってない。金づる、なんて思ったこと、ない。友達じゃ、ない、なんて、うそ」

全部うそ。

あたしが弱かったから出たうそ。

「ほんとに……？　じゃあこれからも友達って思っていいの？」

震える手を伸ばし、フーリンの濡れた頬に添える。

「今まで、ごめん、な、フーリン」

「……っ」

「フーリンが、いてくれたから、あたしは、こうして助かった。ありがと、う」

「っっ、ローズッ、これからも大好きだよ……っ！」

フーリンの柔らかくて温かな体を抱き締めてようやく落ち着いた。

それからあたしたちは時間の許す限り話して、怒って、笑った。

また来るねと言って帰っていくフーリンの後ろ姿にどれだけあたしは安心しただろう。

彼女が無事であること。

今はそれだけで充分だった。


医師の診察を受けた後、部屋で一人本を読んでいたあたしに来客があった。

「はじめまして、ローズマリー殿」

人畜無害な顔をして部屋に入ってきた男は直接会うのは初めての相手だった。

「ウルリヒ・トゥニーチェ、か」

「ああ、無理に起き上がらなくて結構です」

そんなわけにもいくまいと体を起こすと、突然ウルリヒの横から飛び出してきた人物にあたしは言葉を失った。

白いローブが窓から吹き込む風で靡《なび》く。

「どーも！　おひさしぶりだね～！　このまえはどーも！」

「なんだ、知り合いだったのか」

「うむ」

「そういうことは早く言えと言っているだろ」

「えー、なんでもかんでもほうこくするひつようないっていつもいってるじゃん！」

目を見開くあたしの前で交わされるやりとりから二人はとても気安い間柄にあることが分かる。

ノアと話すウルリヒの口調は崩れていて、一瞬誰が話しているのかわからなかった。

二人の関係性が気になって口を開こうとすると、先手をノアに打たれる。

「ノアはねえ、やくそくどおりローズマリーのじんせいをもらいにきたんだよ」

すっかり忘れていたことをノアは怒ったのだろうか。

「約束は守る。……では早速だが、どんな死に方をお前は望む」

「待った。おい、勘違いしてるぞ」

「えー、きみのじんせいをもらうってちゃんといったよ？」

「それでは勘違いするのも無理はないな」

何の話だと問えば、ウルリヒが信じられない言葉を羅列《られつ》する。

「まず貴女に知っておいていただきたいのが、この者こそ貴女の国のトップだということです」

「あたしの国のトップ……ノアが、テスルミアの皇帝？」

「そうだよー！　ノアがテスルミアこうてーです！　どもどもっ！」

「本人はこんな感じで信じられないかと思いますが、これは真実です」

衝撃の事実に頭が混乱するも、ウルリヒの冷静な声になんとか平静を保つことができた。

「し、かし、一度見た皇帝はもっと背丈があり男性の体格をしていたが」

「んっふっふ。あれはまほうでそうみせてるだけー！　ノアはまほうがつかえるからね～ないしょだよー？」

得意げに鼻を鳴らす様子にノアがうそをついているとは思えなかった。

いろいろと聞きたいことはあるが、とりあえずドリファンについて問う。

どうやらノアはもともと皇帝になりたかったわけではないので、あらゆることを面倒くさがった結果、ドリファンによって仕込まれた毒薬入りの料理を食べる振りをして徐々に弱っていくように見せかけていたそうだ。

「ドリファンりようしてこうてーやめよっかなっておもってたんだけど、フーリンがたすけてほしいっていうからノアもうちょっとがんばっちゃうことにした！」

「……」

「だから、ひのくにをたてなおすためにローズマリー、きみのじんせいもらうね」

なるほど、そういう意味か。

つまりノアは皇帝としてのノアの手足となれと言っているのだ。

「分かった、精一杯務めよう」

「ふふ、いいへんじ！　いいこいいこ」

「や、止めてくれ」

「なんでー？　ノアからすればみーんなノアのこどもだよ〜」

フードのせいで顔は見えないのに、ノアが満面の笑みを浮かべているのが伝わってくる。

頭を往復する手が恥ずかしく、身をよじりながらあたしは息を整え、二人を見据えた。

「ノアは、……いや、アンタらはフーリンと一体どういう関係なんだ」

すると二人は顔を見合わせ、楽しそうに口を合わせてこう言った。

——私たちはフーリンの味方である、と。

＊

一週間後、ドリファン・フエゴ死亡の知らせが世界中に拡散され、新聞でそれを知ったあたしはなんとも言えない気持ちで一面の見出しを睨んでいた。

はあ、と溜息を吐き、新聞をめくったところで控えめなノック音が聞こえた。

「……シガメ」

「久しぶり、マリー」

数年ぶりに会うシガメはずいぶんと酷い身なりをしていて、この男がどれだけ苦労してきたのかが分かる。

「今村は、いや、火の部族内はお祭り騒ぎだ」

「そう、か」

「お前は元気、ってわけでもなかったよな」

スッと目線を逸らすとシガメは悲しそうに笑う。

「ありがとう、マリー。お前が頑張ってくれたおかげでこうしてアレから解放された」

「……あたしはなにもしていない。なにもできなかったんだ。全部、他の人のおかげだ。──シガメ」

「ん？」

「……あたしは、正しくあれなかった」

正しくあらねばと思っていた。

しかし自分の取る行動と言えば『正しさ』に反することばかり。

一人でのたうち回って、なにも成し得ず、結局心優しき友に頼る結末となった。

フーリンだけじゃない。ラドニークも、ウルリヒも、ノアまでもを巻き込んで。

今となってはなにが正解だったのかも分からなくて俯《うつむ》いていると、シガメはあたしの手を強く握ってきた。

「なにが正しいのかなんて分かれば誰も苦労はしないよ」

「……だよな」

「でもな、オレでも分かることが一つだけあるんだぜ」

「なんだ……？」

続きを促したくなるほどの清々しい笑顔を浮かべたシガメは明るい声を張り上げてこう言った。

「マリーがこの世に生まれてきたことは正しいってことだ。マリーが赤い色を持っていても、いなかったとしてもな！」

「……バーカ」

なんとか捻り出した声は、多分みっともなく震えていた。

## ◇三十二話　魔を切る

魔物を倒した後、意識を失った俺はレストアの最高医療機関へと救急搬送された。

魔導師による治癒魔法を受けたものの、魔素を取り込み続け、特に戦闘の際魔物から直接魔素を大量にあびた体にはもはや治癒魔法の効果も薄く、容態は悪化の一途を辿っていた。

目は見えず、匂いも分からず、音もほとんど聞こえない。

全身が震え、声を出すこともままならない。

ハッキリしない意識の中、俺はかつてイナス村で出現した魔物についての詳細がなぜ後世に伝わらなかったのか、その理由に気付いた。

村人は全員死亡したといっても、魔物を倒した聖騎士ならば伝え残せたはずだと考える者は多くいる。

無論かつての聖騎士もできるものなら後世に伝え残したかっただろう。

しかしできなかった。

答えは俺の今の現状を見れば一目瞭然。

かつての聖騎士もまた死の淵に追いやられ、事件の詳細を喋る体力も残っていなかったのだろう。

俺の状態はギリギリだ。

大魔導師による高レベルの治癒魔法を受ければ回復する可能性もあったが、近くにいる大魔導師といえば俺と同様激しい損傷を受けたレオであった。

彼が回復するまで俺の体はもたないだろうと、俺は頭のどこかで理解していた。

兄上も駆けつけてくれたものの、なにを言っているのかほとんど聞き取れず、また言葉を返すこともできなかった。

浅い呼吸を繰り返し、なんとか眠りにつき、夢を見た。

漠然とそれが魔物の記憶であることを悟る。

自分の理想と他人の理想。その狭間で葛藤する上の地位に立つ者たちの姿。

彼らの苦しむ感情が今の俺に直接響き、精神を蝕《むしば》んでいく。

このままでは体が限界を迎えるより先に精神が破壊されてしまう。

希望すら見出せない暗闇の中、ぶわりと甘い匂いが香ったかと思うと、声が聞こえた。

『殿下』

柔らかな、それでいて少し泣きそうな声。

俺は声の主を誰だか知っている。

伴侶の声、だ。

未だ夢の中にいるのだろうか、ふわりと柔らかな感触が俺の左手を包んだ。

すると不思議とわずかに力が入り、そのまま握り返すとさらに相手の手に力が入る。

そこでようやく確信した。

——すぐそばに伴侶がいる。

その事実に頭が覚醒《かくせい》しすぐさま体を起こそうとするも、当然のように体が動くことはなく、そればかりか口さえ動かない。

この時初めて動かない自分の体を憎んだ。

「れ、なんで腕輪が、あれ、私と一緒？　え？　お父様が？　へえ、そうなんだ」

使えないはずの耳が、鼻が、機能している。

「……早く、よくなってくださいね」

ああ、ああ。

勿論、早く治そう。

早く回復して君を抱き締めよう。

誰にも触れられないように、誰にも奪われないように。

「んえっ、そんなことするの⁉　そんなのただの痴女じゃないっ。ダメだよ！」

伴侶の近くに誰かいるのか、伴侶はその相手となにか喋っている。

しかし俺には伴侶の声しか聞こえなかった。

「……うう、ほんとに？　ほんとにしなきゃダメ？　……うそだったら怒るからね」

今度は伴侶と話している相手が憎い。

俺だけを見てほしい。

俺だけに話しかけてほしい。

闇に沈みかけていた心はすっかり光を取り戻し、それどころか一人前に嫉妬心まで抱く始末。

別の意味で闇に染まりそうだと思ったその時、ふに、と手に残るものとはまた違う、柔らかな感触を額に感じた。

それがなにかを理解した瞬間、全身が固まる。

どういうことか問いかけたいのに役立たずな体はそれでも動かない。

俺の焦る内心など伴侶に伝わるはずもなく、額から瞼、次々と伴侶の唇が俺の全身に落ちてきた。

瞼に、鼻に、頬に、喉に、胸に、腕に、足に。

これは夢だ。

自分の作り出している都合のいい夢に違いないと思うぐらいに、今起きていることは信じられないことだった。

伴侶が、自ら、俺に、口付けている……！

自分の手が動いていたなら俺は自分の口を押さえ、心の底から湧き上がる幸福感に耐えようとしていただろう。

「……っ」

どうにかして反応を示そうと喉を絞れば、声の出せそうな兆《きざ》しがあって、さらに全身に力がこもり始める。

しかし俺がみじろいだことで伴侶の動きがピタリと止まってしまい、途端に自分の体が冷えていく。

「殿下起きちゃうよ、ねえ、もういいでしょ？」

嫌だ。

「ひぇ、む、無理、さすがにそれは無理！」

足りない。全然君が足りない。

「っううう、殿下、ごめんなさい！」

勢いのある謝罪が聞こえた瞬間、唇が温かなものに包まれ、とどめと言わんばかりに服がずらされ

まだ早い！！


たかと思うと、鎖骨にある花紋に口付けられた。

「……っっ」

歓喜に叫びそうになるが、伴侶の口付けによって反応した花紋が熱を持ち始め、俺の頭を浮つかせる。

伴侶の手が離れそうになるのを察した俺は、すぐさま握り直し、逃さないように力を込めた。

「は、……りょ」

「っ……はい、殿下。私はここにいますよ」

その言葉に安心した俺の意識は心地よい熱に包まれたままなす術もなく暗転した。


「殿下、お体のほうはいかがですか？」

医師の声が明確に聞こえる。

「問題ない」

声がハッキリと出せる。

「な、なんと！　奇跡だ……！」

医師たちの喜ぶ姿が視界にクリアに映る。

体の震えも止まっているだけでなく、想像以上に体が軽い。

「この一晩でなにが起こったんだ」

原因を解明しようとする興奮した医師や研究者を追い出し、俺は部下を呼び寄せるとすぐに伴侶の名を伝え、彼女について調査するように命を下した。

嬉しそうに去っていく部下を見送り、俺は左手に拳を作り開閉させながら自分の花紋を撫でる。

いた。確かにいた。

そして奇跡をもたらしてくれたのだ。俺の伴侶は。

「また、逃してしまったな」

独りごちながらベッドの端に腰掛け、魔物との戦闘の際知った伴侶の名を思い浮かべる。

フーリン・トゥニーチェ——彼女が俺の運命の伴侶。

涼やかで可愛らしい名を口にするだけで頬が緩む。

彼女がトゥニーチェであるならば、見つからないのも当然だった。

これからの行動を考えていた時、控えめなノック音が聞こえ、ためらいながら入ってきた人物に目を細めた。

「久しいな、其方も大変だったのだろう」

「い、え。僕はすぐに治りま、した、ので」

「そうか、それはよかった」

途端、彼は堰を切ったように涙を流し始めた。

「ほん、とうに、ほんどにっ、貴方が、無事で、よがっだでずぅっっ」

崩れ落ちた王子、ラドニークのもとへ俺は歩み寄り、膝をつく。

「で、ででんかっ、そんな、膝をつくなんて！」

「構わない」

夢の中で見た彼の記憶。

彼が呪いにかかってしまった原因に俺の存在があることを知ったが、それでもなお俺を慕ってくれるというのならば、自分は変わらずそういう存在であり続けようと決めた。

「よく、頑張った」

王子は俺の言葉に目を丸くした後、ボンっと顔を赤くしたかと思うと、シューと顔から蒸気を発生させながら放心してしまった。

しかし、話したいことがあった俺は王子を引っ張ってソファーに座らせる。

「考えたんだが」

「ひゃいっ」

「魔物のことは現状まだ解決していない、だろう」

「……はい」

仕事の話になると徐《おもむろ》に王子の顔つきが変わった。

それはまさに為政者たる表情だ。

それでもなお俺と目を合わさないのはご愛嬌《あいきょう》だ。

「それで君の意見を聞きたい。教えてくれるか？」

少し挑発するような声音で問えば、王子は感極まったような顔をした後一呼吸置き、勿論ですと笑った。

そのまま二人で話し合い、精神面をサポートする施設や機関を作るのはどうかということになった。

世界では人の『心』について軽く見ている節があり、精神面が蔑《ないがし》ろにされやすい。

それが魔物の出現にも繋がるのであろう。

だからこそ俺たちは精神的健康という言葉を世界中に周知させ、人々に精神的安寧を最大限に享受《きょうじゅ》してもらう必要があるとの考えを打ち出した。

魔はめぐる。

だからこそ魔をこの時代で断ち切る。

それが俺たち上に立つ者の宿命でもあるのだ。

「これからもよろしく頼むぞ、ラドニーク」

「ひえっ」

「……」

とりあえず、名を呼んだだけで気を失ってしまうこの王子の精神をどうにかする必要がありそうだ。


部下の持ってきた書類に目を走らせながら手早く支度をしていく。

フーリン・トゥニーチェ。現在は留学生としてレストアの第一王立学園に在籍しており、学園ではレストアの第四王子ラドニーク、テスルミアの次期皇帝候補ローズマリー、大魔導師レオと仲が良い。またその他にも各地で活躍する優秀な者たちと交流があり、彼女の持つ人脈は決して蔑ろにできないほどのものだった。

外見についての情報はあえて記載させておらず、伴侶の姿形は未だ想像の域を出ない。

というのも二度も会えたのに、どちらもその姿を見ないまま伴侶と離れてしまったという悔しさがあるからだ。どうせならなんの情報もなく、自分の目でどんな姿をしているのかを確かめたかった。

それでも他のことについては、友人であるというラドニークからいろいろと聞き出せばよかったと内心舌打ちしながら部屋を出ると、そこにはいつもと変わらぬ笑みを湛えた男が立っていた。

「ウルリヒ、どういうことだ」

「おや、様子を伺いに参りましたがお元気そうでなによりです」

「そんなことはどうでもいい。其方、俺に言いたいことはあるか」

伴侶がウルリヒの娘であるとは完全に盲点だった。

いや、盲点にさせられていたと言うべきか。

「いえ、特には」

「そうか、ならいい。そこをどけ」

「どちらへ？」

「決まっている。伴侶の、フーリンのもとにだ」

「殿下はお忘れですかな？」

なにが、と問おうとしてはたと動きが止まり、徐々に自分の目が見開かれていくのが分かった。

『私の娘に会ってみたいという気持ちは理解できますが、今はそっとしておいてやってくださいませんか。帰国すれば否が応でも社会に振り回されてしまうのですから、今は自分のことだけに専念させてやりたいのです』

わなわなと唇が震える。

今まで全て此奴の手の平の上で踊らされていたかと思うと、情けなさやら自分に対する失望やらといった複雑な感情が湧き上がる。

「殿下と言えども約束はきちんと守っていただかないと」

そんな約束したとも言えないような言葉になど従わなければいいのは分かっているのに、苦渋の末、思いとどまる。

ウルリヒがどれだけ腹黒爺であろうが、此奴が伴侶の父である以上、発言を無下にはできなかった。

彼女の卒業まで残り一週間を切っている。それまでの辛抱だと俺は唇を噛み締めた。

「では殿下はお時間ができたということで、少しばかりお耳に入れたいことが」

「話はないとお前が言っていたではないか」

「それとは別の話です」

「テスルミアのことか」

「その通りです。皇太子殿下には先に話をつけておきましたので問題はないかと」

恐らく兄上が俺のもとへ来た時もその話をしようとしたのだろう。

テスルミア、特にその一角を担う火の部族は現在混乱の中にあった。

火の部族の長の死亡と、皇帝による火の部族高官の大幅更迭《こうてつ》。長きにわたった圧政から解放された民たちによる宴の日々。

今回魔物に体を乗っ取られたローズマリーという火の部族の娘も、帰国次第それに巻き込まれるのだろう。

ラドニーク同様、夢の記憶である程度彼女について知った手前、なにか助力でもしようと考えている。

「どうせ前から氏が絡んでいたんだろう」

「おや、分かりますか」

「でなければテスルミアは今以上に混乱していただろうからな」

ウルリヒが絡んでいなければ民たちによる暴動や、他部族による干渉はさらに酷かっただろう。

これを契機にウルリヒは商売の範囲を広げたに違いない。

今度こそ後始末はきちんとしておけと釘を刺してウルリヒと別れると、途端伴侶に対する恋しさが蘇る。

あの温かさを知ってしまった今、部屋に一人でいるのは物寂しく、辛かった。

会いに行ける距離にいるのに会いに行けない。

今こうしている瞬間にも伴侶が誰かのものになっていたらと思うと恐怖さえ湧く。

なんの拷問かと思うような時間。俺は腕輪を握り、自ら伴侶に触れたことと、伴侶から触れてくれたことを何度も思い出して現状に耐えるしかなかった。

# ◇三十三話　まだ早い！！

「遂に卒業かー！　あっという間だったなあ」

「そうだな、……本当に、あっという間だった」

今日は卒業式。

第一の校舎が半壊したために、第二にて式が執り行われることとなった。

そのおかげで第二の友達とも別れの挨拶をすることができたのはよかったのかもしれないけれど、慣れ親しんだ第一にお別れを告げられなかったことは少し寂しい気もした。

私とともに卒業するローズは卒業式までにしっかりと回復し、腰ほどまであった赤い髪を顎あたりでバッサリと切っていた。

昔の自分と決別するためだとローズは言っていたけれど、イケメン度に拍車がかかったため、女子生徒の視線が凄い。

「……なんですよ！」

「ふふ、そうなんだ？」

「とにかく殿下がお元気そうでよかったです！」

「うんうん、君も元気そうでよかったよ」

私たちの近くで第二の生徒と話をしている爽やかな人がいるけれど、あれは誰だろう。

知っているような、知らないような。

まだ早い！！


「フーリン、現実を見ろ。あれはラドニークだ」

ラディ？　そんなまさか。

ラディはもっと幼い顔つきで、あんなふうに微笑むように笑ったりしない。

ローズはきっと見間違えたんだろう。

「アレが全校生徒の憧れにして、理想の王子様であるラドニーク殿下だよ」

ラディとはあの事件以来会っていなかった。

やることがたくさんあるから卒業式まで会えないとは本人直筆の手紙によって知ってはいたけれど。

「……」

童顔は相変わらずなのに大人びた雰囲気がそうさせているのか、顔つきが全く違う。本当に別人にしか思えない。

私の心情を察したローズが私の頭を撫でるので密かにトキめいていると、話が終わったラディがふいにこちらを向くものだから私は途端に慌てた。

正直に言えばこれからどんなふうにラディと接すればいいのかがさっぱり分からなかった。

前みたいに殿下と呼べばいいのかな？　前のようにくだけた態度は失礼だよね、とぐるぐる考えているうちに、大股で近づいてきたラディが私の前に立ちはだかる。

「おい、フーリン。なんなんだそのブサイクな顔は！」

「へ」

「へ、じゃない。せっかくの晴れ舞台だというのにそんな顔をしていては台無しだろう！」

先ほどの爽やか王子は幻だったのかと疑いたくなるほどの、以前と変わらない尊大な口調や態度に思わず涙があふれた。

「なっ⁉　お、おい、なんで泣くんだ」

ギョッとして手を彷徨わせるラディは出会った頃と変わらなくて、それがまた数々の思い出を蘇らせてくるものだから、私はもう涙が止まらなかった。

「まだ、ラディって呼んでもいいんですか……？」

「なにを言っているんだ？　当然だろう、お前はこの僕の友達だぞ」

「ありがどうございまずぅぅぅ」

「おおおい、赤髪女っ、フーリンをどうにかしろ！」

手に負えなくなったラディは慌ててこの状況を面白がっているローズに助けを求めた。

「そうだな、あたしのことを名前で呼んでくれたら考えないこともないぞ」

「くっ……、ローズマリー！　これでいいだろ！　早くしろ‼」

「まあ及第点ってとこか。愛称でもいいんだぞ？　まあフーリンは既に泣き止んでいるし今回はこれでいいことにしよう」

「なん、だと」

驚愕の瞳がこちらに向くものだから私は吹き出してしまって、ラディはヘソを曲げてしまった。

慌ててラディの機嫌を取るも、久々の平和なやりとりに頬が緩んでしまってさらにラディの機嫌を損ねてしまう。

ローズが膨れるラディにいつもと同じように口を出している様子を眺めていると、まだ卒業したくないなあ、なんて思ってしまう。

感傷に浸っていると、遠くにレオの姿を見つけ大きく手を振る。

レオは入院中面会謝絶状態だったので、久しぶりに会う。

こっちに来て！　と招き寄せる仕草をするとレオは嫌そうにしながらも、こちらに向かって歩いてきた。

「……それでいくことにしたんだな」

「この性格も結局は僕の一部だからね。存外愛しくなってしまったんだよ」

「なんだ、フーリンのためじゃないのか」

「ふはっ。……そうだな、八割方それが理由なことは一生黙ってろよ、ローズ」

「相変わらず生意気な奴め。まあいいだろう、ここはラディの仰せのままに」

そんなやりとりを二人が背後でしていたことに私は気付かずに、意気揚々とレオに話しかける。

「元気だった？　会えなかったからほんとに心配した」

「すぐに治った」

「うそ、一週間はレオの担当のお医者さんの顔青かったよ」

「うるせ」

ふいと顔を逸らしてしまうので、これ以上なにも言う気はないと察した私は別の話題を振る。

「レオはまだ残るんだよね？　校舎ないからやっぱり第二で授業受けることになるの？」

「多分な。というかお前はどうすんだ？　やっぱりあの親父のとこに帰るのかよ」

「うーん……それなんだけど、まだ迷ってて」

普通在学中に卒業後の進路を決めておくものだけれど、私はこの期に及んで未だに進路が決まって



まだ早い！！

いなかった。

それは勿論、自分がイルジュアの皇子様の運命の伴侶であるという事実があるがゆえに、だ。

きっとギルフォード様は私のことを調べただろう。私の正体が分かった筈だ。

それなのにこの二週間、全く音沙汰がなかったことを考えると、ギルフォード様は実際に私に会ってみて、こんなのが運命の伴侶なのかと失望してしまったのかもしれない。

目は見えずともフィーリング、とかありそうだし。

一度そう推測してしまうと、私はもうギルフォード様に会いに行かなくてもいいのではないかと思いたくもなる。

しかしお父様の口からとはいえ約束した手前、私にはギルフォード様に会いに行く義務があるのだ。

事件の時は私が会いに行ったわけではないし、きちんと話ができたわけでもなかった。

だから最後にギルフォード様に会いに行って、きちんと話をして、……恐らくそこで見切りをつけられるであろうから、その後ちゃんと身の振り方を考えたいと思っている。

「この国もいい国だし、永住するのもありよね」

「まあ、な」

うんうんと頷いてお父様の泣きそうな顔が思い浮かぶ。

「お父様みたいにいろんな国を飛び回るのも楽しそう」

「……お前が？　一人で？　大丈夫か？」

「失礼な」

この一年まがりなりにも勉強にも力を入れてきた。

文化の違いを肌で感じながら学ぶことは、思った以上に刺激となったのだ。もっと様々な国の文化を勉強するのはもっと楽しいに違いない。

ね？　いい考えでしょ？　と目を輝かせてレオに同意を求めると、私から視線を逸らした当人は強張った顔をして固まっていた。

何？　と思ってラディ、ローズを見れば同様に私の後ろを見て目を見開いている。

反射的に後ろを振り向こうとしたその時。

「――へえ、俺を置いてどこに行こうと？」

ヒュッと空気が喉を通り抜けた。

突然周囲の温度が下がった気がする。

冷気の発生源が私の後ろにあることは振り向かなくても分かった。

絶対に振り向きたくない。

しかし怖いもの見たさで視界にその人を捉えてしまえば、体が硬直するのは必然だった。

なぜ、貴方がここに。

震える手で口元を押さえると、佳人は纏う冷気とは裏腹にうっそりと微笑んでみせた。

「待ちくたびれたぞ、フーリン・トゥニーチェ。我が伴侶よ」

イルジュア帝国の第二皇子にして私の伴侶、であるらしいギルフォード様その人が周囲の視線をものともせず、私だけを見つめていた。

「他の国へ行きたいなら俺を連れていけ。第二皇子として外交も担わなければならないからな、いい機会だ」

ギルフォード様がなにか言っているが私の頭にはなに一つ入ってこず、なんだこの美しすぎる顔は、と戦慄《せんりつ》する。

正直、前回も前々回も、ギルフォード様に会った時の私は興奮状態にあって、彼の造形など気にしている余裕が無かった。

けれど今はどうだ。

ニキビ一つない滑らかな肌に、手がかけられているであろう艶々な黒い髪。こちらを見据える双眸《そうぼう》は深海を思わせる碧眼《へきがん》、スッと鼻筋の通った鼻に色気を纏わせる薄い唇。

どれだけ凝視しようが殿下の顔に失敗したパーツなど一つもなかった。新聞の絵姿など当てにならないことがよく分かる。

「フーリン」

「ひえっ」

いつの間にかすぐそばに来ていたギルフォード様に腕を取られ、ろくな抵抗もできず、そのまま抱き寄せられた。

バクバクと全身が心臓になったかのように鼓動がうるさい。

ふわりとギルフォード様の香りが鼻を掠めた。

やっぱりいい匂いだと、思わずうっとりしそうになるも必死に正気を保つ。

そしてなにか言おうと思いきって顔を上げた私は今度こそ固まった。

少し動けば唇が当たってしまいそうなほどの距離に麗《うるわ》しい顔があったことで、ギルフォード様から頬にキスされたことも、自分からギルフォード様にキスした記憶も同時にフラッシュバックする。

彼に会いに行ったあれは決して私の意思によるものではなかった。

突如として現れたノアに連れ去られたかと思えば、ギルフォード様が危険な状態であり運命の伴侶による治療が必要だと言われたのだ。

言われるがままに全身にキスして、最後まで拒んだくく唇まで合わせて、殿下が眠った瞬間そこから逃げ去ったことは記憶に新しい。

いや、ほんと私ってばどんな痴女よ。

今思い返しても羞恥で死にそうになる。

たとえ運命の伴侶だとしても殿下にとっては完全に不審者だ。

ただでさえあんな綺麗な人物に触れてしまった罪悪感が凄いというのに、ノアは「もっとすればよかったのに～」なんて言い出す始末。

「ようやく、会えたな。……まずは話がしたい。君のことを聞かせてほしい」

ギルフォード様が私と視線を合わせている。

つまり彼に視力が戻っているのだ。

そのことを認識した途端に自分の存在が恥ずかしくなって、顔がぶわりと熱くなる。

こんな人に私はおこがましくもキスをしたの？

え？　というかこんな素敵な人が私の伴侶？

「無理」


まだ早い！！

「っ」

今そばに立っているこの状況が既に無理だった。

誰よ、痩せればギルフォード様の隣に立てるなんて言った大馬鹿者は。

私だ。

ダメだ。ダメだダメだダメだ。

ギルフォード様の隣に自信を持って立つためには体重を減らすだけじゃダメだ。もっとメリハリのある体になるためにトレーニング内容を改良して、お肌の手入れにも力を入れて、お化粧ももっと勉強して、品が出るような仕草も練習して、教養を身につけて、いやちょっと待って？　そもそも私伴侶として認められないから横に立つこともないしそんなことするのも無意味——。

「フーリン？」

身体的にも精神的にも追い詰められた私の頭は既に思考を放棄していた。

少し、少しだけでいいから頭を整理する時間がほしい。

逃げたって仕方ない。

それは分かっているけれど、今の私が正常な判断を下せるはずもなく。

ドンっと突き飛ばすと突然のことに驚いたのか、ギルフォード様が咄嗟に一歩後ずさった。

その隙を狙って私は勢いよく走り出す。

「フーリン!!」

後ろから猛然と追われている気がするが、振り向く余裕のない私は必死の形相でギルフォード様から逃げる。

校庭を走る私を多くの生徒が見ていた。

これ別にどこかに行こうとしているわけじゃないから！

余裕を持った状態で面会したいだけだから！

「フーリン、行くな！　俺から離れないでくれ!!」

なぜギルフォード様がそんな必死な声を上げるのかさえ、パニックに陥った私に理解できるはずもない。

一方でこの状況の中分かったことが一つだけあって、これだけは間違いないと胸を張って言える。

だから私は声を大にしてこう叫びたい。

私にギルフォード様の隣は――まだ早い！！

＊

「おーい、ウルリヒくーん」

「その名で呼ぶな」

「ごきげんななめだねえ。だいじなむすめをりようしたからおこってるのー？」

「そうじゃない」

「ひがいをおさえるにはアレがさいぜんのせんたくだったんだよー」

「分かってる。フーリンたちをあの学園に集まるよう誘導した結果、今回は校舎を半壊させる程度ですんだ。さもなければ恐らくレストアという国が消えていただろうからな」

「ノアだってこころがいたんだんだからね！」

「にしては楽しそうにしていたがな」

「それはフーリンのおかげだねー」

「……そうだな。まだまだ頭を悩ませることはたくさんあるが、とりあえず今は娘の成長を祝いたい」

「おお、いいねいいね！　ひさしぶりにやろっかー！　ではでは、いとしきむすめのせいちょーをいわって、かんぱーい‼」

書き下ろし
番外編

# 氷をとかす一輪の花

「兄上」

俺の呼びかけに、読んでいた本から目を離して青い瞳をこちらに向けた美青年は、「どうしたの、ギル」と言って薄く微笑んだ。色素の薄い柔らかな髪がさらりと揺れる。

「このあと父上から話があるそうです」

「そう」

そう一言言っただけで兄上は再び本に目を戻してしまった。

あと数日で成人する、俺の兄上でこの国の第一皇子は、感情の起伏がなく、いつも口元に薄い笑みを湛《たた》えている静かな人だった。

俺が生まれるまでは体が弱く、周囲の人間をよく心配させていたと聞く。その名残であろう、兄上の纏《まと》う儚《はかな》げで繊細な空気は人々の視線をよく集めた。

「兄上は、もうすぐ『かもん』が現れるんですよね」

「恐らくね」

「はんりょに会いたいと思いますか？」

「今日はいつになく饒舌《じょうぜつ》だね、ギル。そんなに僕の運命の伴侶が気になるの？」

「少し」

ピクリとも表情を動かさずそう言った俺を見て、兄上は読んでいた本を閉じると、俺の頭をゆっくりと撫でた。

「興味を持つことはいいことだね」

「なぜですか」

「ギルは皇族の中でも群を抜いて人間味が薄いからね。僕でもたまに心配になるほどだから……興味が湧くっていうのはいい傾向なんだよ」

「そういうものですか」

「うん、そういうもの」

イルジュア帝国の第二皇子として生まれた俺は、周囲の皇族と比べても極端に感情が欠如している人間だった。

泣いたのは産まれ落ちたその時だけ。幼少の頃から笑うことがなければ怒りを見せることもなく、目の前で起こる事象をただ冷めた目で見ていることが常だったと兄上は言う。

しかしそんな俺でも皇族として才があったのか、努力しなくても全てが思うままに進み、求められたことには全て応えることができた。

そうして多くの者に認められ、褒《ほ》め称えらる日々であったにもかかわらず、俺の目に映る世界は全て色褪《あ》せて見えた。なぜ人々が喜ぶのか、怒るのか、悲しむのか、楽しむのか、どれだけ考えても理解できなかった。これは兄上の言う『人間味』がないせいなのか、それすらも分からなかった。

当然、そんな俺が人の気持ちを慮《おもんぱか》ることなどできるはずもなく、どんな時も冷酷無慈悲な俺に与えられたのは『氷の皇子』という異名だった。

そんな俺を兄上は心配していると言う。

理由を聞いてもなお、なぜ兄上が心配するのか分からなかった俺は、やはりどこか壊れているに違いなかった。

兄上の伴侶が城にやってきた翌日、勉強をしている俺のもとに喜色に満ちた顔で兄上がやって来たかと思うと、俺の肩を摑んで揺らし始めた。

「……兄上？」

「聞いてくれっ。エイダが、エイダが可愛いすぎて仕方ないんだ！！」

兄上が大声を上げる姿など、生まれてこの方一度も見たことがなかった俺は、目の前の男を凝視する。

いささか言葉遣いが乱暴になっているのも加味して、間諜の類ではないかと一瞬疑ったが、後ろに控える従者の嬉しそうな笑みを見てそれは違うのだと悟った。

「兄上べつじんみたいですね」

「不思議なことに力が漲るんだ。エイダに会うまでは生きる気力すら湧かなかったのに！　伴侶は最高だ！」

伴侶を手に入れ、どんどん人が変わったように明るくなっていく兄上の姿を見て感化されたのか、俺はいつしか淡い期待を抱くようになっていた。自分も運命の伴侶を手に入れられれば、このつまらない世界に別れを告げられるのではないかと。

「兄上」

「お、どうした？」

「これ見てください」

「花の絵？　凄く上手だね」

「ほんとうですか」

「それはすごい！　画家にも引けを取らないよ、この絵。はー、こんな才能もあったんだ。さすがギル」

「はい」

「え、これギルが描いたの？」


目を輝かせて絵を眺める兄上の姿に、その言葉が嘘でないことを確信する。

「よろこんでくれると思いますか」

「誰が？　――もしかして、ギルの伴侶にあげるつもりでこれを？」

「ダメ、ですか？」

「いや、すごくいいと思う！　絶対に伴侶の子は喜んでくれるよ！」

「……だったらよかったです」

返してもらった絵を腕に抱えわずかに頬の強張りを解くと、それに目敏く気付いた兄上が反応し、目を見開いた。普通の人なら絶対に気付かないほどの変化であったにもかかわらず。

「伴侶はいいものだよ」

「そうだといいのですが」

「ギルも出会えたら分かる。きっと」

兄上の言葉に、自分の成人が少しばかり待ち遠しくなった。

＊

しかしそんな淡い期待を打ち砕かれたのは、聖騎士の位を授かり、社交界に出るようになってからだった。

「妻に似たこの美貌を見て婚約を申し込んでくる者が後を絶たないのですが、儂はそんな輩に娘はやりたくないのです。ですが！　ギルフォード殿下、貴方様にならぜひとも娘を差し上げたい！」

「いらない」

「……そんなっ！　わたくし、皇妃の立場でなくてもいい！　愛妾としてでも貴方様のそばにいさせていただきたいのです！」

「いらないと言っている」

それでもなお言い募ってくる親子に鋭い睨みをきかせると、二人は顔をサッと青ざめさせ固まってしまった。

それを一瞥《いちべつ》し、気分を一旦落ち着かせようと休憩するための部屋に戻れば、突然興奮した顔つきの女が入って俺を襲おうとしてくる始末。

またか、と舌打ちしそうになるのを堪えて女の腕を瞬時に固定し、慌てて入室してきた近衛騎士に突き出す。

「……チッ」

最近こうしたことが増え、苛立つことが多くなった。

「感情が出てきたのはいいことだ！」なんて言って兄上は笑っていたが、俺としたら全く笑えない。

特に女という生き物の嫌なところばかりが目について、子どもの時に抱いた伴侶への期待はほとんど散ってしまっていた。

残ったのは、伴侶がいればこんな煩わしい思いをしないでよくなる、という利己的な考えだけだった。

まさかそんな考えすら後悔するような日が来ようとは、この時の俺は微塵も考えはしなかったのだが。

＊

『待っていてほしい』と伴侶と初めてコンタクトが取れた日の夜。久方ぶりに気持ちが荒れることなく自室で作業をしていた時、引き出しの奥から幼少期に描いた花の絵と、伴侶宛のメッセージが掲載された新聞を見つけた。

自分の伴侶にあげたいと思って描いた絵と、兄上の一言で書くこととなった『氷の皇子』の噂を払拭するためのメッセージ。どちらも自ら伴侶のことだけを考えて作り出したものだった。

三日三晩試行錯誤を繰り返しようやく完成した懐かしい文面を見て、今と考えることが一切変わっていないな、と思わず肩を竦める。

「まだ当分一人で寝る夜は続く、か……」

独り言ちながら寝支度に入ろうと絵と新聞を机に無造作に置くと、雲の動きが変わったのか、月の光がそれらを照らした。そのなんとも言えぬ穏やかな光に、俺はわずかに口の端をあげた。

我が運命へ

一人で寝る夜がどんなに長いものか、あなたは知っているだろうか。

花の名も、形も、匂いも知らぬ私にこの寂しさを埋める術はない。

朝の光が差す時、氷をとかす一輪の花が私のそばにあらんことを願って、今日も私は祈りを捧げる。

ギルフォード

あとがき

はじめまして、平野あおと申します。このたびは『まだ早い！！』をお手に取っていただき、まことにありがとうございます。

この物語はもともと勢いのみで書いた短編でしたが、この世界観のお話をもっと読みたいとのお声をいただき、長編を書かせていただけることになりました。

終始ギルフォードが不憫でならなかったと思いますが、不憫なヒーローが好きなので、この後続くお話も相変わらずかもしれません（笑）。

ですが作者としても、フーリンがギルフォードに早くデロデロに甘やかされてほしい気持ちがあるので難しいところですね……。

また、フーリンとギルフォードが追いかけっこをしている中で、本作品は「心」についてのテーマを持たせたました。この本を読んだ後、皆様が各々どのような想いを抱かれるか未知数なところではあり、少しドキドキしています。

人々の心に余裕がなくなることも多いこのご時世ですが、皆様の中で、地域で、魔物が生まれないことを願っています。

ここからはこの場をお借りして、この本の製作に関わってくださった皆様に心からの感謝を申し上げます。

お忙しい中、華麗なイラストを手がけてくださった安野メイジ様。初めてイラストを拝見した時、あまりの素敵さに変な声が出て、しばらくその場から動けなかった思い出があります。本当にありがとうございました。

また、優しく相談に乗っていただいた担当様。校正様、デザイナー様、編集部の皆様。大変お世話になりました。

そして最後になりますが、改めてこの本を最後まで読んでくださった読者の皆様にお礼を申し上げます。ありがとうございました。

またいつかお会いできることを願って。

二〇二〇年四月吉日　平野あお

この本を読んでのご意見・ご感想・ファンレターをお待ちしております。
〈宛先〉 〒104-8357 東京都中央区京橋3-5-7
(株)主婦と生活社 PASH!編集部
「平野あお先生」係
※本書は「小説家になろう」(http://syosetu.com)に掲載されていたものを、改稿のうえ書籍化したものです。

PB
PASH!ブックス

# まだ早い!!

2020年5月4日 1刷発行

著者 平野あお
編集人 春名 衛
発行人 倉次辰男
発行所 株式会社主婦と生活社
〒104-8357 東京都中央区京橋3-5-7
03-3563-2180(編集)
03-3563-5121(販売)
03-3563-5125(生産)
ホームページ https://www.shufu.co.jp
製版所 株式会社二葉企画
印刷所 太陽印刷工業株式会社
製本所 下津製本株式会社
イラスト 安野メイジ
デザイン 井上南子
編集 黒田可菜

 ISBN978-4-391-15443-6